徳間文庫

色仕掛 闇の絵草紙

多岐川　恭

徳間書店

目次

第一話　あぶな絵《え》の女《おんな》

一

「……それが、めっぽういい玉さ。お歯黒をつけて、化粧はなし、地味造りと言えば聞えはいいが、なに、貧乏ゆえの継ぎ接《は》ぎだらけのしろもので、まず煤《すす》けっ放しだから、女にかつえた折助だって、見向きもしねえような見掛けだが、このお徳さんの目は曇っちゃあいねえよ。年は十九か、はたちかな。磨《みが》きゃあ、まぶしいほど光るはずだ。あのままにして置くのは惜しいと思ってさ」

「相変らず、お徳は口が多いね。物にならなきゃあ仕方があるまいによ」

おしゃべりのお徳は女髪結《おんなかみゆい》で、年の頃《ころ》は四十見当、まだどこやらに色気が残っているのは、いずれそちらの世界をさんざ渡り歩いた前歴を持っているのだろう。体付きの割に、顔のシワが多すぎるのは、浮世の浪風《なみかぜ》にもまれたせい、冷たく悪賢《わるがしこ》そうな目の色は、その浪風に吹かれた挙句、悪の道にたどり着いた成行きをうかがわせる。

気がなさそうに、ひどくのろい受け答えをしたのは油堀《あぶらぼり》のお新という女だった。この暑さに、のぞき見る者もない気安さから、腰巻一つの素っ裸で、破れ団扇《うちわ》をバタバタ使っている。

お新は、とって二十五だと人に吹聴《ふいちょう》しているが、実は八、九というところだろう。この深川では、大年増《おおどしま》に薹《とう》の立った年頃だが、艶《つや》やかな肌《はだ》と言い、張り満ちた両の乳房、それに腰の丸さと言い、男を蕩《とろ》かす魔力は十分に具《そな》えている。

はれぼったい瞼《まぶた》、とろりと煙ったような瞳《ひとみ》、やや締りのない、ぼってりした唇《くちびる》などから、男の受ける印象は、やけに色っぽくて、ゾクリとさせるほどだが、お頭《つむ》のほうは、ちっとばかり鈍いのじゃあるまいか、というものに違いない。

ここは深川黒江町、真宗東本願寺末寺、因速寺の本堂裏手にある小家で、住んでいるのは墓守《はかもり》の卯平《うへい》と女房《にょうぼう》お新……女房とは言うものの、卯平はもう五十過ぎで、欲も得もなさそうな干《ひ》からびた男だから、あるいはお新は、ただ女房名義で、ひさしを借りているだけなのかもしれない。

どこもかしこも明けっ放すと、小部屋二つきりという家は、大風でも吹けば、たちまち空へ舞い上りそうだ。

「ひでえ藪蚊《やぶか》だ」

と、お徳はお新の髪を結う手を休め、しきりに追い払うが、藪蚊はあとからあとからと攻めかける。せっかくの蚊いぶしも、ろくに立たない。

「なんとか工夫はあるめえかね、お新さん。うまく得心させりゃあ、女郎屋は御《おん》の字だよ。五十両に売っても安いくらいだ。サヤはたんまりだ。よう、お新さん、ひとつ口説いてくれまいか」

「わたしに頼むのは止《よ》しにしな」

お新はうっそりと笑った。

「……気が乗らねえわな。第一、口上手なお前が、腕にヨリをかけても陥《お》ちねえものを、口下手のこちとらがどう口説けるものか」

「それもそうか。くやしいが、あきらめるか。それにしても、いい女がいたもんだ。御多分に洩《も》れぬ貧乏浪人の女房で、浪人はつい先頃まで、本所の何様とやら、大名屋敷に仕えて、中小姓であったとさ。屋敷を追ん出されたわけは知らないが、その浪人、なんにもしねえで、食い潰《つぶ》すばかりが能らしく、厄介《やっかい》な居候《いそうろう》同然、女房が身を粉《こ》にして食い扶《ぶ》持《ち》を稼《かせ》がにゃならねえ境涯《きょうがい》なのさ」

「何て名だい？」

「お京さ。亭主《ていしゅ》はなんでも、帰参が叶《かな》うのを、首を長くして待っているんだと。格式の高《たけ》えのは仕方もないが、夫婦の乾干《ひぼ》しが出来上っちゃあ、身も蓋《ふた》もなかろうにね」

「ふふふふ、それじゃあ身売りは無理だろう。まあ一度、連れて来てもいいよ。色を売るにも抜道はあらあな」

「なるほど、亭主《ていしゅ》にも世間にも知れねえで済む、お新さんの商売なら、いいかもしれねえ」

と、お徳は黒い口を開き、ほんの見かけだけ、それに手を当てて、男のようなだみ声で笑った。

墓場から卯平が戻《もど》ってくる。縞目《しまめ》もわからぬよれよれの単衣《ひとえ》の尻《しり》を端折《はしよ》り、竹ぼうきを手にして、なにやら鼻唄《はなうた》めいたものを口ずさんでいる様子は、貧相ながら天下泰平に見える。

「あれで、若い頃もあったのかねえ。あの細い脛《すね》を見ねえな。頭は抜け上って、残りの髪がそそけ立って、お陽様《ひさま》に白く光っていらあ。あんな男と一つ屋根の下に暮すとは、お前もずいぶん変り者さ」

お徳の毒舌に腹を立てるでも、笑い出すでもなく、お新はただ鈍い微笑を浮べるだけだ。

「お徳か。よく稼ぐなあ」

と、家へ入った卯平が言った。煮しめたように黒い顔には、なんの表情もなく、五十そこそこというのに、もうぼけているとも疑われる。

「結い賃百五十文じゃあ、馳《か》けずり回らなくちゃあ、その日が過せねえのさ。因果なもんだ」

お新の髪はもう、ほとんど結い上って、女っぷりは一段と上っている。卯平のほうへは見向きもせず、お新は鏡を引き寄せ、これから顔の造りにかかろうとする。

卯平が部屋の隅《すみ》の貧乏徳利から、冷やを一杯欠け茶碗《ちゃわん》に注《つ》ぎ、大あぐらをかいて飲みはじめるのを流し目に、お徳は小声で言った。

「どうでも男ってものは横着なものさね。お前の亭主は隠居仕事の墓掃除。寺の扶持は雀《すずめ》の涙で、ああして安酒でもあおれるのは、みんなお前の働きだ。いまの話のお京がそうさ。働きのねえ夫なら、おっぽり出しゃあいいものをさ」

「そういうお前はどうだい？」

「うちのは病気だ。道端におっぽり出しもできねえよ。くたばってくれりゃあ助かるが、人間、しぶといもんだねえ」

お新は薄化粧で、眉墨《まゆずみ》をさっと刷《は》き、紅もちょっぴりだ。胸から首まで、塗りたくるようなこともしないが、それでもすっきりと水際《みずぎわ》立《だ》ち、行きずりの男をハッと振り返らせるほどの効果をおさめている。

お徳は髪結い道具の仕末をし、次にお新の着付けを手伝うことになる。だが卯平は吾関《われ》せず、妖《あや》しい色香の匂《にお》い立つお新に目もくれず、もっぱら舌を鳴らして、酒を味わっている。

「おう、卯平さん、暑いね」

と、風体《ふうてい》のよくないのが、ひょろりと家をのぞきに来た。

「浅か。きょうは仏はこねえよ」

「チョッ。しけていやがる。この夏はよっぽど死びとも多かろうと思ったが、案に相違だ」

浅という男はそう言うと、着付けにかかったお新をチラと見て、好色な笑みを顔一杯に浮べ、額の汗を汚れた手拭《てぬぐい》でグイと一ぬぐい、小走りで消えた。卯平は何事もなかったように、欠け茶碗を手に、茫洋《ぼうよう》としたまなざしを、真昼の光がギラギラした墓場へ向けている。墓石の並び、乱れ立つ白い卒塔婆《そとば》、暑さに枯れしぼんだ花などが見える。野良犬《のらいぬ》が一匹、あたりをうろついているのは、供物《くもつ》に有りつくためであろう。

……それから一刻《とき》後。油堀のとある岸辺、二本並んだ柳の木の木陰に、一艘《そう》の苫舟《とまぶね》がもやっていて、その舳《へさき》近くにすっきりと立っているのが、ほかならぬお新だった。夕涼みにはまだよほど早いが、白っぽい薄物の襟《えり》を思い切って抜き、夏帯を解けそうに締め、裾《すそ》からは白いふくらはぎものぞく程なのを、川風がなぶってゆく風情《ふぜい》は、いかにも涼しげだった。

油堀は大川口から深川南部を東へ、木場へ抜ける掘割《ほりわり》で、北から小名木《おなぎ》川、仙台堀《せんだいぼり》、油堀、大島川と、いずれも東西に並行に、深川を縫っている。

お新の舟がいるのは、黒江町の河岸《かし》で、向う岸が平野町、その右手に陽田寺というお寺。堀の左手に富国橋というのが見え、右に黒江橋……これは油堀にかかっているのではなく、南北に通って油堀に抜ける黒江川にかかるものだから、橋の一部がわずかに見えるに過ぎない。ここはまず、永代寺《えいたいじ》、富岡八幡宮《とみがおかはちまんぐう》の北裏に当る場所だ。

「おい、べっぴん。口開けかい。遊んでやるぜ」

と、通りがかりに声をかけた男がいて、いきなり舟へ飛び乗ろうとしたが、お新はおっとりした口調ながら、

「いけないよ。お断わりだよ」

とニべもなくはねつけた。

「何を、このアマ。てめえ、舟まんじゅうだろう、お高く止りやがって」

「ふふん、見当違いだ。行っちまえ」

と言い捨てて、お新は何事もなかったように片膝《かたひざ》立てて坐《すわ》りこみ、傍《かたわ》らの煙草盆《たばこぼん》を引き寄せる。

振られたとは思いたくない男は、いまいましげにお新を睨《にら》みつけていたが、この女、少し毒が頭に回って、おかしくなっているに違いないと、その考えに満足した様子で、何か捨てぜりふを投げつけながら行き過ぎた。

それからほんのわずかのち。通りがかりの若い男に、こんどはお新のほうから呼びかけているのだ。

「寄って行きな、若いの。口開けだからたっぷり可愛《かわい》がってあげるからさ。ピョイと飛び

移りゃあ、あとは極楽だよ。わたしが何もかもしてあげるから。さあ、怖いことはないのさ」

男はうぶな、どこぞの若旦那《わかだんな》だろう。それでも何度か吉原の大まがき、仲町の茶屋あたりには上ったこともあるのだろうが、真夏の昼間、思いもかけぬところで、思いもかけぬ上等の舟まんじゅうに声を掛けられ、すっかりめんくらったに違いない。おどおどしているのを、お新が及び腰で手を伸ばし、否応《いやおう》言わさず、引張りおろした。

「おどろいたろう、いい男。中は存外涼しくって、きれいだよ」

と、男の顔をのぞきこむお新の顔付きは、ばかに優しい。こうしてみると、お新の稼ぎっぷりは随分わがままなもので、一見して厭《いや》なやつには洟《はな》もひっかけず、気に入った男とは欲得抜きで寝てしまう、といったものらしい。

お新は四通八達の深川の掘割を、妓夫《ぎゆう》もなしで気ままに漕《こ》ぎ回し、男を漁《あさ》って歩く。舟まんじゅうに似て舟まんじゅうではない。なにしろ女の出来も身なりも違うのだ。

苫の中は畳二枚の広さで、敷藁《しきわら》の上に薄べりを置きさらに清潔な寝茣蓙《ねござ》を敷いてある掛け蒲団《ぶとん》も立派なものだ、両方の入口にはすだれを掛けてある。小さな岡持様《おかもち》のものに、茶や酒の用意もあり、因速寺の家より、よほど住みよさそうにさえ見える。

男を中へ押し入れると、お新はやれやれと言うように長くなり、腰をひねりながら帯をゆるめ、胸をグッとくつろげた。

「どうしたい、色男。わたしの体はまんざらでもないだろう？　煮て食おうと焼いて食おうとお前さんの心次第……」

と、舌ったるい口調が、しどけない寝姿と共に、男をたまらない気にさせたようで、ぶるっと一震いするといきなりお新の体にしがみついた。お新はゆるい微笑で、それに答えたばかりだ。わずかに揺れる舟、たぷたぷとふなばたを叩《たた》く小波《さざなみ》の音。

二

その同じ苫舟の中で、お新といま向い合っているのは、お徳の話に出た浪人者の女房、お京だった。さっきの男はとっくに帰り、やや斜めになった陽射《ひざ》しが、水面をまばゆく光らせ、暑さは一向衰えない。

「お徳が自慢しただけのことはあるね。器量は飛びっ切りだ。こうして見たところ、体付きもよさそうだ。手内職などでくすぶっているのは勿体《もったい》ねえ話だね。わたしはお前さんを、お武家さんの御新造《ごしんぞ》とは思わず、ざっくばらんに話をするけれど、体を張って稼ぐ気は、やっぱりないのかい？」

「そればっかりは」

と、お京は簡潔に答えた。なり振り構わぬみすぼらしさにもかかわらず、どこやらに凛《りん》とした品位を漂わせているのは、さすがだ。紅もささぬ、陽焼けした顔に、しかし世帯《しょたい》やつれは見えない。若さが弾《はじ》き返しているようだ。そう言えばお新が見抜いた通り、キュッと引き緊った体付きが、襟元や袖口《そでぐち》に露《あら》われた肌色からもうかがわれる。

「そうかい。だが、女は色を売るのが一番さ。寝そべって、いじられるだけで、馬鹿《ばか》な男は金を落してくれる。体が減るものでもない。お前さん、世間体があるのなら、こっそり商売もできるのだよ、わたしのようにさ」

お新はゆっくりゆっくり、噛《か》んで含めるように口説きにかかったが、あまり当てにしているわけではない。名の知れた岡場所の、一流の置屋、子供屋に身売りでもすれば、その美しさでたちまちピカ一、何屋の何と客の間に知れ渡ってはまずかろう。それに引替え、お新のような勝手気ままな商売なら、名は売れずに済むし、なんのかのと身を縛られることもない。稼ぎはみんな、自分のもの……。

「ご亭主にも知れずに済むというもんさ。いつまでも外聞にこだわり、お嬢様の考えじゃあ、せち辛いこの世は渡れねえよ」

衣裳《いしょう》も道具も、舟もこちらで用意をしてやるから、とまで言ったが、よほど空恐ろしいことでも聞くように、お京はただ茫然としているばかりで、首を竪《たて》に振ろうとはしなかった。

「ご親切はありがとうございますが……」

「礼には及ばねえが、それじゃあお京さん、この話は引込めるとして、こっちも乗りかかった舟だ。なんとかかいいみいりのある仕事を考えようよ。……おおそうだ。西念寺の横町に、巽屋《たつみや》というケチな絵草紙屋があるのさ。絵草紙と言ったって安物ばかり、暦やら双六《すごろく》やらも売っているが、あるじの孫兵衛《まごべえ》というのがわたしと知合いでね。なかなか知恵も働くやつさ。どうだえ、孫兵衛に相談したら。力になってくれるかもしれないよ」

八幡橋を渡って、東へずっと続く大通りが永代寺の門前仲町で、その一の鳥居の少し手前、左手にあるのが西念寺だ。その横町をずっと引込んだところに、間口九尺のちっぽけな構えで、巽屋がある。絵草紙、読本《よみほん》、役者絵など、みな古ぼけた棚《たな》ざらしで、気《き》の利いたやつなら立ち寄りもしない。盛り場と隣り合せのような界隈《かいわい》にしては意外に物静かで、小店、しもたやが立ち並んでいる。

年寄りの客を、いま送り出したのが孫兵衛で、お新を見ると、

「ほう、きょうは早仕舞いか」

と声をかけた。孫兵衛はどちらかと言えば小柄《こがら》なほうで、色白のやせぎす、顔付きは、どこにでも転がっていそうな尋常さだから、会ってもすぐ忘れられる口だろう。年頃は三十二、三から四十という、漠《ばく》とした見当しかつかない。

「相談があるのさ。ほれ、このひとのことで」

と、お新は、うしろで神妙にさしうつむいたお京を、前に押し出した。

「こりゃあお初に。わたしはこの店のあるじ、孫兵衛と申します。それにしても、おきれいな人だね」

「お京でございます。突然にお伺いを」

と、お京は消えも入りたそうだ。

「まあ、汚ないところですが、奥へお入りなさい。このお新さんとは、隔てのない付合いでしてね」

お新をチラと見てから先に立ったが、その何気ない視線だけは只者《ただもの》ではなかった。

奥と言ったところで、店の次の小部屋しかありはしない。すぐに草ぼうぼうの裏口になってしまう。畳はささくれ、壁はシミだらけ、天井板はそっくり返って、お新の住居のほうがよほどマシなくらいだ。

「男やもめは、これだからね」

と、お新は、いつ掃いたかわからない、ほこりっぽい畳に気味悪そうに坐ったが、そこに転がっていたのが、妙な絵巻物で、手に取って拡《ひろ》げると同時に、クスクス笑いだした。

「いまの爺《じい》さんかえ？」

「ああ。別のを二分《ぶ》で売った」

と言いながら、孫兵衛は巻物を取上げた。

「こんなものを、お客さんには見せられねえ」

「ところが、見てもらったほうがいいかもしれないねえ」

とお新。

「そりゃあまた、どうして」

「なにね、このお京さんが、金になるいい仕事を探していなさるんだ。ところが、身売りは厭とさ」

そこで相談だが、と、お新はお京の身の上話をした。孫兵衛はうなずきながら聴いている。お新の話しぶりは、ジックリしているだけに、なかなか暇がかかる。最後までよく聴いてから、

「なるほど、よくわかったが、お京さん、もう少し聞いてもよござんすかい？」

お京が孫兵衛にうながされ、ぽつりぽつり話したところによると、お京の夫の名は小島《こじま》数之進《かずのしん》といい、二十六歳。播州竜野《ばんしゅうたつの》の生れで、十六歳の時に出府、以来江戸詰で、主人脇坂淡路守《わきさかあわじのかみ》のお気に入り、ずっと近習《きんじゅう》で、家柄はさほどでないが、行く行くは藩の重役と見られていた。

ところが、同じく江戸詰の家来、畑野庄助《はたのしょうすけ》の娘お京と見知り、双方が憎からず思い始めた頃から、数之進の出世運には雲がかかり始めた。……ということに、数之進自身は全く気付かなかった。これは、畑野庄助のうまい立ち回りによる。畑野は数之進の将来を見

込み、大乗気で、お京を嫁にやろうと考え、熱心の余り、数之進を婿《むこ》に、と望む多くの連中に対して、あの手この手で邪魔立てした形跡がある。しかも数之進の耳には入れぬようにした。

邪魔立てされた者の中に、留守居役がいた。その娘が、予《かね》てから数之進に思いを焦《こ》がしており、母親を通じて取持ちを頼んだ。数之進ならこちらも望むところだと、直接数之進か、その母親に談じ込めばよかったものを、人もあろうに畑野に相談してみたのが悪く、

「それは生憎《あいにく》でございました。いま少し早ければよろしかったが、どうやら小島殿は意中の者があるようでございますな。当人はよほど熱心の様子で、他《ほか》からの縁談は承知いたしますまい。拙者《せっしゃ》、詳しくは存じませんが……」

と言葉巧みに断わり、数之進には一言も告げなかった。あとになって留守居役には、

「誠に申し訳なく、父親として不行届きで、面目次第もございませんが、小島殿の意中の者は、意外にも拙者の娘でございました。驚いて、娘にあきらめる様申しましたが、あの年頃《としごろ》の娘は一途《いちず》なもので、小島様とはすでに末を言い交わしてあるものを、ならぬとあらば自害すると申します。何卒《なにとぞ》このたびは、拙者に免じて……」

と、平謝りで済ますつもりだった。

事実その通りの成行きになったのだが、留守居役は釈然とせず、娘がまた、お京のみならず数之進に、怨《うら》みを抱くようになり、父親をついて、何らかの形できびしく仕返しを

してくれるように迫った。留守居役は、娘にたきつけられるまでもなく、おのれ憎いやつめ、おれを侮《あなど》りおって、と怒りに燃えている。

畑野庄助の計算違いは、留守居役を軽く見ていたことにある。人望がなく、殿のお覚えもあまりよくないというので、落ち目一方の人物だったのだが、何かのキッカケから、勢いを盛り返してきていた。藩邸で侮り難《がた》い存在になり、江戸家老の片腕とまで言われるようになると、軽輩の畑野が頭を下げただけでは済まないのだ。

数之進、お京の祝言《しゅうげん》ののち、わずか経《た》った頃に、まず畑野が役目を取上げられ、隠居させられた。息子が辛《かろ》うじて家を嗣《つ》いだが、禄《ろく》を半減された上、国に追い帰された。次が数之進で、大事な役目の殿居《とのい》に、眠りほうけたという理由で追放された。無実を言い立てても、留守居役の目が光っていて、数之進をかばってくれる者がいない。

畑野の罪にしても、日頃の勤めぶりがよくないという漠然たるもので、理不尽を申し立てても取上げてくれないのだ。娘の怨みからだと言っても、一笑に付されてしまう。

数之進は最初、何が何だかわからなかった様子だが、そっと知らせてくれる者があり、

「そうであったか」

と、無念の形相《ぎょうそう》になったという。

以来、夫婦は深川冬木町の裏店住《うらだなずま》い、数之進は仏頂面《ぶっちょうづら》で指一本動かさず、お京ひとりが世帯の切り盛りにキリキリ舞いをする仕儀となる。

数之進には、こんな目に会ったのも、みな畑野が術策を弄《ろう》したせいだという肚《はら》があり、その娘が罪亡ぼしに働いて、おれを食わせるのは当然だと考えているらしい。

そうして彼は、心中期するところがあるように、国へ帰ろうともせず、帰参の許しを待っている。どうやら、留守居役の情けにすがろうと考えているようだ。

その娘は、まだ数之進をあきらめていないのか、嫁ぎ口を断わっているという。

「へへえ。するとお京さん、ご亭主の帰参が叶うのと引替えに、お前さんがおっぽり出されることになりゃあしませんか？」

と、孫兵衛が気の毒そうに聞いた。

「そうなればなったで、仕方がありません。夫のためには、それがいいのですもの」

「いっそのこと、いま切れちまったら？」

とお新が聞くのへ、

「いえ、やはり妻の務めがあります。夫が離縁すると申さぬ限り、仕えます。それに、わたしが居《お》りませんでは、夫はたちまち路頭に迷いましょう」

とお京はキッパリ言った。

「その言い草は殊勝だが、ご亭主は留守居役の娘とヨリを戻す気だ。そんなのを後生大事に抱えこんで食わすとは、ばかばかしい。……しかも何事も自由にさせねえとくる」

「まあ、そう言いなさんな。さし当って、お前さんにいい仕事だが……お京さん、この絵巻物を見てもらおうか。お前さんなんぞ、生まれて初めて見る絵だろうがね」

孫兵衛はその品物をお京に手渡した。やはりその手か、と言いたげに、お新は打ちうなずく。

三

絵巻物を拡げると同時に、お京はアッと小さな声を上げ、目を堅く閉じた。指先が震え、みるみる顔にくれないの色が射してくる。

艶《えん》だな、と言うように、孫兵衛の笑った目が、お新に向けられた。

絵巻物には、男女の秘戯図が展開されている。四季の御慰みと表題があり、春夏秋冬の四季に分けた上、各季でさまざまの男女の組合せが描かれている。坊主《ぼうず》と御殿女中、侍と町娘、旦那と女中、鳶《とび》の者と商家の新造というたぐいだ。姥桜《うばざくら》と若衆、御隠居と小娘というのもある。

場所にも工夫があって、深川の岡場所それぞれが舞台になっているほか、洲崎《すさき》の海辺、舟の中、土手の草むらというのもある。

さらに、からみ合いの体様が変化を尽している。細密な筆描《ふでが》きで、パッとした美しさだ。描き様に手慣れすぎたところはあるが、下手ではない。

孫兵衛は笑いながら、絵巻物を取り返した。

「よく見てほしかったがね。こりゃあ枕絵《まくらえ》、枕の草紙、あぶな絵と言ったもんだ。わたしはこういうものを、さる絵師に描かせて、ひそかに売っているんだよ。いい商いになる。ところがその絵師が、近頃描けなくなったと嘆いている。なぜかと言えば、こんなものを数多く描いているうちには、倦《あ》きがくるし、みんな同じような、変り映えのせぬ絵になってしまうんだ。だから行き詰って、描く気力もなくなる。頭の中で造り上げちゃあ描いているんだから、そうなるのも当り前だ」

「お前さんを、絵師に描かせちゃあくれないか……この人はそう言ってるんだ」

と、お新が註釈《ちゆうしやく》をつけた。

「い、いいえ、わたしはそんな……」

「だがお京さん、これなら男に体を汚されずに済むよ。描くだけさ。裸になるのは、ちっとは恥ずかしかろうが、形だけのことさ。相手の男も心得ていて、手なんぞ出しやしない。それに、絵になったところで、似顔絵じゃないから、だれとも知れやしねえ。大っぴらには見せられない絵だから、店先に出ることもない。ご亭主には、なんとでも言いつくろえよう。一時の恥を忍べば、手に入る金は、一晩男にもまれた礼金に劣りゃしねえんだ。どうだいお京さん、なにも無理《むり》強いはしねえが、考えてみちゃあ？」

四

「こんな、絵巻物にするのでございますか？」

口をムッと結び、うなだれて身動きもしなかったのが、つと顔を上げて、強い瞳を孫兵衛に向けたので、てっきり断わると思いの外、お京が口にした言葉はそれだった。

「いいや、一枚絵にする。そういうものは、念入りに、大きな絵にしなけりゃあ値打ちが出ないものでね。相手の男も、お前さんによく釣《つ》り合う、いいのを選ばなきゃあならねえ。絵師には腕によりをかけさせますよ」

「描かせると、どれほどいただけるのでございましょう？」

お新は思わず、孫兵衛を見た。

「世には好事家《こうずか》がおりましてね。いま帰った年寄りのような者で。これは安物しか買ってくれませんが、肉筆のいい絵になると、五両から十両、いや、もっと高値で売れますよ。お前さんが描かせてくれたとなりゃあ、わたしは三十両で売ってみせる。絵師には十両も渡せばホクホクだ。残り二十両を山分けとしましょうかね。よほどお困りなら、二十両全部、最初はさし上げてもよろしい」

「二十両……」

お京は垢《あか》じみた着物の襟に、円《まる》い小さな顎《あご》を埋めるようにした。二十両あれば、と、様々な思いが、その頭の中を駆けめぐっているのだろう。

「必ず、顔は似ませんね？」

「念を押されるまでもない。この式の絵に出てくる顔は、みな同じようなものでね。似顔絵じゃないから」

「では、いま一度よく考えましてから」

「そうしてください。何もこの場で承知してもらおうと思っちゃいませんよ。すると、あしたにでも、ここへ来ておくんなさるか」

「はい。参ります」

孫兵衛はホッとした様子で、何度もうなずいた。

「よかったねえ。わたしも肩の荷をおろした。……なあに、思い切って清水《きよみず》の舞台から飛びおりてみりゃあ、案外なものさ」

「……駄目《だめ》だなあ、おめえたちは。てんで気が入っていないから、こっちも描く気が削《そ》がれる。こっちは実を写したいんだ。実を。まあ休みな。きょうはこれでお終《しま》いだ」

宇陀川芳国《うだがわよしくに》は、握っていた筆を乱暴に投げ捨てて、ゴロリと横になった。あたり一面に下絵の描き散らしがばら撒《ま》かれている。

ここは蛤町《はまぐりちょう》の一角、袋小路《ふくろこうじ》の奥で、曲りなりにも一軒建の芳国の住居だ。よほど古いので、文字通り軒端《のきば》は傾き、羽目板は破れ、というていたらくで、しかも風がどこからも通らず、蒸し暑いこと限りない。

ことに仕事場の奥六畳は焦熱地獄で、芳国の生っ白い五体は汗に濡《ぬ》れ、ただ一つ、身に付けた下帯も、水に漬《つ》けたようだ。

「あんまり勝手な注文をしなさんな。これでもお前さんが言う通り、やれ四つん這《ば》いで尻を上げろの、うしろ手ついてグッとおっ広げろだのと、痛い思いをして、軽業《かるわざ》みてえな真似《まね》を精一杯に勤めたのさ。筆が動かねえのは、こっちのせいじゃあるまいよ」

と毒づいたのは、年の頃三十ばかりの女で、これもだれはばからぬ真っ裸だった。顔は白粉焼《おしろいや》けの上に小ジワが目立ち、義理にも美女とは言えないが、一面に汗の粒を吹いている体のほうは、捨てたものではない。ただ、肉のたるみは覆《おお》い難く、芳国に描く気を無くさせたのは、それも一因だろうか。

「気が入らねえたって、そいつは当り前だ、芳国さん。この女は客にいちいち気を入れていた日にゃあ、体がもてねえ商売だ。それにあっしだって、女にはヘドが出るほうだ。飽き飽きしていらあな。その二人を組み合せようてえのが、土台無理じゃねえかい？」

と言ったのは四十前後の、腹の突き出した男で、荒い格子《こうし》のゆかたを引掛けていた。褌《ふんどし》なしの不様さは、さきほどまでの芳国の指図によるものだろう。

「わかったわかった。どうやらおれが悪かった」

と、芳国は手を上げて力なく振り、

「やっぱり無理だったなあ。金さえありゃあ……」

ずっとマシな男女を引張ってこれたろうに、と言うのだ。

「力になれずに悪かったねえ、芳国の先生」

と、女が皮肉たっぷりに言った。

「それでもお駄賃《だちん》は約束通りいただくよ。まあこれにこりず、遊びには来ておくれな、土手で待ってるよ」

芳国が障子の向うに気を兼ねて、苦い顔をするのへ、女は大口をあいて笑いかけた。

「暑いね。芳国さんは奥かい」

と、孫兵衛が訪れたのはその時で、女房のおりくが湯文字《ゆもじ》の上に何かひっかけ、あわてて迎えた様子だ。

「巽屋さんかい。上っておくれ」

と芳国は障子越しに愛想《あいそ》のいい声をかけた。孫兵衛は芳国の金づるで、粗略には扱えない男だ。

「それじゃあ遠慮なく上らしてもらうが、連れがあってね。美しい女の人だ」

「美しい？」

芳国があわてて、裸の二人に目配せをし、自分も隅っこに脱ぎ捨ててある、よれよれのかたびらに袖《そで》を通した。

「客だ。お前たちはこれを持って帰りな」

と、芳国が二人の前にほうり出したおひねりは一分もあろうか。

孫兵衛の連れは、言うまでもなくお京で、上り口のところで、仕事場から出てきた二人とすれ違った。お京を見て、男女ともオヤという顔をしたが、ことに女は露《あらわ》な敵意を見せ、ふふんと鼻を鳴らさんばかりに、口をゆがめた。虫も殺さぬ面《つら》付きだが、へっぽこ絵師の芳国を尋ねて来たからには、どうせ恥ずかしいなりを見せて、稼ごうって口じゃないか……と言いたいのだろう。

お京は二人を見もせず、そっと会釈《えしゃく》をしただけだ。物静かで、そよとの表情の動きもない。

「ありゃあ何だえ?」

仕事場に坐るなり、孫兵衛が聞いた。

「とんだしくじりさ。てんで描く気が起らなかった。女は夜鷹《よたか》で、男は妓夫《ぎゆう》さ。厭がるのを拝み倒して連れてきてみたが、すれっからしは駄目なもんだ。ドキッとさせるところが、爪《つめ》の垢ほどもねえ」

「あぶな絵か?」

「男が夜盗で黒装束、女が大店《おおだな》の若女房って趣向でね。後手に縛ったやつを転がして……」

芳国はそこまで言うと、お京に気を兼ねて黙ってしまった。

「なるほど、大分描き崩したな。……ところで、この人はお京さんと言って、わたしが身《み》柄《がら》を預かっているんだが、どうだ、夜鷹などとは月とすっぽんだろうが」

「まさか巽屋さん……」

芳国は喰《く》いつきそうな目をした。

「お前さんが描けなくなっていることを話した。そうだよ。描かせてくれるそうだ」

「えっ？　嘘《うそ》じゃあるまいね」

「嘘で連れてくるものか」

「ありがたい。失礼だがお京さんとやら。お前さんのような女がほしかった。いますぐにでも描いてみたい。よくこんな人が……」

芳国は真剣そのものの、鋭い視線を、お京の全身に這わせている。顔色は紅潮し、陶酔の色を見せてきた。

「だが巽屋さん、いいんだろうね。わたしが描く絵はその……」

「話してある。ただし、あぶな絵はいけないよ。と言うのは、いまの夜盗と若女房のような手籠《てご》め、突込み……こいつはお断わりだ。お京さんが承知したのは、あくまで尋常なものさ」

「けっこうだ。このお京さんなら、それで十分。よろしく願いますよ、お京さん。申しおくれたが、わたしは宇陀川芳国という浮世絵師で、ご覧の通り、いまはうだつが上らないが、そのうちには一旗上げて見せますよ」

お京は畳に手をつき、丁寧に一礼した。孫兵衛が案じたように、おびえたり震えたりもせず、一旦《いったん》覚悟を決めたからには、ジタバタはしない様子だ。

「言っておくが、さる人にくれぐれもと頼まれて、預かっているんだ。お前さん、妙な気を起しちゃいけないよ」

「冗《じょ》、冗談《じょうだん》言っちゃいけない」

「わかっていりゃあいいさ。もう一つ。相手の男だが、今業平《いまなりひら》のようなのがいるかい？　こんどの絵は上《うえ》つ方《がた》の美男美女ってことにしたいのだがな。場所も風流な下屋敷、それとも小梅あたりの寮……どうだろうね」

「そりゃあいいね。きれいずくめで。売れますぜ。男のことはわたしに任せてください。心当りがあるから……そうだ、何人か連れてきて、お京さんに目利《めき》きをしてもらおうか。お京さんの気に入ったのがいい。そうまでしなくとも、いい絵はきっと描いて見せるが、気に入った男なら尚更《なおさら》、こてえられねえ図になりそうだ」

「おいおい、芳国さん」

と孫兵衛は顔を曇らせた。

「あくまでも形だけのことだぜ。お京さんの体に指一本触れさせてはならないんだ。その先を描き込むのは、お前さんの腕だ。それから、相手の男によく釘《くぎ》をさしておいてほしいね、お京さんをどうこうしようって気を起させないようにね」

「そりゃあ大丈夫。怪《け》しからねえ気でも起しやがったら、第一このわたしが承知しないや」

「ふふふ、それでけっこう。それじゃあお京さん、帰ろうかね」

「ちょ、ちょっと待ってくださいよ」

と、芳国は孫兵衛にすがりつくような仕草をした。

「……せっかく足を運んでもらったんだ。ひとつ、拝ませてもらいたいね。どうだろう、お京さん。どうせ、その時には裸になるんだ。恥ずかしい思いは、いましておいたほうが……」

「いやに、せくね」

冷たい笑いが、チラと孫兵衛の口辺に漂ったが、

「だが、それもそうだ。絵師としちゃあ、一刻も早く見たかろうて。お京さん、いいかい？　わたしはむろん、向うの部屋にいるが」

「はい」

とお京の口は動いたのだが、言葉にはならなかった。

孫兵衛が隣室へ行き、うしろ手に障子をピシャリと締めるが早いか、芳国は、

「さ、お京さん、見せてくれ」

と迫る語尾が震えていた。

お京はゆっくりと帯を解いた。解き終ったのを、まとめて横に置く。着物の合せ目に手を置き、芳国からは横向きの姿勢になった。ほんのしばらく、ためらってから、そっと片《かた》膝《ひざ》を立て、くすんだ縞《しま》の単衣《ひとえ》を脱いだ。下には肌襦袢《はだじゅばん》、腰巻だけだ。肌着は白く、清潔だった。

「さ、恥ずかしがらずに」

芳国はゴクリとのどを鳴らした。

お京の動作はひどくのろいが、ためらいはない。

「こりゃあ……」

お京が脱ぎ終った時、芳国は絶句した。薄暗い仕事場で、目にしみるような肌の白さ。どこにもシミひとつないすべらかさだ。

やや細い首から、なだらかに下る線。肩の初々《ういうい》しい円み。胸に向ってふくらんで行く肉付きの若々しさ。雪うさぎを思わせる完璧《かんぺき》な乳房から、みごとに引き緊り、くびれてくる胴。そして溶けそうな柔らかさと、花盛りの芳醇《ほうじゅん》さを見せる腰部。……いじけた線、ゆ

がみはどこにもない。余分な脂肪もない。

「どんな細工物の名人でも、日本一の絵師でも、造化の妙には敵《かな》わねえや」

と、芳国はうつつ心に妙なことをつぶやき、そわそわと立ち上って、じっと彫像のようにしているお京のまわりを、腰を落し、伸び上り、横からのぞき、という有様で、ぐるぐる回りだした。果ては尻餅《しりもち》をつき、いつまでも茫然《ぼうぜん》と、お京の裸体を眺《なが》めている。

「芳国さん。もうそろそろいいだろう」

と孫兵衛の声がした。それでやっと吾《われ》に返り、

「ありがとう。わたしは元気が湧《わ》いてきた。宇陀川芳国、一世一代の枕絵を描いてやるわ。お京さん、着ておくれ。そんな美しい体は、早くかくさなければならん」

と、また妙なことを口走った。

五

一幅の秘画が完成した。絹本で縦一尺二寸、横二尺ほど。手前に夏草の茂みが描かれ、正面一杯には御殿の奥座敷、中の様子がすだれ越しになっているのは、観《み》る者にもどかしい思いをさせると同時に、男女秘戯の妖しさを強調する効果を上げている。

室内のぜいたくな調度が、筆をはぶかず描き込まれた中に、姫君があられもなく横たわ

り、袖だけ通した夏衣が乱れに乱れ、素足が高々と、こちらへ向けて、かかげられている。かかげているのは若殿の腕で、その体は姫君の股間《こかん》に割って入った形。若殿は大銀杏《おおいちょう》の、美しく整った顔をし、白無垢《しろむく》の寝衣を引っかけているが、前は思いのほかにたくましい体付きだ。

姫君は体をねじり、腰から下はこちら向きだが、胸のあたりは仰臥《ぎょうが》の形、それも弓なりに反《そ》りかえって、髪は無残に崩れ、櫛《くし》かんざしの類《たぐ》いが散らばる。衣紋《えもん》からあふれて突き出た胸乳、天井を向いてしまった顎……苦痛と陶酔の表情がまさに迫真の、顔がまぎれもないお京だった。

次の間には、からみ合いながら、座敷の模様を盗み見ている家来と女中の姿が描かれているが、これは枕絵の常套《じょうとう》で、なくもがなと言える。

「いい絵だ。息も詰るようだ。……巽屋さん、これは本物を写したね？」

膝をもぞもぞと動かし、魂を奪われた様子で絵に見入りながら、そう言ったのは、孫兵衛の上得意で綿屋六兵衛、木場で指折りの旦那《だんな》である上、門前仲町に茶屋を持ち、妾《めかけ》にやらせている。留守居茶屋と言ったところで、客は各藩の留守居役から、御作事、普請《ふしん》奉行配下の役人など、みな綿屋が大事にしなければならない連中で、客の注文によっては、随分無理もするという話だった。女のことである。

「さすがにお目が高い。ことに女が飛切りでしてね。探すのに苦労をした甲斐《かい》がありました」

「買おう。売ってくれ。お前さんの言値《いいね》で買うよ」

六兵衛は乾いた唇を舌でしめした。六十を過ぎて頑健《がんけん》そのもので、髪の白さと少なさを除けば、壮者をしのぐ色艶《いろつや》をしている。女遊びも、まともなのは駄目で、お新がしばらく相手になったのも、その変り様が六兵衛の興味を引いたからだ。巽屋へ足を運ぶようになったのは、お新の手引であった。

「申しわけございませんが、これは売れませんので」

「そんな、お前さん。売るために描かせたのだろう」

「そりゃあそうですが、絵師がまだ売りたがりません。なにしろ、出来映えがこれで。また、女が売ってくれるなと渋ります。顔が似過ぎましてねえ。……それにわたしも、当分は手許《てもと》に置きたいんです。惜しくて」

「商売じゃないか。わたしもこれを見た以上、是が非でもほしい。五十両出しましょう」

「困りましたねえ。女が実は、お侍の御新造《ごしんぞ》でございまして、金のために、絵師に恥ずかしい姿を描かれはしたものの、あまりの凄《すご》さにびっくり、金は要らぬから絵は売らないでくれ、売れば自害すると……」

「へえ、そうかい。素人《しろうと》のねえ」

六兵衛はあきらめ切れぬように、また熱心に絵に見入った。

「綿屋の旦那、それではこういたしましょうか。絵はどうでもお売りはできませんが、その代りに、女をお会わせ申しましょうよ」

「えっ？　本当かい」

「ほかならぬ旦那のこと、埋め合せでございますよ。女は体は売らぬと申しますが、なに、その辺はお任せください。うまくやってお目にかけます。一度物にすりゃあ、女は他愛《たわい》もないものでございますから、あとは意のままで。……ただし、お金ははずんでいただけましょうな」

「言うまでもないよ。で、いつ？」

「ははは、全く旦那はお元気だ。四、五日のちとお考えください。使いを出します」

三日後の昼下り、綿屋六兵衛の姿が、佃町《つくだ》の茶屋大黒屋の小座敷にあった。向い合って、団扇の風を送っているのが、舟まんじゅうのお新で、孫兵衛の使いとして木場へ行き、六兵衛を案内してきたものだ。

「旦那のような浮気者《うわきもの》はいませんよ。このお新の味の良さなんぞ、すっかり忘れちまって」

と、お新は例の舌ったるい口調だ。

「忘れはしないよ。このところ、ちょいと忙しかった」

女に甘く言われると、ヤニ下るのは男の常で、いい年をしながら六兵衛もその例に洩れない。

「ふふん、手を伸ばせばわたしに触るってえのに、上の空だ。思うはお京ばかりかえ？」

「あれだけは別だ。首尾よくゆけば死んでもいいつもりさ。了簡《りようけん》してくれ、お新」

「おや、恐《こわ》い顔だ。……ところで旦那、よござんすね。お京はあくまで、絵を描かせるだけのつもり。旦那は性悪《しようわる》の岡《おか》っ引《ぴき》の役目で、無理難題の末、力ずくで町女房のお京を組み伏せる場面なんです。最初のうちはその通りに、型ばかりして見せる。お京も疑わずに合わせる……芳国は夏障子の向う、隣り部屋からのぞきながら描《か》いていることになっていますからね」

「その実、芳国は早々に姿を消し、おれとお京だけ……確かにその運びだな？」

「旦那の腕次第ですよ。早とちりはなさいますまいね？」

「早とちり？　そりゃあ何のことだ」

「いえね、旦那がご覧になった、あの絵の相手の男さね。ああ若くちゃあ仕方もないが、お京の裸を見た途端に、のぼせ上っちまい、取っ組合いの型に入るどころじゃねえ、コチコチで、ちょいと体が触れたと思ったら、ぶるっと震えやがって旦那」

「ははあ、早とちりとはそのことか。さすがにおれも、そこまでの勢いはねえから、安心しな」

若い男は憐《あわ》れをとどめたものだった。まさに拷問《ごうもん》で、形が決るまで、何度感極まっては、口汚なく芳国に叱《しか》り飛ばされたかわからない。その芳国にしても、手許が容易に定まらず暑気に当った犬のように、あえぎっ放しだったのだ。お京だけが従容《しょうよう》と、芳国の指図通りに動いていた……

「さあ、そろそろ支度も出来たのだろうね。旦那、二階へ参りましょう。覚悟はよござんすか？」

腰に差した小道具の十手《じって》、胸からのぞく捕縄《とりなわ》で、なんとか老岡っ引に似ないものでもない綿屋六兵衛は、ふらふらと立ち上った。

二階の表座敷に、お京と孫兵衛、すだれ障子を明け放した次の間に、描く用意をした宇陀川芳国がいた。

「きょうのはあぶな絵だが、よく承知してくれたね。なに、先日のデンでいいんだ。芳国の言う通りにしていりゃあ苦もない」

「顔は似ませんか」

「似せねえ。それは芳国が肝に銘じているよ。描くのはすだれ障子の向うからで、こりゃあ前のすだれ越しがばかに利いたから、こんども障子越しにしようというのと、なるたけ、二人っきりにして、気分を出そうというためさ。芳国の姿は見えねえでも、ちゃんと居るのよ。だから何かの時には安心ってもんだ。おお、来たようだな」

お京には、六兵衛のことを近くの番太郎だと言ってある。それが岡っ引に化けているのだと。絵は売っていないが、孫兵衛がお京に与えた金は十両だ。そのうちいくらを衣装に使ったのか、きょうのお京は涼しげな水浅黄《みずあさぎ》に小花模様を散らした薄物、髪も美しく結い上げ、櫛こうがいもたいまいの上物だった。

「さあさあ、こっちへ。話は分っているだろうから、早速始めてもらいましょうか。きょう一日、この大黒屋は借切りだから気兼ねはない。じゃあ芳国さん、ひとつ頼んだよ」

と言うと、孫兵衛は早々に立ち上り、梯子段《はしごだん》を下りた。待ち受けていたのはお新だ。

「うまく行ったね。これでお京が、大声でも張り上げなきゃあいいが」

「大声なんぞ出すものか」

「どうして？」

「お京はねんねえじゃねえってことさ」

「見込んだもんだねえ。わたしはこれから、どうしたもんだろう。いまさら塗りたくって、船へ出るのも面倒……」

「寺へ帰って寝っ転がりな」

「それも気が利かない。卯平《うへい》を相手じゃあ……どうだえ、孫兵衛、ここでわたしと。まんざらでもあるまいじゃないか」

「お断わりだね。お前を相手に、汗を掻《か》くにも及ばない。それより、やっぱり二階の首尾が気になるて」

二階では芳国が、ああでもない、こうでもないと、汗を拭《ぬぐ》い拭い二人の型をつけていた。どちらもまだ着物は脱がないが、すでに六兵衛の目は血走り、うつつを抜かした顔色になっていた。あの枕絵から生きて出てきた女だ。あれよりずっとみずみずしく、生き生きとして……

「こいつは、枕絵の若い男を笑っちゃあいられねえ」

と六兵衛は口の中でつぶやいた。型つけでどうしても無理な姿勢を取らされ、そのたびに、薄物から見えかくれするお京の素手、素足は、目がくらくらするほどの刺激なのだ。

「そうだ、お京さん、ちと痛いが、縛られてもらおうか。六兵衛さん、お前さんが縛ってくれ、うしろ手に……縄目が食い込まなくちゃいけないから、ゆるくは駄目だ。お京さんには辛抱してもらって。さあ、二人とも脱いでもらおうか。と言っても、六兵衛さんは下ばかり。お京さんは素裸。そのほうがいい。うしろから、女の腰をかかえ上げ……わかってるね」

芳国の声はすっかりうわずっている。

お京は静かに薄物を脱ぎ、長襦袢、腰巻を取り払った。芳国がそれらを、いかにも落花《らっか》狼藉《ろうぜき》の体《てい》に、くしゃくしゃにしてほうり出す。

「縛りましょう。わたしは縄の扱いは心得ているから、そんなに痛くはしませんよ。なにしろ木場……」

と言いかけて、六兵衛はあわてて口をつぐんだが、しゃべったために落着きが出てきたのは幸いだった。お京はすでにおとなしく、腕をうしろへ回しており、横顔に心なしか、頬笑《ほほえ》みの陰があるようだった。

（男冥利《みようり》っていうが……）

小手を縛った縄を胸へ回し、二重三重に、柔らかいところへ縄目を当てながら、六兵衛は夢見心地のうちに、かつて覚えなかったほどの若々しい欲情がせき上げてくるのを覚えている。いよいよだ。

芳国が次の間へ行き、すだれ障子を閉めた。六兵衛は帯を解き、前をはだけて下帯も取った。

「六兵衛さん、もうちょいと右向きに。そうだ。お京さんの腰をかかえ上げる……どうも、あぐらはいけねえな、どっしりし過ぎて。しゃがんで膝をついた形で……そうそう。そうすりゃあ女の腰もぐっと高くなる。なんだな、六兵衛さん、右の腕は袖から抜いてもらおうか。お京さんはちっと苦しかろうが、そのままがいい」

早く行っちまえ、へっぽこ絵師め、と六兵衛は念じている。同じ姿でいるのは辛《つら》かったし、お京の腰からふくよかな太腿《ふともも》の重さはずっしりしている。それより、お京がもう、肩で息をしていた。呼吸のために縄目が食いこんで、痛むのだろう、顔をしかめ、下腹さえ微《かす》かに波を打っていた。

「芳国さん、芳国さん、一休みしていいかえ？」

と六兵衛は声をかけた。返事はない。六兵衛は震えだした。

一旦お京を寝かせ、引掛けた着物をかなぐり捨て、おっかぶさるようにして頰ずりをした時、お京は六兵衛の意図に気付いたようだった。はね起きよう、突きのけようとしても、縛られている。六兵衛にとって、お京の抵抗は、ただ欲情を高めてくれる働きしかしない。執拗《しつよう》な攻撃の間、お京は叫び声を発しなかった。芳国を呼ぶこともしなかった。次第にあらがう力もなくなり、お京は死んだように、六兵衛のいたぶるままにされだした。

「お前が好きでたまらない。悪いようにはしない。決して悪いようにしない」

とささやきながら、六兵衛はお京の腰を抱き寄せた。

「お京、芳国のばか野郎が決めた型でいいかえ？」

お京の誤算は、孫兵衛、芳国が裏切ったことであるかもしれないが、六兵衛の誤算は、芳国が隣室から立ち去ってはいず、よだれを流しながら、一部始終を写し取っていたのを知らなかったことであった。

六

「またお京に逢《あ》いたいとおっしゃる。そいつは困ったな。一度っきりのはずで……あのあと、お京をなだめすかすのに苦労しましたぜ。やっと得心させましたが」

「金は出す。なんとか取り持ってくれないか、巽屋」

「そうしてあげたいが、芳国がとんでもねえことをやらかしましてね。いまお見せしますが」

孫兵衛が押入れから取り出した木箱の中に、数枚の絵が入っている。

「見てください」

けげんな顔で、手渡された絵の一つを広げ、六兵衛はサッと顔色を変えた。

「巽屋、こりゃあ！」

「だから、芳国がとんでもねえことをやらかしたとは、この絵で。あと三枚あるが、同じことだ。お前さんとお京との、嘘いつわりのねえ交合図さ。描いたものを、いまさらどうにもできない。焼き捨てるのも勿体《もったい》ねえ。芳国はこっぴどく叱りつけておきましたがね」

お京をさんざんもてあそんだのがそのまま、みごとな絵になっている。男女の顔は六兵衛、お京に生き写しだった。

「巽屋、うぬは謀《はか》ったな」

「謀るものか。画業熱心の芳国の謬《あやま》りだと言ってるじゃねえか。この四枚、よそへ売ってみねえ。木場の大旦那が笑い者で、大恥かきだ。そりゃあまだいい。お京の亭主にでも知れてみねえな。やせ浪人の錆《さ》び刀でも、お前さんの素っ首は落ちるよ」

六兵衛は紙のような顔色で、それでも笑い出した。

「おれの負けだ。妙な野郎だと気にはしていたが、これほどとは思わなかった。おれも木場の六兵衛だ。泣きごとは止《よ》しにしようよ。四枚でいくらだ？」

「無理を言えば取りっぱぐれる。一枚百両、しめて四百両だ。あとにも先にも、四枚っきり無えよ」

六兵衛は眉《まゆ》を吊《つ》り上げ、額の青筋をピクつかせた。

「承知した。金はあすの朝持ってくる。だが、後くされはあるまいな、巽屋」

「その辺はきれいに事を済ませる男だ。念には及ばねえよ」

「事のついでに聞くが、お京もグルか？」

「グルなら、絵を描かせるのなんのと、小細工は要らねえことだぜ。ありゃあズブの素人《しろうと》、こっちと腐れ縁もありゃあしねえが、今後は近付かねえがいいね」

「うぬのことはよく覚えておく」

「それもいいが、もう一つ頼みがある。お前さん、留守居役に知るべが多そうだが、脇坂《わきさか》の留守居役で、本所の下屋敷へよく来ているやつを知らねえかい?」

「知っていたらどうする?」

「一筆書いてくれ。正直な絵草紙屋で、面白《おもしろ》いのも持っているとな。どうするこうするは、お前さんの知ったことじゃあるまい」

播州竜野藩御留守居役、有坂重右衛門《ありさかじゆうえもん》は、綿屋六兵衛の短い手紙を読み終ると、好色な目付きをした。

「絵を持ってきたのか」

「はい。どうぞ御覧を」

孫兵衛が広げたのは、例の若殿、姫君の図である。重右衛門はウッとうめいた。

「これはまた鮮やかな……みごとなものだな。この女が」

と言いさして、みるみる顔色が険しくなる。

「巽屋とやら。この女は?」

「女がどうかいたしましたか。この絵は空事ではなく、実際をそのまま写し取りましたもので、女は現在おります。何か、お心当りでも?」

「似ている……似すぎている。どんな女だ。名は?」

「お京と申します。小島とか申す浪人者の御新造のようでございますが、なにしろ、みいりとてない浪人暮しで、食いつなぐためにはこんなことも」

「いかに困ればとて、枕絵の……夫は知っているのか」

「くわしくは存じませんが、知らないようでございますな。お京って人は大した器量よしの上に派手好みで、男がほっちゃあ置かないものだから、浪人の夫を守って、くすぶってばかりいるのが厭になったんでございましょう、勝手にやっておりますようで。お気の毒なのはご浪人で、妻はあって無きも同然と聞いております」

「なんたる恥さらしを……巽屋、この絵を買おう。お京という者が描かれているのは、これだけか？」

「はい。わたくしが知り合ったのも、つい近頃《ちかごろ》でございまして」

「よい。いくらだ？」

「いい絵でございますから、少々……二百両で、いかがで？」

「無茶を言うな。百両で買おう」

「へへへへ、それこそ無茶と申すもので。わたくしはこの絵を、他《ほか》へは売りません。持っておりますので、御都合の付き次第、お買い上げいただくことにして、どうでございます？」

「止《や》むを得んな。必ず売るなよ。また、人に見せてはならんぞ。お前には明かせんが、少々わけがある」

「心得ました。では、一旦持ち帰りまして」

浪人小島数之進が、お京に離別を申し渡したのが、それから数日後で、数之進は、

「理由は言わんでもわかっておろう、この売女《ばいた》め。手討ちにするところだが、それは許してやる。どこへなりとうせろ」

と言った。お京は黙って頭を下げた。追っかけるように数之進は、

「親子そろって祟《たた》りおる」

とも言った。お京自身からそのことを聞いた孫兵衛は、

「そろそろ、いい時分だな」

と笑った。お京は一時、巽屋に身を寄せた。欺《だま》して六兵衛の人身御供《ひとみごくう》にした孫兵衛を怨んでいるのかいないのか、その静かでキリッとした表情からは読めない。

数之進が呼び返されるらしいという動きを、因速寺の墓守の卯平が伝えてきた。それを待っていた孫兵衛が、再び有坂重右衛門を訪れ、枕絵の代として、百五十両を受取り、あとは負けることにして、こう言った。

「どうも、お京の亭主は、承知で働かしていたようですねえ。こういう絵を手に入れましたんで」

「ば、ばかな。小島は現に帰参のしかるべきことを殿にも申し上げてある。取り返しはつ

かね。その絵とはなんじゃ？」

それはもちろん、一枚だけ取り除けておいた、六兵衛、お京を犯すの図である。後手に縛されたお京は、激しい苦悶《くもん》と共に一種恍惚《こうこつ》の表情を浮べており、六兵衛に開かれた肢《あし》には力がみなぎり、足指はグッと足裏へ曲げられている。六兵衛の歓喜の表情も、巧みに写し取られていた。……これは芳国のさかしらだが、背景の開かれた窓から、蓬莱橋《ほうらいばし》と橋の下の舟まんじゅうの茶舟、さらに遠くに富岡八幡の鳥居も見える。

「またしても……あっ、これは六兵衛ではないか」

「さようで。お京さんのご亭主も承知どころか、仕事をあてがったのが、実はご亭主。この絵ではお京さんは、本当に六兵衛さんと寝ておりますな。六兵衛さんこそいい面《つら》の皮だが、当人は何も知らず、絵師にそっと見られておりましたので……。悪いやつもあったもので、六兵衛さんにお京さんを取り持ったのが、その絵師でございましてね。お京さんが寝物語に、六兵衛さんに話したのを、絵師が聞いた……そんな次第で。こりゃあ、まずうございますな、晴れて帰参の段取りにまでなった人が、奥方を色で稼がせていたとあってはねえ」

大きにお邪魔をいたしました、ありがとうございましたと、顔面蒼白《そうはく》、石像のように坐っている重右衛門を尻目《しりめ》に、孫兵衛はゆっくり立ち上った。

因速寺の墓場、深夜だ。真新しい墓標の前が無残に掘り返され、ぽっくり口を開いた早《はや》桶《おけ》の中で、わずかな月明りに目をむいているのは、綿屋六兵衛だった。

「卯平さん、思ったより少ねえな。紙入れに煙草《たばこ》入れ、革財布、小脇差《こわきざし》合わせて二両がとこか。小判一枚はりんしょくだなあ。ま、夏冬の着物が二かさね。こいつは五両にはなろうよ」

「早えとこ、持って消えな。金をごまかすんじゃねえぞ、浅」

「わかっていらあな。ところでこの六兵衛、どっかの勤番侍に殺されたって？」

「ああ、暗討《やみう》ちだ。二、三人いたっていうが……ふふ、こちとらの知ったことじゃねえや」

卯平は黙々と、音を立てずに、早桶の蓋をし、鍬《くわ》で土をかぶせ始める。浅と呼ばれた男は、大風呂敷《おおぶろしき》に一件を包んで背負い、墓石の間を縫って遠ざかった。つい近くでふくろうの声。

「金になりそうかえ？」

家に入った卯平に、だるそうな声をかけたのはお新だ。卯平は、う、と生返事で、土があちこちにこびりついていそうな体を蚊帳《かや》の内へ入れた。

「孫兵衛もあくどいねえ。お京の亭主さあ、あいつも脇坂の家来に殺されたってさ。いけすかないやつだが、出世を目の前にあの世行きたあ、ちっとは気の毒だ。……事の起りはお京で、お京を孫兵衛に引き合せたのはわたしさ」

お新はほっほっほっと笑った。

「お京はあれで、大した食わせ者かもしれないねえ。やっと、そんな気がしてきたよ。なにもかも、とっくに承知でさあ」

卯平は聞く耳もたぬふうで、もう寝息を立て始めた。大きな溜息《ためいき》をつき、お新もどたりと寝返りを打つ。孫兵衛とお京、いい取り合せかもしれないと思いながら。

第二話　筋書《すじがき》は狂《くる》った

一

「きょうはこれまでにいたしましょう。大分お手が上りました」

と女が言った。琴のおさらいが、一段落したところだ。

「お師匠さん、どうもありがとう」

と、二つ違いの姉妹が、教えられた通り、キチンと前に手をつかえて、お辞儀をした。

「はい。よくできました」

女の口許《くちもと》が、美しくほころんだ。

「ご苦労様でございました。どうぞ、しばらくお休みくださいまし」

と、姉妹の母親、おとりが、丁寧な口調で言ってから、

「あの、あるじが一度、お会い申したいとのことで。会ってやってくださいましな」

と付け加えた。女は羞恥《しゅうち》の表情をチラと浮べてから、否《いな》むこともできまい、という感じで、軽く会釈《えしゃく》する。

深川材木町、鼈甲屋《べっこうや》阿波屋《あわや》の離れである。澄んだ秋の陽射《ひざ》しは、軒びさしが深いため、わずかに縁側の端をなめているばかりだが、部屋は程よい明るさで、九ツと七ツの姉妹の幼い振袖《ふりそで》姿が、咲きこぼれた花のようだ。

女親のおとりは三十歳ばかり。鼠色《ねずみいろ》小紋に黒繻子《くろじゅす》の帯という地味造りが、いかにも大《おお》店《だな》の女房《にょうぼう》の品位を漂わせ、色白の顔は美しいというのではないが、人のよさそうな、親しみやすい柔らか味を持っている。

琴の師匠、兼ねてお作法の先生として、一の日、五の日に通っている女、名はお島……は年の頃《ころ》二十一、二か。このお島だけが、やや見劣りするのは、おそらく暮しの貧しさのためであろう。身だしなみは師匠らしく、隙《すき》を見せない立派さながら、新しければ一座の目を奪うに違いない着物も、古びて色があせ、生地《きじ》も大分疲れて見えるしろものだ。目鼻立ちはよほどきれいで、過不足ないようだが、やはり世帯《しょたい》やつれか、あまり手入れもしないらしい。ほとんど白粉気《おしろいけ》はなく、やや日焼けもした肌《はだ》の色だった。

一同にお茶を運んできた女中のあとから、

「ご免なさいよ。なにやら、男禁制のようだが」

と笑いながら入ったのが、あるじの与次兵衛で、上背のあるいい恰幅《かっぷく》、鬚《ひげ》の濃い、全体に毛深いたちと見えて、頬《ほお》は剃《そ》り跡が青かった。居ずまいを正そうとするお島を手で制して坐《すわ》り、

「阿波屋与次兵衛でございます。娘たちがお世話に相成り、琴も上手になり、お行儀も見違えるばかりよくなったと、家内が申しますのでね。一度お礼を、と」

ゆっくりしゃべる与次兵衛の表情は、平和で和《なご》やかだが、その目に微《かす》かな驚きの色があるのを、女房のおとりさえ見逃した。

「いえ、お礼などと……わたしこそ、いつも過分にしていただきまして」

とお島の語尾は臆病《おくびょう》そうに消え、ただ頭だけを深く下げた。口下手なのであろう。

「これこれ、そんなにふざけちゃいけません。おべべが破れますよ。……すぐこれだから」

キャッキャッとつかみ合いを始めた姉妹を叱《しか》り、おとりは、

「それじゃあ、わたしたちは向うへ行っていましょう。さあ、二人とも」

とうながした。

「でも、お菓子が……お師匠さんといっしょに食べる」

「お菓子はむこうにもあるんだから。おとう様たちはお話があるんです。いつまで経《た》っても聞きわけのない。それではお師匠さん、ごゆっくり」

と笑顔を見せ、おとりは娘二人を引き立てて行った。

「いやはや、うるさい連中だ。行ってしまったら、いっぺんに静かになった」

「先がお楽しみでございます」

「琴の音《ね》はいいものでございますな。下手な娘が弾きましても、秋という時候のせいか、一段と澄んで聞えます。娘は、あなた様のようなお方に教えていただいて、仕合せ者でございますよ」

与次兵衛の口調は急に改まっている。お島はそれに答えず、顔を伏せ加減に、困った様子だ。

「実は家内から聞いておりますよ。家内はまた、女髪結《おんなかみゆい》で、時々うちに参ります、お徳という女から聞いたそうでございましてね。お徳をご存知でございましょう？」

「はい」

ああ、それで……とお島は思い当ったようだ。困惑した顔に、血の色がのぼってきた。

与次兵衛がお島を見守る目が、無遠慮に、強くなった。

「一口に申せばお家騒動で、あなたはさる御家中の、身分のあるお女中。若君様のお命が、お家乗取りの悪人に狙《ねら》われて危ないというので、ひそかに若君をお守り申し、お屋敷を出奔《しゅっぽん》なされて、冬木町の裏店《うらだな》に身をひそめ、時節到来を待っておいでになる……お付《つき》と言えば、ほかに御家来ひとり、足軽ひとりだけ、と伺いましたが」

「いえ、全くそのようなことではございません。お徳さんの早合点でございます」

と抗議したお島の声は、弱々しかった。

「若君など……あれは弟でございます。家来と申すのは夫。浪人を致しております。わたくしは元、お大名の奥向きへ参っていたことはございますが、家は落ちぶれました商家でございます。失礼ながら、そのようにお考えになられましては、迷惑でございます」

それだけのことを、お島はつかえつかえ、ようやくしゃべった。

「なるほどなるほど。これはお徳がホラを吹いたのでございますな。とんだでたらめを言う女だ。……もっとも、あなた様を見ておりますと、物言いから何から、いかさま奥勤めの、歴《れつき》としたお方、と見えないでもありませんが、ま、それはそれといたしましょう」

お島は消えも入りたそうな風情《ふぜい》で、それでも、わかってくれたことへの感謝のまなざしを、チラと与次兵衛に向けた。

「それでは、おいとまを」

「あまりお引止めもできますまい。またお目にかかりましょう」

与次兵衛はそう言うと、ふところに用意してきた袱紗《ふくさ》包《づつ》みを取り出し、にじり寄るようにして、これをお島の膝《ひざ》の前に置いた。

「どうぞお受けくださいまし。なに、わたしの気持だけでございますよ」

「それは……お稽古《けいこ》のほうでございましたら、もう」

「いえいえ、それとは別で。怪しい魂胆《こんたん》のお金じゃあございません。わたしは一介《いっかい》の鼈甲商人ではございますが、曲ったこと、正しくないことは大嫌《だいきら》い、悪いやつらのためにお困りの向きには、一肌ぬぐ頓狂《とんきょう》なところもある男でございましてね。なんにもおっしゃらず、お受け取りくださいまし。一旦《いったん》出した上からは、こちらもあとへは引きません。さあ」

お島が尻込《しりご》みするのへ、与次兵衛は袱紗包みを手につかむと、膝を進めてお島の右手首を握り、引き寄せるようにして、その掌《てのひら》に包みを押しつけ、両手で固く掌を覆《おお》った。

わずかの間だが、与次兵衛の顔は興奮で紅潮し嚙《か》みつくような勢いで、半ばのけぞり、顔をそむけたお島を凝視している。

「受け取るとおっしゃるまで、離しませんぞ」

お島はようやく、与次兵衛に顔を向けた。大きな目は薄く涙をたたえている。いまにも流れ出しそうな黒い瞳《ひとみ》だ。

お島の顎《あご》が、かすかに上下した。唇《くちびる》は物言いたげに動いた。

与次兵衛は大きく吐息《といき》をつきながら、お島の手を離した。

「それでよろしいので」

と、彼のしわがれた声は乱れていた。

お島はもう一度与次兵衛を見、それから低く頭を下げたままでいた。

近くの掘割《ほりわり》の葦間《あしま》にでもいるのか、よしきりの鳴き交わす声がし、風が草むらを渡る乾いた音もした。

「わたしでできることなら、なんでもいたしますよ。ご遠慮なくお申し付けください」

と、与次兵衛はようやく、平静に戻《もど》ったようだった。

「お礼の申し様も……」

「それをおっしゃっちゃあいけません。お手をお上げください。それにしても、お島様……と仮にお呼びいたしますが、あなたのお顔の前には、何重も、薄い紗《しゃ》のようなものがかかっていて、ちょっと見にはなんともないが、ひょいと気付いて見つめると、一枚はがれ、さらによく見ると一枚……と紗が取れて行って、お終《しま》いには」

　与次兵衛は奇妙な笑いをかみ殺した。

「……わたしのような、女には慣れっこの者でもギョッとするほどの女っぷり。ふしぎな方でございますねえ」

二

「おれは戻らねば……離してくれ」

「厭《いや》だよ。まだわたしは厭だよ」

　女は力をこめて男を引き戻し、手足をからみつかせる。肉置《ししお》きの豊かすぎるほどの、大《おお》柄《がら》な女だった。男の勢いは弱まった。べったり吸い着いてくる肌は湿りを帯び、脂《あぶら》の乗り盛りだった。

「こうしていてはいけないのだ。申しわけがない」

「おや、だれに申しわけがないんです？　若君にかえ？」

「わ、若君など居《お》りはせんと言うのに」

「ほほほ、それじゃあ弟でいいや。留守が気になるってんでしょう、浅香《あさか》さん。大丈夫、イキのいい若いのを出して見張らせているんだから。ね、さあ……ほら、お前さんだってその気じゃないか。やせ我慢はお止《よ》しなさいよ。道ならぬことをしているわけじゃなし、侍ってものは堅いねえ。体もこんなに堅いけれど」

浅香と呼ばれた男は、しばらく女の掌から受ける刺激に耐えていたが、とうとう、せき上げる色情に抗しかねたものか、けものめいたうめき声を発すると同時に、身をひねり、荒々しく女を組み敷き、顔を胸の谷間に埋めた。女は掛け布団《ぶとん》を蹴上《けあ》げるようにして、両肢《あし》を高々とかかげ、反《そ》りかえりながら、頭を枕《まくら》から落してしまった。

仙台堀沿い、永堀町の辻駕籠《つじかご》屋、喜の字屋の奥の間はひっそりしていた。材木町、阿波屋の離れに射していた、同じ秋陽が、南側の障子をあかく染めて、手水鉢《ちょうずばち》の横の南天の影をクッキリ映している。

十挺《ちょう》の駕籠はみな出払って、年寄りの清兵衛が店番をしているだけだろう。ねえや二人は台所と買出し、息子の万吉は、近所の餓鬼共を集めて、どこで遊んでいることやら。

女の名はお辰《たつ》。三年前、亭主《ていしゅ》に死に別れてから、ずっと後家を立て、一人息子の万吉の成長を見守りながら、喜の字屋の采配《さいはい》を振ってきた。亭主の在世中より、ずっと商売が繁《はん》昌《じょう》しているのは、亭主の放埒《ほうらつ》、金遣いの荒さがなくなったせいでもあるが、何よりもお辰の客あしらい、奉公人への心やりがすぐれているからだ。

お坊ちゃんの先生には、もってこいのお侍、と女髪結のお徳がお辰にすすめたのが、冬木町の裏店住いの浪人、浅香朔之助《さくのすけ》だった。よそに洩《も》らしてくれちゃあ困るが……と断わって、お徳が打明けたのは、浅香朔之助、実は大名家の近習《きんじゅう》で、同居の十一歳ほどの子供は、御内室の腹に出生の嫡子《ちゃくし》なのだ。そのお側《そば》に付いているのは、浅香のほかに、心を合わせた奥女中お島と、忠義な足軽篠山大吉《しのやまだいきち》だ。

殿様は労咳《ろうがい》が重くなり、明日をも知れぬ命で、ほとんど人事を弁《わきま》えない。御内室はすでに死去、よくあるように、愛妾《あいしょう》のお腹の男子を後嗣《あとつ》ぎに、という一派が、嫡子を守《も》りたてる正義派としのぎを削り、遂《つい》に若君暗殺を企てるようになり、危難を避けるために、浅香、お島、篠山の三名が、屋敷を脱出して身をかくした。

なにしろ、愛妾派は勢力が強く、人数も多い。それに引替え、嫡子派の人数は少なく、苦肉の策を取るほかなかったらしい。

浅香はいまのところ、尾羽打ち枯らした浪人、お島はその妻で、若君はお島の弟、篠山は居候《いそうろう》ということになっている。

それにしても、そんな大事を、女髪結のお徳風情がなぜ知っているのか。この点をお辰はいぶかりはしたのだが、お島がつい、心安立てに……ということなら、わからないでもない。女は元来口の軽いもの、積り積った苦労が、つい愚痴の形で洩れたのであろうし、お徳の聞き上手もあるのだろう。

元来お徳は、貧乏長屋などには顔を出さないが、生計のためにお琴の出稽古をしているお島が、その先でお徳のことを知り、不相応な結髪を頼んだ……というのが、その日が亡《な》き御内室の忌日だったのだ。毎月の忌日には、乏しい中からも、髪を改め、服を改めて、若君と共に、仏壇にお詣《まい》りをするらしい。御位牌《いはい》はもちろん、屋敷から持ち出してある。だからつい、お徳に秘密の一端を洩らさざるを得なかったのかもしれない。

お島が琴の出稽古、浅香は手習いの師匠に代筆の商売、篠山は大小を置いて町人になり、貝のむき身を売り歩いているという。

お辰は女ながら、人も認める俠気《きょうき》の持ち主で、息子のこともさりながら、なんとか一肌ぬごうという気で、一日冬木町の裏店を訪れたところ、浅香は上り口からすぐの二畳の間で、腕白五人を相手に手習いを教え、破れ障子を立てた奥では、若君らしいのが貧しい食膳《しょくぜん》に向い、お島がかしずいているところだった。若君はいかにも可愛《かわい》く、利発そうで、粗末な飛白《かすり》の着物はつんつるてんで、それは世を忍ぶためでもあろうが、しかも自然に具《そな》わる上品さ、闊達《かったつ》さは覆うべくもないように見えた。何かお島に言っては笑っている様が、なんの屈託気もない。

のが、お島のつつましい仕え様がまた見事で、俄作《にわかづく》りでは真似《まね》られない、板についた物腰なのが、お辰を感心させた。

お辰は浅香朔之助に用向きを言ったが、浅香と顔を合わせた瞬間から、胸を締めつけられるように思い、動悸《どうき》が打ちはじめた。男を男とも思わぬ女が、まともに目を向けられない恥ずかしさを覚えた。こんな気になったのは……とすっかり上気した頭の中で、お辰は考えたものだった。死んだ亭主とはじめて会った時以来じゃなかろうか？

浅香は、出稽古はしておりませんが、と最初は迷惑顔だったが、強《し》いての頼みに止《や》むなく承知し、十日に一度、永堀町に通うことになった。

万吉と、近所の子供で春吉というのに剣術の手ほどきをし、そのあとが手習い。終ると子供たちはお八ツをもらって飛びだす。お辰は浅香を奥へ案内し、湯茶、時には酒肴《しゅこう》でもてなすという順序がしばらく続き、お辰は常に過分の金を払い、おうちの方へと、高価な魚や甘いもの、米や味噌醤油《みそしょうゆ》の類《たぐ》いもことづけた。

浅香は少しもお辰の誘いに乗ってこなかった。つのる思いに気をいらったお辰は、浅香を酒で酔い潰《つぶ》すのに成功した。否応《いやおう》言わさず、体をぶっつけてしまったのだった。

「おれもそなたが好きだった。だが、ちと望みのある身で、女色は避けようと決心していたのだが……残念だが、そなたが謝ることはない。こうなって、そんなに喜んでくれるなら、おれもうれしい」

と浅香は言った……もうそれも、三月前のことだ。

「お待ちなさいな。これを」

支度をして帰ろうとする浅香に、お辰は紙包みを持たせた。その重さと手触りに、浅香は顔色を変えた。

「これは、金ではないか」

「黙って……なにも言わずに、受けてくださいな」

「抱かせ賃を払おうと言うのか」

「どうしてわからないいんだろうねえ」

とお辰は涙声になった。

「浅香さんとのことを、どうしてわたしがお金に代えます？　違うんですよ。みなさんにさ……お前さんはなんにも言ってくれないけれど、陰ながらお助けしたいと思ってさ」

浅香朔之助は、しばらく無言。こみ上げてくるものをグッと押しこらえているふうだったが、

「かたじけない」

とだけ言った。お辰がそっと身を寄せると、浅香は片手をお辰の肩に回し、強く抱きしめた。包みは五両もありそうな重みである。

三

「お前さん、平助さんとか言いなすったな。毎朝早くから、精が出るこった」

「はい。稼《かせ》がねば、その日のおまんまが食えませんのでな」

「ははは。その年で……と言っちゃあ悪いが、よほど骨が折れよう。どうだい、ちょいと休んで行っちゃあ。渋茶くれえは出すぜ」

「ありがとう存じますが、早く行かねば、売上げが減りますのでな」

「なあに、減った分はこっちで足してあげるよ。手間は取らせねえから」

「それはどうも、恐縮で」

平助と呼ばれた男は、年の頃四十四、五から五十二、三の間、と、漠《ばく》とした見当しかつかないような、塩辛い、しなびた顔付きで、胡麻塩《ごましお》の頭はてっぺんが無残に禿《は》げ上っていた。

半被《はっぴ》は黒くて汚れ目が見えないが、脛《すね》も露《あらわ》の股引《ももひき》は煮しめたようだ。向う鉢巻《はちまき》、摩《す》り切れわらじ……鉢巻もなんとなく、板につかない。天秤棒《てんびんぼう》を担《かつ》ぐ腰付きが、最初の頃は見られたものでなく、いまにも肩からおっことしそうだったものだが、ようやく慣れてきたようだ。

呼びかけたほうは、大島町の魚問屋のあるじで兼吉と言い、魚兼で通っている男だった。まだ三十を過ぎたばかりの男盛りで、元は漁師だ。荒くれ共を相手の仕事にかまけているうち、つい女房をもらいそびれたらしく、母親との二人暮しだが、なにしろ暗いうちから、陸揚げの魚介類がどしどし運びこまれ、買出しも四方から殺到して、店頭は喧騒《けんそう》を極める。大島川沿いの一帯には同じような魚問屋が並び、市も立って活気を呈するが、魚兼は仲間でも幅の利《き》く男だった。そのいかつい見てくれ、潮風にさらされた、でこぼこの多い顔は、おちょぼ口の町娘向きではなさそうだが、大きな目は明るく澄んで、笑うと丈夫な歯が真白なのだ。

店は大きく立派だが、奥は狭く粗末で、何の風情もない茶の間に、平助はかしこまって膝をそろえた。だが、母親がいれてくれた茶は渋茶よりよほどいい。

「どうだい。売れるかい、平助さん」

「はい。大分売れるようになりました。売り声がむずかしかったが、近頃《ちかごろ》は調子も出て参りましてな」

「そいつはいい。なるほど、こう見ても初手《しょて》とはまるで違って来たよ。あれで売れるのかと、気をもんだもんだが」

あさり、はまぐり、ばかのむき身、とか、ばかあ、ばかあなどと威勢よく売り歩くのが深川名物であった。

「実は、聞き込んだことがある。お前さんが、担《にな》い売りなんぞをやる人じゃねえことはわかっていた。平助というのも仮の名だろう。口幅ったいようだが、おれで出来ることなら、力になりてえと思ってね。魚の売上げくれえじゃあ、お前さんたちの暮しも苦しかろう。幸い、おれは近所じゃあいくらか顔も売れているし、声を掛けりゃあ集まってくれる。みんな、てめえの飯は半分に減らしても、人を助けてえ馬鹿野郎《ばかやろう》ばっかりだ。どうだね平助さん。打ち明けちゃあくれまいか」

「そう言ってくださるのはありがたい。実にうれしいが、わたしたちのことを、どこから……」

「なにね。うちに出入りをする若えやつが、どっかの夜鷹《よたか》だか、舟まんじゅうだか知らねえが、そのアマから耳に入れたのよ。……忠義な家来の中に、魚売りをしているのがいるそうだってね。だからお前さんを見て、さてはと思った。おれは口の堅《かて》えことだけは自慢の男さ」

「それをご存じなら、いまさらかくし立ても利きますまい。打明け申しましょうが、決してご好意に甘えるつもりではございません」

若君の名は松太郎。行末はどんな名君に、と、幼い時から望みをかけられた出来の良さが、敵方、つまり御愛妾側にはいかにも都合が悪かった。

御愛妾はお艶《つや》の方と申し上げ、暗君の寵愛《ちょうあい》は度外れだった。その子が鶴之助《つるのすけ》で、松太郎と同年というが、どうやら年を一歳、ごまかしているらしい。本来弟である。これは猫《ねこ》可愛《かわい》がりをされているだけの、早く言えば馬鹿様で、お付女中の裾《すそ》をまくったり、池の鯉《こい》を槍《やり》で突き刺して喜んでいるような、洟垂《はなた》らしだから、松太郎とは比ぶべくもない。

松太郎君を守り立てる正義派にも油断があった。まさかと思っていたのが、愛妾派は着々と手を打ち、藩の重職は、ほとんどこの派が独占し、後嗣ぎに鶴之助君を立てるのは、殿様の御意志、とまで言い出した。

国事多端の折、こんな若君に立たれてはかなわぬし、そうなれば、愛妾一派が国政をほしいままに動かし、元来おのれの利ばかりを計るやからだから、国は亡《ほろ》びる、と正義派も懸命に巻き返した。

国許《くにもと》でも両派に分かれる。正義派は少数ながら必死だから、愛妾派はジリジリ押されてくる。苦しまぎれに非常手段を考え出したのが、若君の暗殺だった。必死に防いだが、若君を一室に閉じこめてばかりはいられない。だが外へ一歩出れば、どこから矢玉が飛んでくるかもしれず、刺客が飛び出すかもしれぬ情勢になったので、一時身をかくすほかはないと決った……

「正は邪に必ず勝ちます。味方も多くなりましょう。われわれは本家筋に当る大名家の、頼もしい執政のお方に働きかけてもおりますので、二年、三年後には悪人ばらは追い払われ、若君もめでたくお帰りになれましょう。それまでは、石にかじりついても、と思っております」

「ふうむ」

と兼吉は大きな息をついた。

「見上げたものだが、聞いたところじゃあ、若君をお守りするのはわずかに三人で、それもお前さんなどは一日中むき身売りだ。不用心じゃあありませんかい？」

「用心はしておりますがね。味方が何人か、種々身をやつして、遠巻きにしてもおります。居所を知られさえせねば、当分は安心でございましょうよ。……それじゃあひとつ、わたしは商いに」

「行ってきなせえ。若え者に魚を入れさせよう。きょうは代は要らねえ」

「いえ、そりゃあいけません」

「なあに、魚は腐るほどありまさあ」

兼吉は平助の荷箱にギッシリ、値の高い魚を入れさせた上、断わる平助の腹掛けの中に、真新しい鬱金《うこん》の袋にくるんだ、重いものを投げこんだ。十両はあろう。感極まったように立ちすくんだ平助の肩をポンと叩《たた》いて、

「稼ぎなせえ」

と兼吉は言った。

……その日も夕刻近く、朝方の騒ぎが嘘《うそ》のように閑散として、山積みだった魚もきれい

に消えた魚兼の店先に、若い女が立った。

細い声で案内を乞《こ》うが、答える者がなく、途方に暮れた様子のところへ、折よく風呂《ふろ》帰りの兼吉が帰ってきて、

「なにか御用ですかい。生憎《あいにく》魚は……」

と言いさして口ごもった。うら若いのに、紅《あか》い色がどこにも見えぬ粗末な身なりで、面《おも》ざしにもやつれと憂愁の陰が見えるが、痛々しい美しさとも言うべきか、男心を鋭く突き刺すようなものがある。まさしく兼吉は突き刺されたに違いなかった。

「兼吉さんとおっしゃいますか」

「へい。あっしは兼吉ですが」

もしやという思いが当っていて、女は平助が世話になった礼に参上したと言った。

「お礼だなんて、そんな……な、なにも遠くから」

と、しどろもどろの兼吉に向って、女は深々と頭を下げた。うなじの後《おく》れ毛が、かすかに揺れた。女はお島である。

兼吉はお島を招じ上げたが、平助を上げた時のようにはゆかなかった。母親が留守で……などとまごつきながら、ともかくも二人は向い合った。

「大枚の金子《きんす》をお恵みくださいまして」

と、あらためてお島は礼を述べた。頂く筋合のものではないが、お返しすると言っても

承知なさらぬお気質であろうし、みなとも相談の末、軍資金……と言えば大げさだが、事ある時の貯《たくわ》えとして、ありがたくお受けすることにした。お島にしては上出来のあいさつだった。

「武士もお金で動く世の中のようでございます。きれいごとばかりも申されません。わたくしなどはよく存じませんが、あちこち、要路のお方とやらへ、金子をさしあげることもございますようで、誠に助かりました」

「そいつはようございました。お役に立てりゃあ何よりで」

兼吉は落着いてきたが、お島の顔をまともには見なかった。

「いただいたお魚のいくつかを、若様は大喜びで、おいしいと召し上られ、みなも久しぶりに賞味いたしました。残念ながらわたくしは外に出ておりましたが」

「と、あなた様はまだ？」

兼吉の顔が、とみに勢い付いて、

「自慢じゃありませんが、このあたりの魚は江戸一番で。そうだ、せっかくおいでになったんだから、ちょいとそこまで……なあに大した店じゃねえが、うまいものは食わせます。うちじゃあこの通り、なんのお振舞もできねえんです。このままお帰しはできねえ」

「いえ、それは……」

お島が尻込みをするのに、兼吉は一向構わず、遮二無二《しゃにむに》という勢いだった。

魚兼からほんの一足、川に臨んだ安直な造りの小料理屋だが、二階座敷はちょっとしたもので、川面《かわも》の夕映えが手すりから見おろされる。

魚兼が客では、めったなものは出されず、たちまち並んだ皿《さら》は、みな飛び切りの逸品、生きものばかりだ。酒がくる。箸《はし》をつけないと、兼吉が怒った顔をするので、お島はおずおずと手を付けたが、なるほどうまい。つい箸が進むのを、兼吉はうれしそうに、見るような、見ないような、おかしな目付きで、酒をなめていた。

どちらも言葉少なだが、ぎこちなさは消え、だんまりでも気持は和んでいた。夕映えは薄れ、座敷は暗くなった。どう勘違いしたか、店の者は遠慮していると見えて、だれも上ってこない。

「そろそろお帰りにならねえと」

と言い出したのは、兼吉のほうだった。

「……途中までお送り申しましょう。なにしろ、たちの悪い野郎の多いところだから……」

お前さんのようにきれいな女が独り歩きをしたんじゃあ、と言いたかったのだろうが、兼吉はそれを口にはしなかった。薄暗がりの中のお島の顔は、明るいところでの「やつし」が取れ、生地が輝き出しているのかもしれなかった。夢の中にでも出てくるように、美しかった。兼吉はグッと硬張《こわば》った顔になり、ちょっと見には、おそろしく不機嫌《ふきげん》な様子で、お島をうながすように立ち上った。

「一度、ぜひおいでくださいまし、ぜひ」

お島はまだ静かに坐ったまま、目を暖かく笑《え》ませて、言った。

四

「こりゃあお絹さん、多い。困る」

「いいんですよ、浅香さん。黙って受取ってくださいよ。でないと、怒りますよ」

「しかし」

「しかしも何もありゃあしませんよ。みんなの気持だからさ」

定めの束脩《そくしゅう》をはるかに越える金を置かれて、困《こう》じ果てた様子の浅香朔之助を、好もしげに見守っているのは、手習い子の母親お絹で、粋《いき》造りの年増《としま》であった。生薬《きぐすり》屋の女房で、日頃はなりふり構わぬかみさんだが、この家にくる時には丁寧にめかし込む。すると、こぼれる色香は捨てたものではなかった。

塾《じゅく》は休みで、お島も出稽古《でげいこ》のない日のようだ。商いに出ているのは平助だけで、若君はお島を相手に双六《すごろく》に興じている。

「かたじけない。だが、今後はこのようなことをして下さるな」

「はいはい。……それから、これはわたしから。なに、ほんのはした金で、あの」

と奥の若君をそっと指さし、

「なにか買ってあげてくださいな」

「いや、重ね重ね、それはどうしても受取れぬよ、引込めてください」

「あたしの気持を無にするんですか、浅香さん。そうですか。どこやらの女からなら、ありがたくもらうんですか」

「これこれ、そうじゃないが」

「それなら取ってくださいな、さあ」

とお絹はいざり寄ると、膝を突き合わさんばかりにして、おひねりを浅香の胸元に突き出した。その手を押しとどめるように握った浅香は、どうにもならぬ風情だが、お絹はじっとして、訴えかけるような目が、はれぼったい。

「こんどはお島の番だ。なんだ、そちはまだ島田か」

と松太郎君が快活に笑ったところをみると、道中双六だろう。お島は采《さい》を取り上げ、ちらと二畳のほうに目を走らせたが、無表情であった。

「そちとおっしゃってはいけませぬ。お前、でございましょう」

と小声でたしなめてから、お島は采を振る。

「今日は、浅……先生。おや、お客様で。お邪魔でしたかしらん」

と入ってきたのが、喜の字屋のお辰で、顔を斜めに、お絹にちょっと会釈をした。お絹はそれに答えず、薄笑いを浮べて横を向いてしまった。

「いや、なに。あすは参ります」

「お待ちしておりますよ、なにしろ、いろいろ邪魔が入って……いえ、息子のことで、遊び盛りだから目移りがいたしましてねえ。あしたは叱ってやってくださいな。ちょいと近くに用があったものですから、これをみなさんで召し上っていただこうと思いましてね。珍しくない、はまぐりですが、粒は大きくて、そろっておりますよ」

と言ってから、お辰は奥に向って丁寧に一礼し、それじゃあ、と去りぎわに、浅香に濃密な流し目をくれたものだ。お絹の目尻がキュッと上った。

「チョッ。何様だと思っていやがる。あばずれめ」

と、これは口の中だった。

「ねえ浅香さん。わたしも息子に、うちで教えてほしいんだが、亭主がわからず屋で、口惜《くや》しいったらありゃしない。どうでしょう、時候もいいことだし、子供たちを連れて遠出をなすっちゃあ」

「うん、それはよろしいな」

「お弁当から何から、支度はみな、わたしがいたしますよ。ごいっしょに行って、子供の世話も引受けます。行ってくださいますね?」

「はい。時には世間を見、野山を見るのも、子供たちによいでしょうて。だが。お絹さんに、またぞろ世話をかけては」

「いえいえ。わたしはお役に立てればうれしいんですから、本当に。それじゃあ、いつどこに……」

と腰を落着けかかったところに、魚兼がおっかなびっくりの腰付きでのぞきこんだのは、浅香には幸いだった。突然現われた、いかめしい顔の大男に恐れをなしたのか、お絹はソワソワと腰を上げた。

「ええ、あっしは大島町の兼吉と申しますが」

という声を、早くもお島は聞きつけている。あれから三日目だった。

「兼吉さん、先日は大変……」

と、お島は急いで出迎えた。きょうの兼吉は唐桟《とうざん》の袷《あわせ》を身幅せまく着て、柄《がら》が大きいので見映えがし、魚問屋の旦那《だんな》というのがピタリの、いい押出しだった。

「こちらが魚兼さんか。お島殿から詳細をうけたまわっております。厚いお志には、お礼の言葉もございません。さ、お上りください」

と、浅香も折目正しくあいさつした。

「若君はあちらでございます。お気兼ねなくどうぞ」

手を取らんばかりに招じ上げようとする、お島の面上には喜色が溢《あふ》れていた。それを見ただけで、来た甲斐《かい》があったと、兼吉は思ったかもしれない。いや、そもそもの目的が、お島の顔をいま一目見たくて、矢も楯《たて》もたまらぬ、お島に会いたいという一事のみだったかもしれない。

「こちらが、魚兼の」

と、お島が松太郎君に引き合せると、平伏した兼吉に、

「ありがとう。こないだのお魚はおいしかったよ」

と松太郎君は声をかけた。

「若君様、それから……」

「ああ。家来が世話になってありがとう。……お島、そう言ってもいいのか？」

「はい。兼吉さんは何もかもご存じ、お味方でございます」

「そうか！　兼吉」

「へい」

「またうまい魚を食べさせてくれ」

「まあ、若君様」

松太郎君は笑った。兼吉は全身に汗をかいた。

兼吉は二畳の部屋に下ってきた。お島も静かに、そのあとに続いてくる。

「実は、気心の知れた仲間から、金を集めて参りましてね。おっと、礼はもう止《よ》してくだ

せえ。少ねえが、三十両足らずありましょう。……お二人とも、お手を上げてくだせえな。やりにくくって困る」

きょうの兼吉の舌は滑らかだった。快い興奮が、この素朴《そぼく》な男を饒舌《じょうぜつ》にしているのだ。

お島は兼吉の、例によって煙たそうな顔にヒタと見入った。

「よいお方にお会いいたしました。うれしゅうございます」

お島のわずかに湿りを帯びた、しんみりした声が、兼吉の胸を貫いたのか、彼の眉間《みけん》に、苦痛に似た色が一瞬走った。

「あっしは用もあり、これでお暇《いとま》いたします。また寄せていただきます」

「折角のお越しに、なんのおもてなしもできず……」

「いや、あっしはちゃんともてなしを受けておりまして」

と言ったのが、兼吉にしてはしゃれた、お島に聞かせるセリフだった。

「よく人のくる日だ」

と、浅香がそっと横を向き、ニヤリとしたのは、兼吉と入れ違いのように入ってきた男がいたからだった。男は阿波屋与次兵衛である。見知らぬ同士、頭を下げ合って別れたが、両人の目付きは尋常でなかった。

与次兵衛はこれまでに、二度ばかり裏店《うらだな》を訪れていた。その都度、お島が辞退するにもかかわらず、暮しの足しにでもと、なにがしかの金を置いて行くのだ。

「お島様、いまのお方は、どなたで?」

と、さりげなく与次兵衛が聞く。

「はい。大島町の魚問屋で、兼吉さんと申されます。あのお方も、わたくし共のことを、お心にかけられて……」

「ふうん」

与次兵衛は眉《まゆ》をひそめた。

「……けっこうだと申したいが、お島様、老婆心《ろうばしん》と申すものかもしれませんが、滅多な者をご信用なさらぬがようございますよ。世の中には親切ごかしが多いもので。いえ、いまの人がそうだというのじゃあございませんが……きょうはお島様、お会わせ申したい者がおりましてね。親しくしている呉服屋で、幼な馴染《なじみ》の、気心の知れた男でございます。この男には、事情を話しても大事ございません。ぜひお会いしたいとせがまれましてね。お前ばかりがいい子になるのはけしからぬと申しますので」

大和屋《やまとや》というその呉服屋は、佐賀町にある。名は国右衛門《くにえもん》。女房同士も長唄《ながうた》友達だという。与次兵衛の女房おとりが、国右衛門の女房お園に、お島のことを話し、そんなお方なら、うちの娘にも是非と頼まれてもいる。失礼ながら、お島様の身なりは、いま少し整えたほうがよいと思われるから、そう国右衛門に言ったところ、お安い御用、すぐにもおいで願いたいと、大乗気であった。いまから気軽に、佐賀町へ同道していただけないだろうか。駕籠《かご》を待たせてある……

お断りするのも無礼であろうから、と浅香がすすめ、やや進まぬ様子のお島だったが、あとを頼んで与次兵衛と連れ立ち、家を出たのが、お昼前であった。

大和屋国右衛門は与次兵衛と同年輩、赤ら顔の陽気な男で、聞かされてはいたが、これほどの人とは、と、明けっ広げに驚いた。同じくお島を迎えた女房お園は、夫が賞《ほ》めるほども思わなかったらしい。お島の妖《あや》しいほどの美貌《びぼう》は、くすんだ霞《かすみ》の中にかくされている。国右衛門が見破ったのは、お島が男にわかる女、という型なのかも知れず、また国右衛門や与次兵衛の目が、女に関して肥えているということなのかもしれない。

五

鞘《さや》型の紋綸子《もんりんず》で色が水浅黄《みずあさぎ》、秋草の裾模様、帯がうぐいす色に金糸の亀甲《きっこう》模様。出来合いがピタリと合い、みなが感嘆の声を上げた。

「このお方は、着負けをなさらぬ」

と国右衛門は言い、与次兵衛は相好《そうごう》を崩してうなずきながら、瞼《まぶた》には暗い光があった。

さらに反物二反、長襦袢《ながじゅばん》、下着地に至るまで、国右衛門は取りそろえた。

「ご遠慮なくおもらいなさいまし。もうけ過ぎて困っている男でございますから」

「では、いま少し金減らしに、お茶屋にでもご案内申しましょうか。はははは、たまには羽根をお伸ばしになることでございますよ」

女ひとりでは抗《あらが》いもならず、着物をもらった恩もあり、お島は承知せざるを得なかった。案内された茶屋はぜいたくなもので、広々と庭をめぐらし、部屋は数奇屋《すきや》風の離れであった。気を利《き》かしたつもりか、国右衛門はひとしきり歓談したのちに姿を消した。

お島はすすめられる酒を辞し兼ね、三度に一度は盃《さかずき》を受けているうち、胸苦しさを訴え、不覚にも酔い伏してしまった。お作法の先生ともあろう女が、みっともない仕儀だが、苦しさにはかなわない。のたうつほどではないが、どうにも耐え切れずに、手足をしきりによじり動かす。

「苦しゅうございますか？　帯をゆるめましょう。胸もくつろげたほうが楽になります」

と、与次兵衛が帯の結び目に手をかけるのも夢見心地のようで、裾前だけをしきりに気にしていたが、すーっと冷たいのは、足首からふくらはぎまで、こぼれているのだろう。

与次兵衛はお島の背中、胸のあたりをさすり出した。腰に男の膝頭が感じられた。……やや楽になるに従って、抵抗し難《がた》い睡魔に襲われた。与次兵衛が強い力で、肩をつかんだ。顔がうるさくおっかぶさってきた。

お島は寝息を立て始めた。

「こんなつもりじゃあなかった。こんなはずじゃあなかった。わたしはとんでもないことを……取り返しのつかぬことをしちまった。お島様、どうかお許しを……あ、あんまり、あんまり美しかった！」

与次兵衛は畳の上に突伏してうめいていた。全く、お島の体を奪おうなどと、夢にも思っていなかったのだ。魅入られた……魔がさしたと言い訳をしたところで、お島は信じず、許すまい。金で買ったと同様になってしまった。おのれの清い気持を、おのれが裏切ってしまった。それがたまらないのだ。

お島は静かに仰臥《ぎょうが》していた。帯は全くは解けきらずに、すっかり前のはだけられた体をゆるく巻き、露《あらわ》な胸乳からみぞおちにかけて、肌がわずかに上下していた。両肢は少し開かれたままで、下腹部は湯文字の一端でようやくかくされている。足先には汚れのない白足袋。お島の閉じた目から流れ出た一筋の涙が、乾きかけている。

「……こうなりゃあ何でもいたします。何でもさせてください、お島様。もう、どっぷりお味方だ。先の先まで一心同体だ。わたしはお島様、お前様のためなら、命も捨てる。だから……」

再び、激しくせき上げる欲情に、与次兵衛は羽織っていた着物をかなぐり捨て、お島の体の上の湯文字を剝《は》ぎ取り、狂ったようにおっかぶさった。あ、と微かな声を上げたきりで、お島は顔をそむけた。

それから二日。お島は魚兼の奥の居間にいた。きのうから吹き出した大風で漁にならず、店は早仕舞、わずかな奉公人は早々と銭湯に行くやら、一杯飲みに行くやら、母親も知るべに話し込みに行き、兼吉ひとりが留守番だった。お島はいつものようにキチンとおとなしく、だがどことなしに、すっかり打解けた風情が見える。

「お気をつけなすったほうがいいようです。妙なやつらがうろついているって、若えやつらが言っておりましてね」

小声でしゃべりながら、兼吉はお島という女が、会えば会うほどあでやかさを増し、おそろしい力で吸い込まれそうになるのを、必死に踏みとどまっている形だった。外に出さないのがこの男の意地である。

「やつしたなりだが、どうも、どこやらの勤番侍……三人ほどいたって言います。男の子にきれいな女が付き添って、男も二人ばかりいるのを探しているってね。家出人だそうだが、てっきり、若君のお命頂戴《ちょうだい》に違えねえと思いますね。陰ながら、連中に見張らせていたつもりだが、それが裏目に出たかもしれねえ。すると、まずいことをしたもんですが……話が広がり過ぎたようだ」

「いいえ。何から何まで御厄介《ごやっかい》になりまして。身辺が危ないようなら、またどこかへ引き移りますから、お案じくださいますな」

「へえ。その時は言ってください。かくれ場所なら、いくらも知っています」

「はい。……兼吉さん、どうなさいました」

「へへへ、どうもお島様は、こうして向き合っていると、まぶしくていけねえ。だんだんに美しくなるってことがあるものかな」

と兼吉の言葉尻《ことばじり》がふるえた。膝の上、両のこぶしは堅く握りしめられている。

「お戯《たわむ》れを……」

兼吉には、お島が日頃《ひごろ》に似ず、やや蓮《はす》っ葉《ぱ》に、膝を崩したように見えた。その顔に、ほんの少し、赤みがさしてきたようにも見えた。

「この間あっしが会った人は、どういう人です？」

「材木町の鼈甲《べっこう》屋さんで、阿波屋さん。このお方もご立派な、お助けをいただいているお方でございます」

ほのぼのとした微笑で、お島の口許《くちもと》がやさしくかげった。

「ふうん……あんまり手を広げるのもよくねえが」

ちょっと不快そうにしたが、すぐ気を変えたように、

「とにかく、イキのいいのを二、三人、おたくに泊らせましょうか？」

「いえ、それには及びません。十分に気をつけますから。浅香殿の腕も立ちます」

兼吉はいくらか鼻白んだ様子だった。やや陽《ひ》がかげってきたらしく、部屋はほの暗くな

った。きのうの名残りの浜風が、あちこちで音を立てている。重苦しい沈黙に耐えかねるように、兼吉はしきりに身じろぎをした。

「兼吉さんはなぜ、奥様をお持ちになりません」

「え？　ははは、こんな不細工な男にゃあ……」

兼吉はことさら乱暴に笑った。

「お送り申しましょう。せめてあっしが付いていねえと、危ねえ」

「来るぜ。さんぴんが三人。瓢簞《ひょうたん》から駒《こま》ってえ洒落《しゃれ》だな、こいつは」

と飛び込んできたのは平助だった。

「ふふふ、派手にやり過ぎたかな。この辺が見切り時とは思っていたが、一足おくれたか。殺生《せっしょう》は厭《いや》だなあ」

と笑いながら、浅香はそれでも刀を引き寄せた。

「巻き添えは真っ平だぜ、おいらは。逃げ出すか」

と言ったのは松太郎君で、

「もうおそいでしょう。おとなしく、隅《すみ》っこにいましょう」

とお島がなだめた。そのシンとした落着きぶりは、いまさらながら、男たちに舌を巻かせる。

「おい強いの。立ち回りはおめえに任せるぜ。おれは苦手だ。ちょいちょい、邪魔立てだけはしてやるがね」

と、こすっからい顔で、平助が言った。

表から二人、裏口から一人、すさまじい気合で、抜刀の男が飛びこんで来た。冬木町の裏店はそれまで、まどろんでいるように静かだったのだが。八ツ過ぎ、男はみな稼ぎに出、女はうちで昼寝、という時刻だった。

浅香は先頭の男が刀を振りかぶり、上体を伸ばし切った瞬間、鋭い突きを入れ、すぐ抜いて横に身をかわし、続いた男のひるんだ手許を、無雑作に斬《き》り払った。先の男は前のめりに倒れ、続いた男は刀を落されていた。

「あっ、きさまは」

と、驚愕《きょうがく》の表情の男の胸に、浅香はスッと切先を突きつけた。

裏口から飛びこんだ男は、倒れた男につまずき、転びそうになったところを、松太郎君が素早く飛び出して、腰をトンと突いた。

平助がしたことと言えば、そいつの刀を蹴飛《けと》ばしたこと、二番目の男をひっくくったことだった。転んだ男は表から一散に逃げ出した。

「……みんな顔が違う。きさまらは何だ」

と、縛られた侍は、その場にあぐらをかき、あきれたように四人の男女を見た。

「囮《おとり》、とでも言おうかね。ま、いろいろあるが」

「うぬ。謀《はか》りおったか」

「若君御帰参の暁《あかつき》には、こっちもいくらかお手助けをしましたと、お賞めに預かろうと思ってね。ごほうびも端金《はしたがね》じゃあるめえから、ちょいとぜいたくもできようってもんだ。なにしろ、お前たちはよくないね。われわれも大きなことの言える境涯《きょうがい》じゃないが、妾腹《しょうふく》の馬鹿《ばか》殿を据《す》えて、国全体から金銀を吸い上げ、好き勝手をしようって腹黒さよりはマシだろうぜ」

「愚か者めが。そう吹き込まれたか」

「なんだと?」

浅香の顔に、はじめてひるみが見えた。

「馬鹿殿は嫡子《ちゃくし》のほうじゃ。鶴之助君《つるのすけぎみ》が英明だからこそ、われらは鶴之助君を立てた。一片の私利私欲もないわ。母君も慕われておいでになる。われらが母君を説き伏せた。嫡子を取り巻く奴原《やつばら》こそ、私曲をこれまで通りほしいままにせんとする、当家の虫共じゃ」

「くどく言わねえでもわかる。だが若君を殺そうってのは解《げ》せねえな」

「連れ帰るつもりであった。彼等《かれら》が出奔したのは、われらがしきりに若君のお命を奪おうとした……そう公辺などに思わせる策での。われらには毛頭、そのつもりはない。若君は若君、大切にお仕え申すばかり。だから探していた。こう言っても、きさまらには分るまい。斬るなら斬れ」
「こいつはどうも、お終《しめ》えになって筋書が違ってきたようだ」
と言った浅香朔之助の声は、西念寺横町の絵草紙屋、巽屋孫兵衛《たつみやまごべえ》のものだった。

事の起こりは、女髪結お徳が拾った噂《うわさ》であった。亀井《かめい》町に、掃《は》き溜《だ》めに鶴《つる》のようなのが舞込み、ひっそり暮しているが、どうやら大名の若君に、お付三人で、お家騒動で若君の命が危なく、よんどころなく悪人の目を避け、裏店にひそんでいるらしい……これが近辺の同情を呼び、世話焼きのお節介が続出し、ポンと金を出す者もあり、若君一行は思いがけぬ福運に有りついているというのだ。

これはちょいとした儲《もう》け口じゃないか、と悪知恵をめぐらしたのがお徳で、悪仲間の頭株、巽屋孫兵衛、もと浪人者の妻で、いまは孫兵衛の片腕、と言おうか、思い者でもある、美しいお京、油堀の舟まんじゅうお新と、連れ合いの墓守卯平《うへい》に話を持ち込んだ。

そいつは面白《おもしろ》い、儲けるなら派手にやろうということになった。悪銭も金なら、善意の義捐《ぎえん》も金に違いはなく、欺《だま》されるのは甘いからだと、孫兵衛の仲間は容赦がないのだ。

お新が殊勝らしく、亀井町の裏店に出向いて、わたしは近所の者ですが、どうも追手が嗅《か》ぎつけたらしく、怪しいやつらがウロついております。河岸《かし》を変えねば危のうございます、幸い、もってこいのかくれ場所を知っておりますからと、巧みに連れこんだのが、因速寺境内の卯平のあばら家で、元来お新、卯平の巣なのだ。

ここに若君一行を閉じ込め同然にし、孫兵衛以下は冬木町の裏店に移った。若君に仕立てたのが、無邪気なようで、実は大人も舌を巻くような悪たれ小僧、三太というやつで、これはお徳が連れてきた。

こうして万端の用意を整えた上、連中はうまく芝居の筋を運んだ。三太と、お京扮《ふん》する女中お島が上出来で、いっぺんに同情が集まる。かたわら、お新とお徳が、金のありそうな、おめでたそうなのに、そっと大事を打明ける……これが少々、やり過ぎの気味になっていたところだった。

御愛妾一派になぐり込まれたのは、退《ひ》き足がおくれたからだが、捕えた勤番侍の言い分は、また意外だった。

どうやら、あべこべだ。国を思う正義の士は、賢明な鶴之助君を奉じ、馬鹿君の嫡子一派は、利欲を計る君側の奸《かん》どもであったらしい。

大しくじりだが、それならそれで、結着の付け様があろうというものだった。濡《ぬ》れ手に粟《あわ》の稼ぎをさせてもらったからには、縁もゆかりもありはしないが、お礼心に、馬鹿君のお付にはあの世へ行ってもらい、馬鹿君を無事にお帰し申すくらいの手間はかけなければ……。

「……それでその侍が、おめえんところで、本物のお付をぶち殺したかえ？」

「尋常の勝負とやらで、墓場でやったが、無残なものだ。孫兵衛が検分で、侍は一人斬ったが、あとの一人とは相討ちさ。仕方がねえから、孫兵衛が馬鹿殿を品川の屋敷に連れて行ったようだ」

「卯平は死びとから剥《は》いで大もうけた」

「そりゃあ抜かりもねえよ。くたばったなあ三人だ。こっちから乗り込んだ侍は気の毒だったが、死んじゃあ物は要るめえから。卯平め、魚の売り上げも溜《た》めこんでいやがるだろう。吐き出さねえかい？」

「出すものか。こっちも出さねえからあいこだ。それにしても、若君主従の偽者《にせもの》になっての一芝居は、大分金になったようだねえ。鼈甲屋は、お京を手籠《てご》めにしたばっかりに、三百両がとこ。魚屋は少ないが、百両余りは出していよう。喜の字屋の後家が、まず五十両。そのほか、芝居講談もどきの筋立てを鵜呑《うの》みにした連中、有象無象《うぞうむぞう》から合わせて五十両……」

「善男善女と言いな。とにかく孫兵衛はあくどいや。善人を食いものにしやがる」

「こちとらも大きなことは言えめえよ。それにしてもお京……またノコノコ、魚屋へ行ったっていうが、どんなつもりだえ？」

「寝てやったとさ。悪の正体が知れたところで、お京はお京、体は同じだと、するりと裸になったら、意地っ張りの男が他愛《たわい》もなくなったと……お京は話しゃあしないが、その場の有様が見えるようだ」

「金でもせびりにかえ？」

「金じゃあねえそうだ。魚屋が、これっきり会えねえのかと聞いたら、会えねえとさ。例の澄まし顔で、スタスタ帰ったとさ」

黒江町の河岸、苫舟《とまぶね》の中だ。素っ裸で大の字に寝そべったお新は両腕を上げての手枕《てまくら》、どこやらの御隠居にしがみつかれ、為《な》すがままになりながら、お徳と閑談だ。隠居は、そこにだれがいようと平気なら、お徳がまた、色模様など目にも入らぬ景色だった。

「魚屋が川っぷちに腰をかけていると、お京がうしろを振り向いちゃあいけねえと言って、頬《ほお》ずりかなんぞをしてやって、帰ってきた。魚屋は真正直に、ずっと川を向いていたとさ。歯が浮くようじゃねえかえ？」

とお徳が思い出したように言って、お新の煙草盆《たばこぼん》を引き寄せた。

「そろそろ仕上りかい、じいさん」

と、ものうげに、お新が声をかけて、

「子供はどうしたい？」

「駄賃《だちん》をやって両国に帰した。ありゃあ芝居の子役だけあり、こましゃくれた餓鬼さ。……そろそろ帰ろうか。お楽しみのじいさん、おめえもいいかげんにしねえな」

お徳はきせるを取り上げた。

第三話　心中者比《しんじゆうものくら》べ

一

舟首のあたりに何かぶつかる、鈍い音がして、少し揺れた。

「ちくしょうめ、土左衛門だ……いや、こいつは心中だぜ。くそ、縁起でもねえ」

と船頭の声がした。

屋根舟の中では、三十五、六の男と、二十二、三の美しい女が、置きごたつに向い合っていた。こたつの上の台には酒肴《しゅこう》の類《たぐ》いが載り、横には炭火のよくおこった長火鉢《ながひばち》があり、銅壺《どうこ》から湯気が立ちのぼっている。

火鉢はもう一つ、隅《すみ》のほうにあり、回りに小障子を立てた部屋は、春のように暖かだった。

酔狂と言えば酔狂だが、男——巽屋孫兵衛《たつみやまごべえ》は、酷寒の季節に舟を乗り出すのが好きだった。雪は降っていてもいなくても構わない。内と外の鮮やかな対照が興を催させるのであろう。

女はお京。もと大名の家士の妻だったが、ふとした……悪縁と言うのか、いまは孫兵衛の思い者で、西念寺横町の絵草紙屋に同居している。無口で行儀がよく、武家の女房《にようぼう》だった頃《ころ》の面影《おもかげ》を残しているが、当時よりやや柔らかく、物言いなどもくだけては来たものの、大方の男を狂わせる「女」を内に秘しかくしているのは変らない。小出しにするからこそ、魔力は強い。そこが孫兵衛の好みでもあり、お京の武器でもある。

「お客さん、申しわけねえが、手伝っておくんなさい。災難だが、突き離すわけにはゆかねえや」

船頭は一人であった。呼ばれる前に、孫兵衛はこたつを抜けていた。お京はチラと笑いを含んだ目で、孫兵衛を見上げただけ。無関心のようだった。

孫兵衛は舟首に上った。風はあまり強くないが、刺すように冷たい。空一面に広がった雲が、下弦の月をかくし、わずかな雲間に星屑《ほしくず》が散らばっているだけだ。

後方に佃島《つくだじま》の灯影《ほかげ》。それを背景に、ちらほらと漁火《いさりび》も見える。左は越中島から洲崎《すさき》辺りにかけて、金砂子《きんすなご》を一筋、撒《ま》いたような明りだ。

解けかかった衣服を竿《さお》にからめられ、引き留められている心中者は、女の腰紐《こしひも》で双方の胴体を縛っているようだ。水中に顔や手足がほの白く見えるだけで、あとは暗くてわからない。

「この寒空に飛込むたあ、馬鹿《ばか》な野郎だ」

「なあに、楽に死ねていいかもしれないよ。だが、生き返ったら罪だね。死にたいやつは死なしてやるのがいいんだが」

「生き返りゃあ人助け、功徳《くどく》だ。死んで花実は咲かねえって言いますからね。それにしても凍《こご》え死にでしょう」

しゃべり合いながら、孫兵衛が手を貸し、心中者は舟ばたへ引揚げられた。船頭が提《ちょう》灯《ちん》をさし付けた。

「女は踏める玉だね。男はいやにのっぺりした野郎だが、両方とも身なりは悪くねえ。道行きにゃああつらえ向きだが……」

と言いながら、船頭は物慣れた様子で、両人のはだかった胸に耳を当てていた。

「旦那《だんな》、おったまげたねえ。生きていますぜ」

「言わぬこっちゃない。どうして生かしたと、怨《うら》まれるのが落ちかもしれないね」

「怨むものですか。心中を仕損えば、二度とする気はなくなるって言いますよ」

「仕方がない。中へ運ぼうか。お京がびっくりするだろう」

だがお京は、すでに顔を開けた障子の間からのぞかせて、様子を見ていた。

体にまつわり着いた衣服はみな剝《は》がし、丸裸にし、船頭がざっと手拭《てぬぐい》で体を拭《ふ》いてから、部屋に運び入れた。

「こたつに入れて暖めれば、そのうちに息を吹返すだろう。吐くかもしれないから、何か用意をしておくれ。……それから船頭さん、言うまでもないが、岸に着けてもらおうか。せっかくの舟遊びも、これで打切りだ」

「へえ。誠にどうも。とんだことで」

「船頭さん、着物やなにか、ざっと絞っておいてください。袂《たもと》に石かなんぞを入れていたかい？」

「へえ……石はありませんね。身投げに重しを入れねえとは、不用意なやつらだ」

有り合せのどてら、羽織などを二人の上に掛けてやっていたお京が、ニッコリ笑った。

岸に着くまでに、女のほうが先に息を吹返し、身動きを始めて、手桶《ておけ》にしたたか水を吐いた。やがて男も、弱々しい呼吸を始めた。

「飛込んで間もないようだね」

と、こたつぶとんの下に手を入れ、女の胸をさすってやっていたお京が、ポッンと言った。

「確かにそうだ。二人ともばかに、人心地になるのが早かった。大川にドブンとやらかしたら、この辺に流れてくるまでには死んでいるはずだ。と言って、岸から入ったのでもなさそうだ。舟から飛込んだか？」

「近くに舟がおりましたか？」

「いや。何一つ見えねえ。舟からなら船頭がいたはずだが……妙だね。ま、いいや。それにしても、心中がはやるようだねえ」

と孫兵衛が言ったのは、油堀《あぶらぼり》の舟まんじゅう、お新がした話で、お新は客から聞いたそうだが、つい三日前、心中の仕損いが深川相川町の岸に流れ着き、付近のあぶれ者共が寄り集まって火をたき、介抱してやったのはいいが、正気付くが早いか、女は見逃されず、手から手へと回されてなぶり者にされるのを、心中相手の男は、うつけのように眺《なが》めるばかり、見物人も手をこまねいていたという。むろん、両人とも身ぐるみ取り上げられてしまったが、着物は粗末だし、金目のものは何もなく、あぶれ者の一人が、骨折り損だとぼやいていたそうだ。食うに困っての心中なら、そんなものがあるわけもないと、孫兵衛は笑ったことだが、そのあと、見物人の中に親切なのがいて、二人を町医者の村田とかいう者の家へ運ばせたという。

「男のことはわからないが、女はまだはたち前のいい体をして、器量もまんざらじゃなかったそうだよ」

と、お新は話した。……そのことである。

「この娘は水仕事なんぞもしたことがないようだ。ごらんなさいな」

お京が女の右手首を持ち上げて見せた。細い、きれいな指で、皮膚の荒れは全くない。

孫兵衛はふとんをめくり、女の足を見た。これもひび、あかぎれなど少しもなく、足裏まで薄く柔らかな皮膚だった。

「箱入り娘ってところかね」

と、孫兵衛は無遠慮に女の全身を露《あらわ》にし、値踏みをするように首をかしげながら、肩先から胸、腹、さらにふくらはぎ、足首まで、撫《な》でたり押したりしながら試していたが、

「まず、お蚕《かいこ》ぐるみの育ちだ。肌《はだ》なんぞは溶けそうだが……」

お京も女の真白な、痛々しいような体を眺めていたが、どこかいたずらっぽい微笑を口辺に漂わせた。

「お世話をなさいな。不足は申しませんよ」

「それもいいが、鶏で言やあヒナ……柔らかすぎてコクがあるまい。ご遠慮申そう。おれはこれで十分」

女を元通り、こたつぶとんとどてらで覆《おお》ってやると、

「ちょいと外にいたら冷えた。まず一杯」

お京が銅壺から取り出した熱燗《あつかん》の酒を九谷《くたに》のぐい呑《の》みに受け、一気にあおると、お京にさした。

「一息に飲みな。おめえもちかごろ、手が上ったようだな」

孫兵衛はずいと膝《ひざ》をすすめ、お京が反り身になって盃《さかずき》を傾け、裾《すそ》がしどけなく割れるところに手を差し込むと、丸い膝頭と、しこしこした内腿《うちもも》がむき出しになった。

「……この手答えとは、当分別れられねえな」

孫兵衛の手は、その膝小僧のあたりをいとしげに愛撫《あいぶ》しはじめ、お京は少しこそばゆいのか、肢《あし》をわずかにすぼめるようにしながら、それでもゆっくり、酒を飲み乾していた。

「お前さんたち、よく助けておくれだったね。本当にありがとうよ」

と、男が鷹揚《おうよう》に言ったのが、その第一声だった。二人を狭い巽屋の家の中に運びこんでから二日目、女はまだ枕《まくら》から頭が上らない様子でいるが、男は起き上って孫兵衛の綿入れを着込み、あらためて礼を言ったのはいいが、ばかに頭《ず》が高かった。

「なに、お礼には及びませんよ。汚ないが気兼ねだけは要らないところで、お連れの方が元気になるまで、好きなだけここにいらっしゃりゃあいいんです」

と、孫兵衛はことさら腰が低かった。

「お世話になって済まない。手許《てもと》にお金があったらあげるんだが、生憎《あいにく》この始末で……」

「お金なら預かっておりますよ。流れなかったのは幸いでござんした」

お京に目くばせすると、古ぼけた桐箪笥《きりだんす》の抽出《ひきだ》しから、布にくるんだ財布を持ってくる。まだ濡《ぬ》れていた。

男女の衣類は、洗えるものは洗って干し、上着、下着は洗い張りに出してある。男のが結城《ゆうき》の上物、女のは総鹿子《かのこ》、下着はそれぞれ羽二重《はぶたえ》だった。

「少しでも無くなっているといけません。数えてください」

と言うと、

「いや、いくら入っているか、わたしも知りはしない。さ、少ないがみな取ってください。これくらいのことで済みやしないのはわかっているんだが」

金をやれば喜ぶと思っている顔色だ。

「まあ、それはあなたがお持ちになっているほうがよろしいでしょう」

と、孫兵衛はやんわり断わった。

「ふん、無欲な人だねえ……けれど、このうちは寒いね、隙間風《すきまかぜ》が入って」

「申しわけねえ。貧乏世帯《じょたい》ですからね。店もああやって開けておりますから、隙間風どころじゃない。こっちは慣れておりますが」

「おこたを熱くしましょう。それから火桶ももう一つ置きましょうか。お病人の枕元に、屏風《びょうぶ》でもあればよろしいのですが」

と、お京も調子を合わせた。男にはお京が、ただの煤《すす》けた女房に見えるらしい。世間知らず、女知らずの、どこかの馬鹿息子と見破るのは、孫兵衛ならずともたやすかった。

寝ている女も、どうやらお姫様という部類のようで、起きる力はもう出来ていそうだが、いかにも瀕死《ひんし》という様子で、お京に何もかも世話をさせながら、会釈《えしゃく》もしない。重湯《おもゆ》もお粥《かゆ》も、こんなまずいものが食えるかとばかり、顔をしかめてそっぽを向くだけだ。

「ところで若旦那、いったいどうしたわけでござんすね？　お力になりたいと言えば口幅ったいが、走り使いぐらいはいたしますよ。打明けてくださいませんかえ？」

二

男は日本橋本町二丁目の呉服屋、島田屋の総領息子で初之助《はつのすけ》、二十四歳になる。当主が多兵衛、初之助の下に次男才次郎、長女お房がいる。三代続く大店《おおだな》で、大名数家の御用達、奉公人が男女二十余人というから、初之助が尊大で、巽屋などを掘立《ほったて》小屋同然に思っているのも、無理はなかった。

女は同じく日本橋、室町《むろまち》三丁目のこれも呉服屋で、米沢屋《よねざわや》という老舗《しにせ》の長女、お春。年は十九で、二つ違いの妹がお妙《たえ》。

島田屋といい、米沢屋といい、どちらも格式のある大店で、近くもあり、一見親しく付き合っているようだが、実は商売仇《がたき》であった。世間の目のないところでは、両家の夫婦は会っても口さえ利《き》かぬほどだ。

その島田屋の初之助、米沢屋のお春が、人目を忍ぶ仲になったのだから、事が穏便に済むわけはない。夫婦約束など以《もっ》ての外、以後会ってもならぬ、ということになった。

あとはお定《き》まりの成行きで、仲をせかれればせかれるほど、思いは勝る。

親に命ぜられた番頭手代《てだい》の看視の目を逃れ、剣《つるぎ》の刃《やいば》を渡るような逢瀬《おうせ》を続けていたが、とうとう親の知るところとなり、初之助は押込め同様の身の上になった。お春とて同じことだ。忠義者の乳母《うば》が常時付いて、つい近所へも一人では行かれない。文《ふみ》の遣《や》り取りさえ出来ない。初之助は金を渡されず、お春は恋患《こいわずら》いの体《てい》で床に就《つ》いてもみたが、なんの、仮病《けびょう》だと親は取り合わなかった。

「それで家出を……よくあることってすね」

と、聞いている孫兵衛が鼻白むほどの有りきたりで、うんざりだが、もちろん顔には出さず、しんみり同情を寄せた風情《ふぜい》だ。お京もしおらしい、痛ましそうな表情で打ちうなずいていたが、内心では、孫兵衛がこの男女をどう料理しようというのだろうと、好奇心にも駆られている。孫兵衛の取りつくろった腰の低さが、尋常ではないからだった。

初之助は小僧に金をやって味方にし、文をお春に届けるのに成功した。文には家出の日、刻限、会う場所などをしるしてあった。

その日、深夜に初之助はまんまと家出に成功、瀬戸物町の稲荷《いなり》の真暗な鳥居うちで待っていると、お春が夜目にも赤い着物の裾を乱しながら、小走りにやってきた。お春はうまく脱け出せたのだ。その時のうれしさ……

「ま、待っておくんなさい。駆落ちはいいが、当てでもおありなすったんで？　家出から忽《たちま》ち心中とは、なんだか手っ取り早過ぎるようだが」

「命がけの恋をしたことのない人には、わからないかもしれないねえ」

と初之助は、白い憂《うれ》い顔で、図々《ずうずう》しいことを言った。

「……ただもう、一緒になりたい、水入らずで濡れ合い、積る話をしようとばっかりで、その時その時が価《あたい》千金なんだよ。先のことは先のことだと思ったのさ」

「なるほど。それから道行《みちゆき》の段だが、泊るところはありましたかい？」

「それが……世間は冷たいもんだねえ、本当に」

聞いていると、冷たいのが当り前で、初之助はお春を連れ、からっ風の吹きすさぶ夜中の都大路を、手に手を取ってさ迷い、心中物の芝居より、本物なだけによほど上出来だという気がしたほどだが、お春が震え上って、もう歩こうとしなくなり、仕方なくある橋の下で夜を明かし、頼って行ったのが、元島田屋の手代で、いまは横山町に木綿店を出している久助という男の家だった。

飯だけは食わしてくれたが、即刻島田屋に帰り、お春は米沢屋に送り届けるべし、さもなければ縛ってでも連れて行きますと、いまにも飛びかかりそうな勢いになったから、胆《きも》を潰《つぶ》して飛び出した。泣いてむずかるお春を慰め慰め、次に行ったのが遠縁の大工の家、といった工合に、みな元奉公人か遠縁、さもなければ親も見知っている友達だから、黙って置いてくれるはずもなかった。島田屋に注進に及ぶか、島田屋のほうから手を回してくるに違いないのだ。

途方に暮れ、馬喰《ばくろう》町の安宿に転がり込んだが、二日泊って追い立てをくった。駆落者と見られたからだろう。その時はじめて、二人は心中を申し合せた。

「だって、もう思い残すことはなかったからね。言うに言われぬ辛《つら》い目に遭ったが、その代りにわたしたちは、心ゆくまでナニしたんだし」

「さようですな」

「親も、わたしたちが死んだら、きっと後悔するだろう、同じ墓に埋めてくれるだろう……ちくしょう、後悔してくれたって、おそいんだ、とそう思って」

正体なく寝ているはずのお春が、しゃくり上げ始めたのを、お京がチラと涼しい目で見やった。

「まあ、面当《つらあ》てだね」

と、孫兵衛の口辺が、初之助には分らぬほどに笑いにゆがんで、

「すると、舟を漕《こ》ぎ出しなすったんで？」

「柳橋の舟宿に頼んで、出させたのさ。何度か行ったことのある店でね。わたしが島田屋の息子だと知っているんだが、そんなことはどうでもいいや。佃《つくだ》の沖で飛びこんだのさ。しっかりお互いを結びつけて」

「船頭は一人で？」

「二人いたんだ。一人は十五、六の小僧で」

「ほう。そいつらは若旦那たちを助けようとしなかったんで？」

初之助はしばらく黙っていたが、

「捜しあぐねたんだろうよ」

と吐き捨てるように言った。そののっぺり顔が俄《にわ》かに険悪になり、額に青筋が立つのを、孫兵衛は面白《おもしろ》そうに見ていた。

「その舟宿には、昼間っから？」

「ああ。昼過ぎだったかなあ。この世の名残りにと、うまいものを有りったけ運ばせ、二人でこたつ酒としゃれたが、あんな時は全く味がしないもんだねえ。それから寝て、覚めた時には漆を塗りこめた夜さ。水の色が真黒で、どこまでも続いて、気味悪くうねっていたっけ」

初之助はブルッと震え、おお寒いと言った。お京が長火鉢と、隅の丸火鉢に炭を足しに立った。

「これからどうなさいます？　もう死にたくはねえでしょう」

「ああ。死ぬのは厭《いや》だ。いっぺんで沢山さ。お春だってそうだろうよ」

初之助は思い入れよろしく、床のお春を見やった。

「それじゃあ、島田屋にお帰りになるんですねえ。わからねえようでも親は親だ。詫《わ》びさえ入れりゃあ許してくれるでしょうよ。そうまで思い合っているならってことにもなりましょうからね」

「お前さんは、おやじたちを知らないんだよ。ひどい親だ……わたしは意地でも帰るもんか。独り立ちをしてやるんだ。だからお前さん、巽屋と言ったね。しばらく置いておくれよ。手伝ってもいいんだ。それから、申し兼ねるが、食事はよくしてほしいんだ。そんなにぜいたくは言わないけれど、白身の魚くらいは毎日つけてほしいね。そうしないと、お春だって食べられないだろうからねえ。だからわたしの金はみんな使っていいよ」

「そうしましょう。ですが、この店なら別に手伝いなんぞ要らないんですよ」

「そうかい。それじゃあ何か、職を探そう。何かわたしに、すぐできるような仕事はあるまいかね？」

　孫兵衛は笑いを押し殺した。

「右から左にあるもんじゃありませんよ。力仕事ならありそうだが、若旦那は失礼ながら、重いものを持ち上げたこともありますまい。また職人仕事は年季が要るものでね。俄か職人は何の役にも立ちませんよ。人間、おまんまを食うためには死物狂いなんでしてね……よござんすよ。遊んでおいでなさい。お二人を養ってあげるだけの金なら、若旦那の分をいただかなくとも大丈夫で。ただ、あんまり外へ出ちゃあいけません。ご存知でしょう、不義で心中の仕損いは、お上に知れると、日本橋で三日の晒《さら》しの上、無宿になります。双方の親の許さぬ仲は、やっぱり不義でしょうからねえ」

三

相川町に流れついた、いま一組の心中者を、町医者村田玄斎の家から引取り、因速寺裏のあばら家に連れ込んだのは卯平《うへい》である。

村田玄斎は怪しげなやつで、いわゆる幇間《ほうかん》医者、女衒《ぜげん》の類《たぐ》いらしく、心中者を親切ごかしに家へ運び、世話をしたのも、女を高値で売り飛ばす魂胆に違いなかった。

卯平はそこへ乗込み、四の五の言えば十手風を吹かして御用聞きを気取るつもりだったが、チラと見せた黄金色が呆気《あっけ》なく利き、二十両で話が決った。

「男は邪魔っけだから、いっしょに引き取っておくんなさいよ」

「もとよりだ。二人揃《そろ》わなくちゃあつまらねえ」

「へへえ。心中者を二十両で買いなすって、何をしようというんで?」

「さてね、おれはなんにも知らねえ。使いだからな」

「いい女ですせ。肉置《ししお》きも張りがあって見事だ。後光の射《さ》すような女郎に仕上がるはずなんだが」

「おめえ、早えとこ試してみたようだな」

「へへへ。品物をよく知らねえじゃあ、値の付けようもありませんからね。だが二十両なら文句はねえ。豪気な人もいるもんだ」

卯平は二十両とは別に、両人の着物代も払った。着物と言っても、襟元《えりもと》にべっとりと垢《あか》が浸《し》みついたよれよれの、それも単衣《ひとえ》で、女はともかく、男は下着すらなく、ぶるぶる震えている有様だった。

雪が舞い始めた昼下り、肩をすぼめ、身を寄せ合った二人は、卯平と共に因速寺の家に着いた。卯平の連合いお新は、むろん河岸《かし》の舟にいて留守。家の中は火の気がなく、戸障子はしめても、まず吹きさらし同然で、氷室《ひむろ》の中にいるようだ。

だが、巽屋孫兵衛が着いた頃《ころ》には、部屋もどうにか暖まっていた。ただ、安炭をくべるから、煙たく、えがらっぽいのは止《や》むを得ない。

「寒そうだな。ひどいものを着せやがる。おれのを持ってくればよかったな。そっちの女は、お新の着古しでもあるだろう。着替えさせなよ」

と言いながら、孫兵衛は二人の様子を見ている。しょんぼり頭を垂れ、くっつき合うようにしている、男は二十四、五、女は十八、九で、初之助、お春と似寄っていた。

「卯平、酒の燗をつけるがいい。肴《さかな》は持ってきた。ろくな酒じゃあるまいが、この寒さだ、酒の気がねえよりは、マシだ」

と、孫兵衛はどこで買ってきたか、竹の皮包みを投げ出した。

「さて、おめえたちの身の振り方だが、安心するがいい。おれが引受けたからには、不自由な思いはさせねえつもりだがその代り、おれの言うことは逆らわずに聞いてもらわにゃあならねえ。おめえたち、一度は死んだ体だ。なんでもやるかい？」

「へえ」

と男はおとなしくうなずいたが、女はつと顔を上げ、切れ長の、どこか凄味《すごみ》のある目を向けて、

「これまでだって、何でもやってきたんですよ。いまさら尻込《しりご》みはしませんさ」

と言った。ややかすれ気味だが、若い声だ。

「その気持なら言うことはねえ。話が決ったところで、身の上話を聞こうか」

酒の燗がついて、卯平が茶碗《ちゃわん》を配り、各人についでやる。肴は干物《ひもの》、塩辛の類いだ。男は一口飲んで、

「うめえ。胃の腑《ふ》に浸みわたりやがる」

とつぶやいたが、女は黙ってグイグイと半分ほど明け、溜息《ためいき》をつきながら目を閉じた。

男の名は与八、古石場の女郎が生んだ父《てて》なし子だという。その女郎屋に住み、お情けで飯を食わせてもらっていたが、母親がくたびれて死んで、かばってくれる者がいなくなると、犬っころのように追い出された。

宿なしになり、そここをうろついて生きているうちに、お薦《こも》の女に拾われた。それからは袖乞《そでご》い暮し、女のそばで哀れっぽい声を出すと、みいりが殖《ふ》えた。むしろ掛けの

小屋で雨露は凌《しの》げ、食うには困らなかったが、女が情容赦もなくコキ使うので、小屋を飛び出した。

十五の年まで、屑拾《くずひろ》い、走り使い、見世物小屋の雇われ、飴屋《あめや》の弟子となんでもやったが、やもめの叩《たた》き大工に拾われて運が向いた。手先は器用で、二、三年するうちに、大工に負けない仕事ができるようになった。行く行くは跡継ぎと、どちらも思っていたが、大工に女が出来、女房に納まると、様子ががらりと変り、与八は露骨に邪魔にされだし、なさけないことに、大工までが冷たい目を向けるようになった。与八は黙って家を出た。……はたちの年だ。その頃、洲崎《すさき》の茶店の茶汲《ちゃく》み女だった、心中相手のおぎんに会っている。

さておぎんだが、父親が旅役者で、物心ついた頃から、いつも房州へ旅に出ていて、たまたま洲崎の家に帰っても、女房子には目もくれず、女狂い、酒びたりだった。

母親は女郎上りで、これも夫に負けていず、取替え引替え、男を引入れ、そのたびにおぎんと二人の弟は、表へ突き出された。

おぎんが初潮を見た頃、母親は三人の子を置き去りにして、若い男と駆落ちしてしまった。おぎんは茶店で働き、弟たちを養わなければならなかったが、下の弟は飢えでやせ細り、風邪を引いて呆気なく死んでしまった。

父親は尾羽打ち枯らして帰っており、廃人同様になりながら、おぎんに酒を買わせた。

上の弟は行方知れずになった。おぎんは父親を殺す気になったが、幸い手をくだす前に、卒中で死んでくれた。

十四の秋に茶店の客に連れ出され、山の中で女にされた。客はやくざ者だったが、そのあと金を二朱くれ、思ったよりやさしくしてくれた。おぎんはその金でかんざしを買ったが、ああすれば楽に金になるのだなと考えた。無理をして生き延びる値打のあるこの世とも思わなかったが、いいものは着てみたかったので、客の誘いは断わらなかった。おぎんは売れてきて、いっぱしの看板娘だった。

みすぼらしい青二才の与八を相手にしたのは、店で与八を出て行けがしに扱うのが癇《かん》にさわり、かばってやる気になったのと、彼のおどおどした、暗い目付きに、不仕合せな生い立ちを読んだからだった。

互いに肌身《はだみ》を知り合ったのは、これも野天だった。女などは買い慣れていると与八は強がったが、実はろくろく扱い様を知らないのだった。おぎんは丁寧に教えてやった。

二人はほれ合った。おぎんは死ぬ思いで、客に色を売っていることを打明けたが、お前の身の上じゃあ仕方がねえ、まっとうな渡世と言っていいくらいだ、おれは気にしねえと言った。

張りが出た与八は、奉公口を探し、血眼《ちまなこ》で走り回ったが、みなしごの宿なしでは、まともな商いの者は洟《はな》も引っかけてくれないのだ。おぎんと晴れて世帯《しょたい》を持つことを考え、伊《い》豆《ず》の石切場の人足にまでなったが、体をこわしたばかりで、百文《もん》の銭も溜《た》まらなかった。

深川に舞い戻《もど》り、指物《さしもの》大工に雇われた。腕がよく、精を出すので、親方やかみさんに目をかけられた。先の見込みが明るくなったから、相弟子の剣つく、厭がらせも我慢していたが、かみさんに思いがけず浮気《うわき》を持ちかけられ、かみさんのほうでは与八が一も二もなく承知、言いなりになってくれるつもりだったが、与八にはおぎんがいるし、恩を受けた親方にも済まないというので、手きびしくはねつけた。これがかみさんの怨《うら》みを買って、店の金を盗んだことにされ、一言の弁明も許されずに、手取り足取りでほうり出された。

「人間、ここまで踏みつけにされりゃあ、悪心も起します。あっしは何日か後にドスを呑《の》んで家に押込み、かみさんをつかまえてのど元に押し当て、有り金残らず吐き出させた上、そのままかみさんを引摺《ひきず》って行って、大川に投込んだんで。泳ぎを知らねえようだったから、溺《おぼ》れ死んだでしょう。あっしはその足でおぎんのところへ行き、駆落ちをもちかけた……」

正直、律義《りちぎ》にしていたら、いつまでもうだつは上らないのだねと、おぎんもその気になり、生れて初めての枕探《まくらさが》しをやって、客から五両ほど盗み、夜の明け方に与八と木場の外れで落合い、行徳《ぎょうとく》から木更津《きさらづ》をめざしたまではよかったが、船橋で雲助にまといつかれ、人数がふえて手向いもならず、みすみす金を巻き上げられた上、与八がなぐられて気を失っている間に、おぎんは荒くれ共にいたぶられて、半死半生の目に遭っていた。

どうして深川に舞い戻り、永代《えいたい》から身を投げたか、どちらも夢うつつのようにしか覚えていない。

「おぎんさんと言ったね。お前もよくよく不運だなあ。船橋でそんな目に遭った上、助けられた海辺でまたおもちゃにされた……」

「どうってことはありませんよ。すっかり諦《あきら》めているんですから」

と、おぎんはさらりと言った。炭火の熱と酒の酔いとで、頰《ほお》のふっくらとした顔は輝くように火照《ほて》っていた。

「聞いてみりゃあ、死にたくなるのも尤《もつと》もだが、生憎《あいにく》助かっちまったんだ。死に直すにも及ぶまいよ。面白い世渡りの法は、いくらもあるってことさ。おれたちはみんな、そんなふうに悪く悟った口でね」

四

「こいつは趣向だ。お前さんの考えそうなことだね」

と、見世物師の甚三郎《じんざぶろう》が言った。回向院《えこういん》裏手の三軒長屋の壁をぶち抜いたのがその住いで、同じ屋根の下に巣喰《すく》っているのが、蛇使《へびつか》いの女、熊娘《くまむすめ》、綱渡り、手妻《てづま》師に手裏剣投げなどの連中で、稽古場《けいこば》もある。みぞれ空に風が横なぐりでは、両国の客足も杜絶《とだ》え、骨を折るだけ損だから、小屋はこのところ休み勝ちで、長屋に芸人どもがごろごろしているわけだった。

「見世物に出しゃあ大儲《おおもう》け間違いなしだが、手がうしろに回る。こいつは座敷のものだね。……女はなかなかいい。胆《きも》がすわってる上に、色気がたっぷりだ。あれではたち前かい？」

「男の味は随分知っている女だからな」

と孫兵衛が言い、稽古場に目を移した。

稽古場には違いないが、ささくれ畳の八畳敷きで、壁の釣《つ》り棚《だな》には、得体の知れぬ小道具が山積みという有様だ。

しかも衆人環視。遠慮会釈《えしゃく》もなく、下卑《げび》た弥次《やじ》を飛ばす連中ばかりだ。

「さあやり直しだ。気を入れてやりな。本気でも、だれも文句を言わねえからな」

と言ったのは甚三郎の下にいる振付師で、ひそかに旦那《だんな》方に見せる男女の秘技も手掛ける。

甚三郎が趣向と言ったのは、男、つまり与八が熊の縫いぐるみを着ていることだった。

大きな月の輪熊で、真に迫っている。

おぎんはペラペラの紙の衣装に身を包んでいた。本番では見かけだけは立派な振袖を着るが、これもすぐビリビリと行くしろもので、そうなくてはならないのだ。

おぎんは色気付いたどこかの箱入娘の粧《よそお》いで、好きな役者の絵を見ながら、やるせなげに溜息をつき、耐えられなくなったように身をもみながら、次第に膝を崩し、掌《てのひら》でおのが体をさすり始め、胸をはだけて乳房を抱き、果ては裾を開いて太腿《ふともも》を投げ出し、手を股間《こかん》に這《は》わせる。……そして忘我の境に入りかけた時、突如として月の輪熊が飛び込むというわけだ。

娘の部屋らしいところへ、どうして熊が飛び込むのか、その辺りは無茶で、取巻きの芸人たちもワッと笑うのだが、それもすぐ静まり、固唾《かたず》を呑む。というのも、娘のひとり楽しむ悩ましさが十分に効果を上げているからで、次の熊の攻めっぷりを、のどを鳴らして待つことになるのだ。

熊は一向不器用で、何度やらせてもサマにならず、振付師もさじを投げかけたが、どうやらそれらしくなってきた。厭々ながらが、だんだん慣れてきて、どうせやるなら、いい芸を見せてやろうと、開き直ったのだろう。

追っかけが始まり、うなり声と娘の絹を裂く叫び声が交錯し、娘がこけつまろびつ、手を合わせたりして逃げまどうのを、熊は引っかき、なぐりかかり、投げ飛ばす。そうしているうちに、爪《つめ》のために娘の衣装がズタズタになり、血まみれになる。血はもちろん紅を溶かし、爪に仕掛けてあるものだが、衣装がすっかり千切《ちぎ》れ、抜け落ちてしまうと、紅白だんだらに染まった娘の肢体《したい》が、なまめかしく美しい。

精も根も尽き果て、胸を波打たせながら身もだえている娘を、熊は乱暴にいたぶり始める。さながら人形のように、手足を引張り、ねじ上げ、裏にし、表にし、逆吊《さかさづ》りにし、至るところに爪を立てる。ヒイッ、ヒイッという声が、観《み》る者の胸を締めつける。やがて娘は死んだようになる。熊はおもむろに、その股間のものを誇示しながら、娘にのしかかるのだ。

その手管《てくだ》にも振付師の工夫があり、いやが上にも客を興奮させるようになっている。

「ちょいと待ちな。熊があんまり芝居掛っちゃいけねえ。ただ乱暴でいいんだ。うしろからの時は、思い切って腰を持ち上げな……なんだえ、おめえそのぐれえの力は残っているだろう。それから、股裂《またざ》きのところを遠慮しちゃあいけねえな。股がちっとやそっとで裂けるものかよ。……おぎんさんはもっと思い切り、ギャアッと声を出してくれ。絶え入るところも派手にな。ま、こんなもんだろう。どうです、親方？」

「よかろう。大した見ものだ、巽屋さん」

「おい二人、ご苦労だったなあ。休んでくれ。それでいい、それでいい」

と孫兵衛は満足そうだ。

与八が縫いぐるみから脱けると、この寒さなのに汗ぐっしょりで、続けさまにくさめをした。だれかが手拭《てぬぐい》を投げてる。

「おい熊よ、こっちへ来て一杯やりな。あれだけやりゃあヘトヘトだせ」

「熊になっている。なかなかよかった」

とねぎらいの声が掛り、与八は着物を引っかけて坐《すわ》りこんだ。渡された茶碗酒《ちゃわんざけ》を一気にあおる。

「腹が減った」

笑い声が起って、熊娘が食い残しのあなごの鮨《すし》を皿《さら》ごと突き出した。

「よかったらお食べ。なんだねえ、熊にゃあ熊娘が似合いだろうじゃないか。あたいがおぎんちゃんの代りをしてやろうか」

「馬鹿め。てめえこいつに気があるな。おぎんちゃんがお冠《かんむ》りだぜえ」

「おぎんちゃんはおれに任せろ。見ているともう、こてえられねえ。よう、おれと寝てくれねえか。十匁《もんめ》がとこ、ちゃんと出すからよう」

おぎんは裸の上にどてらを引掛け、立膝で坐って酒を飲んでいる。落ちるところまで落ちたという顔色ではない。踊りの稽古が終ったというほどの、安らかさだけであった。

おぎんは与八のほうをチラと見やった。疲れを案じたのだろうが、与八は笑顔で鮨をパクついていた。最初、こうだと孫兵衛に言われた時、与八は真青になり、いまにもつかみかからんばかりの形相《ぎょうそう》をしたものだが、断わりまではしなかった。おぎんはなだめた。孫兵衛が言うようだと、お目にもかかったことのない金になるし、死んでいるつもりで目をつぶりゃあ……

しかしその与八も、どうやら平気になったようだ。芸人共の見物は厚かましいが、底にはちゃんといたわりがある。わかってくれている。それも与八の心を慰めたに違いなかった。

「よう、与八さん、わたしといっしょにやってみようじゃないか。こいつはすさまじいものになるよ」

プッと吹き出したのは蛇使いで、

「よしゃがれ。客が怖毛《おぞけ》をふるって逃げ出しちまわあ」

とまぜっ返した。熊娘はずいぶん毛深いには違いないが、見世物にはなりそうもないのを、小屋で付け毛をするのだ。与八は熊娘の二の腕へ手をさし入れながら、

「いいねえ。おめえさんは定めし、情も深かろうなあ」

と、めずらしく冗談を言った。

柳橋の舟宿「小松」のおかみは、案内を乞うた女客をいぶかしそうに見た。紫縮緬《ちりめん》の頭巾《ずきん》の中で、きれいな目が笑っている。ねずみ色無地の合羽《かっぱ》を着て、手に唐草《からくさ》模様の風呂敷《ふろしき》包《づつ》みを持っている。

「怪しい者ではございません。こういうものを売り歩いております」

と、女は上り口に包みを広げ、油紙を除《の》け、一枚の絵を取り上げて、おかみに渡した。

「あっ、厭だ。これはお前さん……」

「こちらのお客様に売らせてくださいませんか」

「持って帰っとくれ。厭だよ、わたしは」

とおかみが眉《まゆ》をひそめるのへ、

「お願いしますよ。お客様はよく買ってくださいます。……これはお礼に」

女は手早く袂《たもと》から紙包みを取り出し、おかみに握らせた。

「絵も二、三枚置いて参ります。腕のいい絵師が描《か》きましたもので」

「しょうがないね。お客様に迷惑がかからないように、早く帰っとくれよ」

「心得ております。ではご免下さいまし」

「ちょいと。だがお前さんの物言いはまるで……」

女は、もう取っつきの梯子段《はしごだん》をのぼりかけている。おかみは呆《あき》れ顔で見上げた。裾から
のぞく女の素足が、艶《つや》やかに白い。

二階に上ると、女は迷わずにある部屋の前に立ち止り、声をかけてから、つつましく唐《から》
紙《かみ》をあけた。

その部屋にいたのは、呉服屋の島田屋多兵衛で、むろん初之助の父親だ。ひとり静かに
盃《さかずき》を乾していたが、

「お前さん、どなただね？　ここの人じゃあないようだが」

と、唐紙をしめて頭を下げる女に聞いた。

「はい。絵草紙屋でございます」

「絵草紙屋？」

「おかみさんのお許しをいただきまして……いかがでございます？　つまらないものはお売りいたしません」

女はすすっと膝を進め、取り出した数枚の絵をさし出した。多兵衛は進まない様子だったが、絵を見ると、ほうという顔になった。

「悪くないね。どれ、ほかのもお見せ……なるほど、絵がいい。仕上りもきれいだ。安ければもらいましょう」

「有難《ありがと》う存じます」

「まあ、安いほうだろうね。一分《ぶ》でよろしゅうございます」

多兵衛は三枚ほど選び出しながら、チラチラと女を見ている。

「その頭巾を取ってくれないか。気詰りでいけない」

「はい。気が付きませんで……」

女ははらりと頭巾を取った。白塗りではないのに、はっきりと水際立《みずぎわだ》った額、明眸《めいぼう》、どこかはにかみ気味に、それでいてひそかに誘いかけるような柔らかい唇《くちびる》……お京だった。

「これは」

多兵衛は盃を取り落しそうになった。

「お前さんはいったい、何者だい？　絵草紙屋とはいうが、その顔でこんなものを売り歩いて」

「あるじが病気でございますから」

「それにしても、用心したほうがいいよ。絵を見せられた上、そばにお前さんがいるんじゃあ、若い者なら怪《け》しからぬ気を起してしまう。わたしだって、どうやら胸が騒いできた」

ほほほ、と笑いにまぎらして、

「お客様もその道はお好きのようで。では生きた枕絵《まくらえ》などはいかがでございます？」

「そんなものがあるのか。お前さん、案内してくれるかい？」

「はい。お部屋までお連れ申します。これもめったにないもので、きっとお気に召しますよ」

多兵衛はお京に盃をさし、苦そうに眉をひそめて流しこみ、返す手を素早く握った。

嬌羞《きょうしゅう》がパッと面上に広がり、うつ向く耳許《みみもと》に、多兵衛は熱い息を吹きかけた。

「見るのもいいが、わたしはお前さんと……どこぞで是非会いたい」

「お部屋で会えます」

お京の唇が花やかに開き、透き通ったような歯並みがあらわれた。

「……それをご覧になる時に」

五

「こ、これがわたしたちの仕事だと？　ばかにするな。帰る」

「そんなに無闇《むやみ》にお怒りじゃ困りますな。ありゃあ芝居でござんしてね。客に見せてやりゃあ、立ちどころに一両の金にはなるから、大してむずかしくもない、楽な稼《かせ》ぎで、若旦那方には打ってつけだと思ったんですがねえ」

「恥を知るがいい。わたしは島田屋の息子だよ。この人も米沢屋で大事に育てられた娘だ。こんな恥さらしが出来るものかどうか、考えてみるがいい。さあお春、帰ろう」

「お帰りになるのはいいが、どこへね？」

「そりゃあ……もういい。お前さんの世話にはならない」

「ほう、それじゃあ、うちへ？」

「うちへなんぞ帰らない」

「もとの宿なしじゃあ仕方がねえでしょう。熊になったのは与八と言いますが、若旦那には狒々《ひひ》が似合いだろうと当てにしていたんですがねえ」

「どこまでばかにすりゃあいいんだ！」

長屋の連中は、こらえ切れなくなったように笑い出した。

「初之助さん、もう、うちへ帰りましょう。詫びを入れて早く帰りましょう。ここにいるのは怖い」

とお春は初之助にしがみついて、しゃくり上げている。

「お春、帰れないんだよ。わたしには怨《うら》みがある。おやじはわたしを能なしの役立たずだと思って、才次郎に家を嗣《つ》がすつもりなんだ。そうに決っているんだよ、口には出さないけれど……だからこっちにも意地があるのさ。お前だっておんなじじゃないか。総領娘だのに、妹のお妙ちゃんばかり大事にしている。わかってるんだ。どうせわたしたちは、居なくってもいいんだ。どうしてこんなに、わたしたちは不仕合せなんだろう」

と、初之助までがしくしくやり出すのを、一同が呆れ顔で見守っていた。

与八とおぎんは、初之助、お春が、自分たちと同様、心中の仕損いだと知らされていて、寄り添いながら両人を面白そうに眺めていたが、与八の目はあくまで冷たく、おぎんの目は激しく刺すようだった。

「おいおい、若旦那だかお嬢様だか知らねえが、青臭え愁嘆場は止《よ》しにしてくれ。不仕合せだと？　大笑いだ」

と手妻師が言ったのを孫兵衛が受けて、

「いやいや、不仕合せには違いないて。少々ぜいたくのようだが……お二人さん、うちへ帰れねえのなら、わたしのところへ居続けてもよござんすよ。仕事のことはもう言わないし、狒々になれなんぞも持ち出しませんが、たった一つ、頼みを聞いてほしい。なんでもないことで」

与八、おぎんが客の前で追っかけを演ずるのは、佃町の大黒屋の座敷だが、座敷には支度の小部屋が続いている。客はかくし部屋から、ビードロ障子越しに見ることになるが、両人が演ずるという前、支度部屋に初之助が姿を見せ、熊の縫いぐるみを着るふりをしてもらいたい。お春は振袖《ふりそで》衣装を着ていてほしい。その様子が客のいる所からよく見えるように仕切りの障子を明けてある。

障子をしめてから、与八たちと入れ替る、というのが、孫兵衛の注文だった。

「巽屋さん、なぜわたしたちが、そんな真似《まね》をしなくちゃならないんだい？」

「わけを聞いてどうなさる。言ったようにすりゃあいいんだ。どうするね？」

孫兵衛の語調は容赦のない強さだった。初之助のめんくらった顔に、おびえの色が走った。

「い、いいよ、それだけなら」

「物分りのいい若旦那だ。お春さんもよござんすね？」

大黒屋の、ビードロ障子の内側の部屋は緋毛氈《ひもうせん》敷きで、広さは四畳半、昼間でも暗いので、丸行灯《まるあんどん》がともっている。障子の外には粗目《あらめ》の簾《すだれ》がかかり、座敷からは中が見えない。部屋は終日暖められ、浴衣《ゆかた》一枚でもいいようだ。島田屋多兵衛は素肌《すはだ》に浴衣、上に薄目の綿入れ羽織を引掛け、お京も長襦袢《ながじゅばん》一枚に、上は単衣だった。

「生きた枕絵を賞玩《しょうがん》しながら、お前のような女を抱いていられるとは、まさに極楽だな。さあ、そう堅くならずに」

多兵衛はそばにひっそりと坐ったお京の肩をグイと抱き寄せた。

「ふふふ、まだ早うございますよ。ゆっくりご覧になってから」

「そうは言っても、どうもわたしは、年甲斐《としがい》もなくはやり切っているんだよ。せめて、ここへ」

と多兵衛は、頑丈《がんじょう》な腕でお京を抱き上げ、あぐらをかいた上にのせると、頬ずりをし、口を吸いながら、いきなりお京の胸許をグイとくつろげた。

「いけません、まだ……」

弱々しくあらがうお京の手をはねのけ、多兵衛は二つの胸乳を掻《か》き出してしまった。荒々しくまさぐってくる多兵衛の手を、お京が上から押えた。

「ご覧なさいまし。そろそろ始まります」

「ほう？」

多兵衛は障子越しに目をこらしていたが、急に身を乗り出し、あっと言った。

「どうなさいました？」

多兵衛の体はしばらく硬直していたが、頭を一振りすると、

「見間違いではあるまい」

とつぶやいた。

「ご存知のお方でも？」

「いやなに、なんでもないさ。……いよいよだな。こちらもいよいよだ」

熊と娘の一芝居を、多兵衛は食い入るように眺めていたが、お京に対しては、さきほどの勢いはなくなっているようだった。

芝居が終ると、多兵衛は一度、お京を息が詰るほどに抱きしめて、膝から、そっとおろした。

「くやしいが、わたしは急用を思い出しちまった。うっかりしていた……きょうはこのまま帰るが、また是非来たい。あしたにでも。やってくれるかな？」

「頼みましたら、いつでも。ではあす。……あの、わたしも？」

「当り前だ。お前がいなかったら来やしない。いいかい、あしたこそだよ」

「はい。覚悟をしておりましょう」

お京は手を多兵衛の膝にそっと置いた。つかみかかりたい思いを必死でおさえるように、

「時に、あの熊になった男の名はなんというんだえ？」

「与八さんです」

「与八……いや、実はそうではあるまい。女は?」

「おぎんと申します」

「それも、小部屋にいたのは確かに……座敷ではお面のようなものをかぶっていたが」

多兵衛はしばらく考えてから、

「ははは。そんなことはどうでもいい。あしたが楽しみだ」

と、取って付けたように笑った。


目は月の輪熊、娘を犯すの図を追いながら、多兵衛は膝の上のお京の体を絶えずまさぐっていた。何も上に付けていないが、くっつき合った体の温かみで、お京の肌はしっとりと湿り、多兵衛の手の動きに、時々弾《はじ》かれたように戦《おのの》いた。きのうと事変り、多兵衛は猛々《たけだけ》しかった。お京の肢《あし》がぐいと押し広げられ、あられもない形にされると、お京は全身で恥じらいを見せながら、多兵衛の分厚い胸に顔を埋めた。

座敷では、娘の白い肢が宙に躍り、熊が最後の姦淫《かんいん》を行なっていた。

多兵衛の巧みな愛撫が、お京を激しく息すりさせ、唾液《だえき》に満ちた唇が、多兵衛の頬を濡らした。そしてお京の手も、わななきながら多兵衛の股間に伸びてきた。

芝居が終った時、多兵衛はお京を緋毛氈の上に横たえ、何か夢見心地につぶやきながら、体をかぶせていった。

「……こんないい思いをさせてもらったのは、生れて初めてかもしれない。お前とは毎日でも、こうして会いたいが、そうもゆくまい」

夜具に移って、多兵衛はまだお京を離さずにそう言った。

「ところで、どうだろうな。あの二人をわたしの知っている所へ呼べるだろうか？　二、三人の悪友に是非見せてやりたいのでね」

「お気に入ってようございましたね。この宿の者に申し付けてくだされば、宿から見世物師に話が行って、その運びになると存じますよ。お高い見世物で、そうそうはお客もございませんので」

「そうしてもらおうか。あさってがよかろう。わたしがここへ使いを寄越すから、使いに付いてくるといい。……そうさな。夜がいい。暮六ツごろに使いを寄越す手筈《てはず》にしよう」

「はい。必ずそう申します」

「ははは、お前は妙な女だね。いまのいま、あれほどよがって狂ったのに、物言いの行儀のよいこと。お武家の奥方のようだよ」

多兵衛は名残りが尽きないのか、また半身を起し、お京のこんもりとした乳房と戯《たわむ》れはじめた。

翌々日の暮六ツ、島田屋の使いが大黒屋に来た。使いは島田屋の奉公人ではない。どことなく人相の悪い男だった。

初之助、お春はまるで子供のようにはしゃぎ、喜んでいた。裏町住いはもうお断わりなのだった。心中などのことは、すっかり忘れ、帰らぬという意地も、とっくに消し飛んでいる。島田屋から迎いが来たと、孫兵衛が言ったのだ。どうして父親たちに二人の居所がわかったのか、上の空の二人にはどうでもよかった。

一ツ目橋の手前、大川沿いの御舟蔵横の暗がりで、孫兵衛の待っていたことが起った。脇差《わきざし》を抜いた男が三人飛び出し、初之助たちを包むように迫ってきた。使いも一変して刺客になった。男女の悲鳴が細い糸を引いて、凍《い》てた空に消える。

孫兵衛は落着いた様子で、石を投げた。狙《ねら》いは正確で、一つが一人の眉間《みけん》を裂き、一つが一人の膝をくだいた。ギョッとひるんだところへ孫兵衛が出ると、思いの外に臆病《おくびょう》なやつらで、我れ先に逃げ散ってしまった。

「あの、なんともお礼の……あっ、お前は」

「目が覚めたか、二本棒。てめえたちの命を取ろうとしたのは、喜び勇んで帰ろうとした島田屋、米沢屋の手先だ。てめえらの親が殺そうとしたのよ。やつらは駆落ちも心中の真似も、みな承知どころか、そう仕向けたんだ。てめえらは心中をままごとか何かのつもりで、舟宿の船頭に、飛び込んだら助け上げてくれと頼んだろう？　ふふふ、調べ済みだ。

ところが、船頭は助けなかった。捜しあぐねたんじゃねえ。船頭はてめえらの親に言い含められ、見殺しにする手筈だ。……どうした。小便でも出たか？」

初之助はへたへたと地上に坐りこんだ。気を失いかけているお春を助けようともしない。

「いくら親でも、てめえらの底なしのぼんくらには愛想《あいそ》が尽きようよ。おれの仲間のお徳って女が調べ上げたところじゃあ、弟才次郎には相ぼれの娘がいて、これが飛び切りの身代の両替屋さ。その親が言うには、才次郎が島田屋を嗣ぐのなら、娘をやろうとさ。米沢屋とは、まず雲泥《うんでい》。血の回りの悪いてめえにも読めたか？　お春も同様だ。妹のお妙の出来がいいところへ、お妙を是非と婿入《むこい》りの相談で、相手は偉え役人で、何の守《かみ》って殿様の落し種。これも、上の娘がいるのじゃあと二の足だった。穀潰《ごくつぶ》しは消すに限る。両方の親は相談ずくで、心を鬼にした……っていうが、もともと鬼だなあ。家が大事ってやつよ。てめえらがもっとどうかしていりゃあ、仕様もあったろうがね。

大黒屋に多兵衛を連れ込み、てめえらを見せた。熊《くま》と娘をやらかすのがてめえらだと思わせた。生きていた上に、世間に顔向けもならねえことをしていると思ったから、いよいよ消す気になり、使いを寄越したってことさ」

初之助もお春もうつけのようになり、聴いてもいないようだが、孫兵衛は続けた。

「……勝手に殺されて、くたばりやがれと思ったが、つい手が出た。決しててめえらを可哀相《かわいそう》だと思ったのじゃねえ。その証拠に、いま大川に飛び込んでみろ。助けやしねえぜ。

生きるも死ぬも、好きにするがいいや。それとも、助かりましたとノコノコ帰ってみるか？　その度胸がありゃあ大出来だが、……あるめえ」

孫兵衛は道端にうずくまる二人を冷たく見おろしていたが、すたすたと元来た道を取って返した。


「……わたくしは巽屋孫兵衛と申す者で。ぜひ旦那様にお目にかかりたいと存じましてね。御総領のこと、米沢屋さんのこと、それに、わたくしの女房のことなどにつきまして、大事なご相談がありますので、お会いなさらねえはずはないと存じますよ、へえ。どうぞお取次を……あ、小僧さん、済まないが煙草盆《たばこぼん》を借しておくれ」

孫兵衛は島田屋の店の上り框《かまち》にゆったり腰をかけ、帯にはさんだ煙草入れを抜き出した。

第四話　カモが来《き》た

一

苫舟《とまぶね》の中は寒くも暑くもなく、囲いのあちこちの破れ目から忍び入ってくる微風には、青葉若葉の香りがまじっていた。舟はごくゆるやかに揺れる。

お新はいましがた、客を送り出したあとだった。叩《たた》き上げた職人の親方といった男で、髪の半分は白かったのに、五体は岩のように頑丈《がんじょう》で、手などは常人よりよほど太く、そのタコだらけのような掌《て》でいじり回されるだけでも、いい加減音《ね》を上げたくなったのだが、その上、いつ往生するとも知れない、したたかなおやじだった。

抱かれて、眼鏡違いに気付いても、もうおそい。勝手にしやがれと目を閉じてしまったが、終ると全身綿のようだった。

だがおやじの言い草は、

「てめえみてえに、このおれを相手にして、一歩も引けを取らねえアマにゃあ、初めてお目にかかったぜ。こいつは忘れられそうにもなくなったから、またくるぜ」

　というもので、気に入ったせいか、金は一分を投げてくれた。

　そこでお新は、きょうは以後の客は取らぬつもりで長くなり、夢うつつの境をさまよっていたのだった。

　お新は言わば自前《じまえ》の舟まんじゅう、あくせく稼《かせ》ぐこともない境涯《きょうがい》で、この商売も気随気ままというところがある。連れ合いの卯平《うへい》が、時々口をひん曲げて言うように、金のためより、根が好きでやっていることかもしれない。

　だから、うつらうつらするお新の脳裡《のうり》に、回り灯籠《どうろう》のように展開する幻は、怪しげな男女のからみ合いが多い。……好きといえば、もうひとつ、悪事。

　突然足音が近付いて……はだしでまっしぐらに走ってきたようだが、舟が大きく揺れたのは、足音の主が飛びこんできたからだった。

「なんだえ、いきなり断りもなく入ってきやがって。客は取らねえよ」

　と、お新が鎌首《かまくび》をもたげ、とがめた口調がのろくさいのは、まだ半睡の状態だからだった。

「追われております。かくまってくださいまし」

　と、その男は手を合わせた。二十二、三か、一目でそれとわかるお店者《たなもの》で、抜けるように色の白いのっぺり顔だった。ちんまりした目鼻立ち、肩で息をしながら、目の玉はおどおどと絶えず動いていた。

「追われているなんぞは、別に珍しくもねえや。どんなドジを踏んだのか知らないが、かくまう義理はねえね。とっとと出て行きな」

お新はつまらなそうに言い捨て、小さなあくびをして、モゾモゾと起き出した。締りなく着た蛇《じゃ》の目絞《めしぼ》りの長襦袢《ながじゅばん》が、張り満ちた体を包み切れず、男の目には毒なところがチラチラするが、そいつはそれどころではないようで、

「お願いでございます。こ、殺されます」

と、涙声で身をもんだ。

「そうだね。有り金残らず置いて行くなら、考えてもいいよ」

「は、はい。みんな差し上げます。……あっ」

と悲鳴をあげたが、それは迫ってくる数人の足音のためだ。口々に何か呼び交わしている。

「仕様がねえな。いま言ったことを忘れるんじゃねえよ」

お新は落着いたもので、

「そこの破れ目から向うへ抜けて、水の中に入りな。水遊びには早えが、凍《こご》え死にもすめえよ、色男」

「わたしは泳ぎが……」

「泳ぐんじゃねえや。つかっていりゃあいいのさ。追手が舟ばたに来たら、頭も漬《つ》けな。

舟底に取っ付いて、その下へもぐりゃあ上出来だが、そんな芸当も、おめえにはできなかろう。そら、来たよ」

お新が苫の破れ目を広げてやったところから、男は抜け出した。元通りに苫を直す間に、ポチャンと水音。命には代えられず、死んだつもりで入ったのだろう。

追手はもう、舟ばたから岸に渡した踏み板に乗っていた。お新はまた長くなった。わざと裾《すそ》を割り、あられもない寝乱れ姿に見せたのは、まず目くらましというところだ。

薄目で見たところ、追手は三人、背をこごめて入ってくると、気が抜けたように顔を見合せた。せまい苫覆《とまおお》いの中、かくれ場所など、あるわけもない。

「ドカドカと、なんだい、てめえらは」

と、お新が声を掛けた。

「女、若え男が来たろう。この舟よりほかに、逃げ場所はなかったはずだ。どこへ行った？」

兄貴株らしいのが凄《すご》んだ。

「寝耳に水たあこのことだ。一向知らないよ。あたしゃ客と一汗掻《か》いたあと、心持よく眠っていたんだ。その間に若い男とやらが走り入って、水の中へ脱けたとしても、知ったこっちゃないのさ」

「かくし立てをしやがると、為《ため》にならねえぞ」

「わからねえデコボコだね」

お新はせせら笑って起き上り、大あぐらになった。男たちは気勢を削《そ》がれ、息を呑《の》んだ。委細かまわず御開帳の奥の院が、大胆にもたけだけしい。

「ならなきゃあどうする、洟《はな》ったらしめ。油堀《あぶらぼり》のお新を見くびったら、そっちのためにならねえよ」

兄貴分は、ひるみをかくすためか、

「水ん中だ」

と言うと、背を向けて苫の外へ出た。二人の男が続く。ケチな地回りか、岡《おか》っ引《ぴき》の子分か。

見つけられてお陀仏《だぶつ》か、かわいそうに、とお新はさっきのお店者の人形面《づら》を思い出していたが、どうやら見つけられずに済んだらしい。お新を一睨《にら》みして引揚げようとするのへ、

「もういっぺん、中を捜したらどうだい。鼠《ねずみ》に化けているかもしれないよ」

と声を掛けた。連中は言い返しもせず、踏み板だけは派手に鳴らして岸へ上った。その姿が富岡《とみおか》橋の向うへ消えるのを待って、お新は舟ばたへ出てみた。

男は舟べりにしがみついていた。半死半生のていたらくで、したたか水も飲んだらしい。唇《くちびる》の色がなく、のどをゼイゼイ鳴らしていた。

「行ったぜ。上ってきな」

とばかり、手を貸す親切など、お新はいささかも持ち合せていない。

「……中へ入る前に、裸になるんだ。濡《ぬ》らされちゃあかなわねえ。脱いだものは絞って広げな。いっときすりゃあ生乾きだ」

若い男は言われた通りにし、胴巻のようなものだけを大事にかかえ、屁《へ》っぴり腰で入ってきた。

「お陰様で、助かりました。これは、お約束のお金で……」

「ずぶ濡れだね。まあ金に変りはねえや。そこへ置きな。ふふふ、寒いかえ？」

全身胴震い、歯はガチガチ、女のようにきれいな肌《はだ》をしていて、真新しい下帯も濡れそぼっているのが哀れにも色っぽい。お新が目を細くした。

「おや、こいつは大金だよ」

胴巻の中味を、気味悪そうに薄縁《うすべり》敷きの床にぶちまけたお新が目を丸くしたのも道理で、銭《ぜに》や小粒にまじって小判が七枚、いい色に光っていた。

「察するところおめえ、店の金を盗んで逃げたな。そうだろう」

「はい。もう、やぶれかぶれに……」

「何かぶれだろうが同じことさ。お見それしたねえ。虫も殺さねえ顔というのが、おめえのことだろうよ」

お新は小判の一つを取り上げ、にんまりした。

「そんな金なら、こっちが巻き揚げても、気がとがめねえってもんだ。惜しいかい？」

「い、いえ。差し上げます。差し上げますとも。わたしはつい、出来心で」

「出来心なんぞは、役人の前で言いな。こっちはいい仕事だとほめてやらあね。さて、それじゃあ頂いて……すぐ出てうせろは、いくらなんでも不人情だねえ。やつらがまだ、この辺をうろついているかもしれねえし、暗くなるまで置いてやる暇潰《ひまつぶ》しに、濡手に粟《あわ》のお礼心で、生き弁天を抱かせてやらあ」

「い、いえ、わたしはあの」

「無欲だねえ。なあに、こっちがちょいと、いかもの喰《ぐ》いとやらで、おめえに手を伸ばしたくなったのさ。迷惑かえ？」

「いえ、迷惑だなんてそんな……でもあの」

「はっきりしねえな。それでも男にゃあ違いなかろう。まんざらでもねえはずだがね」

蛇《へび》に見込まれた蛙《かえる》の風情《ふぜい》で、水に漬かった寒さもどこへやら、コチコチに身を硬くした裸ん坊の前で、お新はらりと長襦袢を脱ぎ落し、腰をゆすりながら男に寄ると、男の片《かた》膝《ひざ》を股間《こかん》にキュッとはさみこみ、さあお食べとでも言うように、両手でおのが乳房を持ち上げた。

「箱入り娘の移り香がするねえ、やさ男。図星だろう？　おい、こいつをねぶってみねえ。小娘にゃあ無《ね》え、いい味がするからさ」

二

男をたっぷりいたぶりながら、責めに責め立て、気も遠くなったやつを引張り起し、こんどは厭《いや》というほど足腰をもませ、お新は上機嫌《じょうきげん》だった。

口を割らせたところでは、男の名は唯吉《ただきち》といい、奉公先は伊勢崎《いせざき》町の大きな茶問屋だ。小僧で住み込んで十年、いまは五人いる手代のひとりで、気立てはおとなしすぎるほど、正直者の上、年増《としま》の女客が唯吉目当てに通うという話もあるほどの男振りだから、主人夫婦をはじめ、番頭、古手からかわいがられ、仲間との折合いもよく、いいことずくめだったのだが、一人娘のお品に目をつけられたのが、つまずきの基《もと》だった。

お品はもう十九の春を過ぎ、当り前ならとっくに婿《むこ》を迎えていなければならないのだが、これが並みのしろものではなかった。

どこか間違えて、女に生れたと、あるじの重助が嘆ずるように、おそろしく気の荒い勇み肌。お転婆《てんば》、わがままどころではなかった。

器量は悪くもないが、それでも、まるで男が化けたようだと人が陰口を叩くほど、骨っぽく苦味走っている。

唯吉などは小僧の頃《ころ》から、かたきのようにお品にいじめられ、いっぱしの若い者になっても、お品だけは怖く、逃げかくれしていた。

だが、いじめられるほうが、ほれられるよりは、まだマシだった。お品が唯吉をいじめていたのは、実はお品流にほれていたからだが、やっとそれに気付いて、怖気《おぞけ》を振るっても後の祭りだった。

「わたしの部屋においで」

昼日中から頭ごなし、そばにだれがいようとお構いなしの言いつけで、何の用かと、おずおず付いて行くと、襖障子《ふすま》をピシャリと立て切り、ゾッとするような薄笑いを見せて、

「唯吉、おまえはわたしのものさ。おとなしく言う通りにおし」

と、いきなり唯吉を横倒しにした。驚いて起きようとするのへ、おっかぶさって、

「言い付けが聞けないのかい、唯吉」

と、口のあたりを思い切りつねり上げた。

唯吉は余りのことに、口も利《き》けなかった。逆らう気力もなく、虚脱してしまったが、お品は終始受身の男に満足で、かわいい、かわいいを連発していた。

思う通りにしなければ済まない。大っぴらに呼び寄せるから、反《かえ》ってだれも怪しまなかったが、たとえだれかが、うっかり部屋をのぞき、胆《きも》を潰したとしても、お品は平気の平左だったろう。

唯吉にしてみれば、地獄の責苦《せめく》がそれから続いた。いくらなんでも、度重なれば人に怪

しまれる。だんだん、囲りの者の目が白くなり、さながら針のむしろで、しかもお品が気まぐれに、いつ呼びつけるかもしれないから、脇《わき》の下の冷汗が乾く間もない。

唯吉が何より怖《おそ》れたのは、事を主人夫婦に知られることだった。知れれば追い出され、長年の奉公が水の泡《あわ》だ。弁解は聞かれまい。

いくらお品が男のようでも、女が男を犯し、自由にする道理がないと、だれしも思うのが当り前だ。事実はまさに、お品が唯吉を犯す形であった。組打ちだと、力はお品が強いのだ……

「そんなだらしのねえ話は、初めて聞くよ。ノコノコ付いて行かなけりゃあよかろうに」

とお新は笑ったものだが、命に従わなければ、それこそお品は手を替え品を替え、唯吉をいたぶったに違いないのだ。店の品物や金をくすねた、とでも親に言いつければ、お払い箱は目に見えている。お品はそういう脅しを口にする。

とうとう怖れていたことが眼前になり、唯吉は夫婦の前に呼び出された。そのようなことは全くございません、だれかが言い触らした嘘《うそ》でございますと、お品に命ぜられた通りに、シラを切り通したが、夫婦の疑いは晴れた様子でない。

いったい、お品の両親には遠慮がある。というのが、女房《にょうぼう》のお里は後添いで、前身は吉原の中どころのお職女郎だった。お里がひかされて、重助の女房に納まったのは、五年前、すでにお品は十四の娘盛りだった。ほれて通い詰めた女だとはいえ、年頃の娘がいるのに、親類、番頭の意見に耳を藉《か》さず、お里を妻の座に据《す》えたところに無理があり、それが重助の引け目になった。

お品が男勝りなのは、気性ばかりではない。いつの間にか、父親の代りがちゃんと勤まるようになっていて、商売のしっぷりは、むしろ父親より見事、と言う奉公人すらある。だから、女房のお里がいるのを、お品は歯牙《しが》にもかけない。店のこと、家計の切り盛りはお品が引受け、父の重助の存在すら、霞《かす》んでしまいそうだ。

「重助てえのは、養子かい？」

「はい。お嬢さんは、亡《な》くなったおかみさんの言いつけなら、よく聞いていたそうですが……」

「小糠《こぬか》三合の口か。なるほど、家付き娘にあなどられるのも当り前だ。あるじがそれじゃあ、後添いの肩身はさぞ狭かろうよ。お品の不身持ちを知っても、嘘だと言われりゃあ引き退《さが》り、本人に問い詰めもできねえのだな」

「はい。その代りに、わたしは出て行けがしに仇《あだ》をされました。言うに言われぬ仕打ちを受けました。ですから、もう見切りをつけて……」

「おや、お品はかばってくれなかったのか？」

「口を利かなかったり、わたしの仕事を人にさせたり……いろいろと手はありますので。お嬢さんもかばい様がありません。わたしもいちいちは訴えませんでした。こんな目に会い続けるより、逃げるがマシだ。この上お嬢さんのなぶり者になるのも厭だ。それにしても、くやしくてくやしくて」

唯吉はお新にまといつかれたまま、洟をすすり上げたものだった。

「それで、行きがけの駄賃《だちん》にかっさらったって寸法かい。おめえを、いっそ婿にって話は無かったのかえ？」

「とんでもありません。お嬢さんには、わたしはどうせ一時の慰み者。旦那《だんな》の胸の裡《うち》には、婿がねの何人かはいるようで。わたしなんぞを大店の婿にするものですか」

「お品が婿の話をみんな、はねつけるんだろう？　そりゃあおめえにほれ切っているからだろうじゃないか」

「お嬢さんの気持なんて、わかりません。気まぐれですから。亭主《ていしゅ》なんぞは要らないのかもしれません。そんなことより、大将になって、好き勝手に店を切り回したいんでしょうよ」

「もう、メソメソはいい加減に止《よ》さねえかい。追手はどんな連中だい」

「おかみさんの伯父に当るというので、玄兵衛って人が店に出入りをしております。その手下で……玄兵衛さんはなんでも、表向き、三十三間堂裏手のうどん屋のあるじだそうですが、実は怖い稼業《かぎょう》の人だと申します」

「おめえには怖いのが多いねえ。そんな野郎が入りびたっていりゃあ、お品も野放図には振舞えめえに」

「そりゃあ、姐《ねえ》さんがお嬢さんをご存じないからです。そんな人が睨みを利かしても、ひるむもんじゃありません。現に、わたしが逃げる何日か前、玄兵衛さんから、心当りの婿の話があったそうで」

「はねつけたかえ？」

「お前なんかに婿を当てがわれる覚えはないと、両親、番頭の前で啖呵《たんか》を切ったって言いますからね」

「はははは。聞いてみりゃあ、おめえの手に負える女じゃねえね。仲間にほしいくらいのもんだが……なに、こっちの話。そろそろ出かけるか」

「へ？」

「着物を着て、支度をしな。灯《ひ》ともし頃も大分過ぎて、川面《かわも》も何も、真暗《まっくら》になった。どうせおめえは、行くところもなかろう？　棲家《すみか》へ連れて行ってやるのよ」

お新が卯平と住んでいるのは、因速寺境内の墓守小屋だ。裏門から入ると、程近い墓場には、ぼうっと提灯《ちょうちん》の明りが点々。人魂《ひとだま》でも飛んでいそうで、唯吉は足をすくませてしまった。

「よっぽど脆弱《ぜいじゃく》に出来上ってるよ、この男は」

トンと背中を突くと、唯吉は思わず、ヒャッと悲鳴を上げた。

戸締りも何もない。部屋には行灯《あんどん》がただ一つ。

「そいつはだれだ？」

と、卯平が寝返りを打ちながら聞いた。

「いま話すから。ちょいと一ひねりすりゃあ、金になりそうだ。取りあえず、そら」

チャリンといい音がして、小判二枚が畳に転がった。横目にしながら卯平は動じず、

「あいこか。おれも、そら」

もぞもぞとふところに手を入れ、投げ出したのが、やはり二両だった。

「へえ。おめえにしちゃあ大出来だ。どうしたい？」

「何もしやしねえ。きょう寺で、大仰に葬いをしたやつが、何の何兵衛と名乗っちゃあいたが、その実はお薦《こも》の親方よ。供の紋付袴《もんつきはかま》の中に知った顔があったのよ。そいつはひところ、霊巌寺《れいがんじ》の門前に坐《すわ》っていた野郎さ」

「そうそう、おめえはお薦になって、方々を這《は》いずり回っていたことがあったっけ。なんの仕事だったか忘れたが」

とお新は笑いだした。

「うまい回り合せだねえ。それでせびり取ったのか。不精者に似合いの、棚《たな》からぼた餅《もち》だ」

「親方に会い、お供の衆に知った顔があるが、ありゃあどうしたもんで、と謎《なぞ》をかけたら、

気前のいいところを見せやがった。身分を偽ったのがバレりゃあ、打首もんだからな」

「いくら呉《く》れたい？」

「だから二枚だ」

「安く踏まれたね」

と言ったが、二枚は一部にすぎないのを承知の前だ。お新が出したのも二両ぽっちである。

「そこに立っている若造は、やけにおとなしいな。何か役に立つのか？」

「立つか立たぬか、相談さ。智恵《ちえ》を貸してくんな。お鷹の親分……これも使えるかもしれないねえ」

三

質素だが小ざっぱりした身なりの男が、仙台堀《せんだいぼり》沿いの道を、背を曲げるようにして歩いていたが、陽焼《ひや》けしたシワの多い顔には、苦痛の表情がある。ちょうど茶問屋「山城屋」の店先で、最早《もはや》耐え兼ねる様子をし、

「申し訳ございませんが、持病が起りまして……ちょいとの間、片隅《かたすみ》にでも、横にさせていただきとうございますが」

と、転げ込むように入ってきたのが、どこか小商いの男と見えて、卯平であった。

「そりゃあお困りで、奥へお上りなさい。顔色が悪い。生汗をかいていなさる」

帳場にいたあるじの重助が腰を浮かし、小僧に肩を貸すように命じた。

諸国の銘茶が棚に一杯の店の間を抜け、卯平はとある小部屋へ案内された。座敷、茶室ではなく、普段使う部屋でもないらしい。内輪の気の置けない客を入れるのだろうか。簡素だが床の間もあり、一方の壁には小簞笥《こだんす》。坐って痛みに耐える風情で、うずくまっていると、小僧と入れ替りに女中がやってきて、押入れから布団《ふとん》を取り出し、さっさと敷いた。

「横におなりなさいましよ。帯なんぞはお解きになったほうが……お茶か、お冷やをあげましょうか」

と親切だったが、じっと静かに寝ていれば、半刻《はんとき》もすれば直るのだと卯平は断わり、帯をゆるめて布団に這いのぼった。

「あ、お姐さん、恐れ入りますが……」

女房と海辺橋袂《たもと》で待ち合せることになっていた。刻限も過ぎて案じていようから、ここでお世話になっていると、知らせてもらえまいか、というのだ。

承知して女中が出て行くと、卯平はニヤリ、伸び伸びと手足を広げた。病人で、静かにしていなければ……と、部屋にはだれも近付かない。

小半刻後、これも堅気の女房風に造った女が山城屋に着き、

「うちの人がとんだお世話に」

と腰をかがめたのは、女髪結《おんなかみゆい》のお徳で、稼業の髪結いもマメにやるが、もうけの種を聞込むのがうまく、お新や卯平、さては絵草紙屋巽屋孫兵衛《たつみやまごべえ》と組んで、あくどい働きをする女だ。

卯平が寝ている部屋へ行き、ご親切な山城屋さんのお陰で、よかったねなどとしゃべりながら介抱している……と見えるが、ちょっとの間に卯平が布団から脱け出し、無人の部屋部屋をのぞいてかっさらった、小金少々に、値の張りそうな小間物の類《たぐ》いを、持参の妙な手提げ袋に入れてしまったのだ。

早業《はやわざ》、と言いたいが、付いてきた女中が、けげんそうに小首をかしげた。

小首をかしげたのは、もう一人いて、これは、部屋でウンウンうなっているはずの卯平の姿を、あらぬところでチラと見かけた気がする手代だった。

お徳は改めて、あるじ重助にあいさつに出て、ご恩返しといって何もできないが、自分は髪結いをして夫を助けている。せめておかみさん、いらっしゃればお嬢様のお髪《ぐし》を結わせていただきたいと言った。

それは何より、喜ぶだろうと、重助は女中を呼び、奥へ案内させる。

重助はおっとりと様子がよく、いかにも旦那然とはしているが、どこか弱々しい。

女房のお里は居間にいて、さきほどまで三味線の爪弾《つまび》きをしていたらしく、細棹《ほそざお》の上物がかたわらに置いてあった。

徒然《つれづれ》さをもて余しているようで、朱羅宇《しゅらう》の煙管《きせる》を手に、膝を崩し、煙の輪をぼんやり吹き上げていたところだ。さすがに出が素人《しろうと》でなく、じだらくな姿が絵になっておさまっている。

円顔《まるがお》にぽったり厚めの唇、大きな目など、陽気な顔立ちと言えるが、一面に漂う物憂《ものう》さが、表情をどこか陰のあるものにしている。

テキパキした世話女房とはうらはらで、情は濃そうだが、気はあまり利かない。激すると前後の見境もつかなくなる。いつも人に引きずられる……お徳はそんなふうに見て取っている。

「みごとなお髪でございますが、少しお手入れが……」

「せっかくですから、やっていただきましょうよ。わたしはあとで。娘を先にしてくださいな」

と、お品への遠慮で、お里は言った。

「お嬢様を……はいはい」

お徳たちは、その運びを見越していた。

お品の部屋は、離れになった造りで、帳面の類、商用の書状の束などが棚に山積みになり、頑丈な文机《ふづくえ》の上には算盤《そろばん》があったりで、娘の部屋にしては殺風景だった。

お品は部屋に居ず、女中が探しに行ったところ、倉出しに立会っていたのだった。

戻《もど》ってきたお品を見上げると、なるほどお新が話したように、男の化けたのか、よく言って若衆のようだ。柔らかな着物がしっくりしない。と言って、箸《はし》にも棒にもかからぬギスギスでもない。お品のような女を好む男は、案外多いかもしれない。

「わたしはけっこうですよ」

と、お品はポキポキした言い方で断わった。

「ありがたいけど、髪をあつかうのは辛気《しんき》くさくて。向うの人をやってくださいな」

向うの人とは、継母のお里のことだ。

「そうですか。それじゃあ」

と言ってから、お徳は女中が座を外すのを待っていたように、お品にすり寄った。

「お嬢さん、唯吉さんに会いとうござんすか？」

途端にお品は、キッと凄《すご》い顔になり、穴のあくほど、お徳を見詰めた。

「お前さんはなんだい。どうして知っているんだい？」

「ほほほ、歯切れがよくなりましたねえ。知っているから知っているんですよ。ちゃんと居所もさあ。お望みなら会わせてあげますよ。それとも、店の金を持ち逃げするようなやつには用がないとなれば、それっきりの話なんですが」

「どこにいるんです？」

「ご案内しますよ。ほれていらっしゃるんですねえ、やっぱり」

「きょう？」

「よござんす。暮六ツ、場所は大川沿いの上の橋……駕籠《かご》を待たせておきましょう。駕籠でほんのしばらく。唯吉さんは元気でございますよ。危ないところで、追手を逃れましてね。ですが、お嬢様が夜道を独りで……お父様がお許しなさいますまいよ」

「構やしませんよ」

お品の、線のはっきりしすぎたような顔に、冷笑が浮んだ。

「わたしは勝手に、どこへでも行きつけているから」

「へえ、そいつは頼もしい。怖いものなしだ。それじゃあわたしは、おかみさんのところへ……」

お品は宙を見ていた。お徳がどんな素姓の女で、何を考えていようと、まるで関心がないようだ。ほれっぷりは本物だね、と思いながら、お徳はお里がいる居間に急ぐ。

髪結い道具を持参していないから、家に有合せを用意するのに、暇がかかる。ようやく整って、いざ解かそうと、お里の髪に手を当てた途端、すっと部屋に入ってきたのが、四十年輩の、のっぽの男で、そのうしろに、店の奉公人とは見えない若いのが一人。

「お絹さん、ちょいと座を外しな。髪結いのお客さんに大事な話があるんだからな」

男の物言いは柔らかだが、有無《うむ》を言わさぬ調子があり、お絹と呼ばれた女中はおびえた物腰になって、そそくさと立ち上った。部屋を出た時、むずかしい顔の重助とすれ違った。重助のうしろには、両手をうしろに回された卯平がいる。引っ立てているのは、これも奉公人ではないやつだ。

都合五人が部屋に入り、卯平はお徳のそばに引き据えられた。うまく行ったな、という目まぜは素早く、のっぽの男も見逃した。

「おやおや、いったいどうなさいましたので」

と空とぼけながら、こののっぽが玄兵衛か、いっぱしの押出しだが、言ってみりゃあコケ威《おど》しだね、とお徳は踏んでいた。

玄兵衛はいきなり、お徳の手提げ袋を取り上げ、結び目を解いてひっくり返した。獲物《えもの》がバラバラと落ち、盗みの証拠は歴然だ。

「うまく仕組んだが、生憎《あいにく》だったなあ」

と玄兵衛が言った。

「……獲物を女の袋に移すなんぞは思い付きだ」

「抜かりやがったな。だからおめえと組みたくはなかったんだ」

と、お徳は卯平をののしり、卯平は、

「てめえが見られたんじゃねえか、ドジめ」

とやり返した。中年女の厚かましさを十分に発揮して、お徳が見せた笑顔は泰然自若たるものだった。

「バレたからにゃあ、無駄《むだ》なあがきはしないよ。どうする。突き出すかい？」

「そいつは曲《きよく》がねえ。てめえらは余程の悪だな。おれが護《まも》っている山城屋に乗込んだ身の程知らずは許して置けねえ。大川で心中しな。虫より劣るてめえらの命を、だれも惜しがりはしねえ」

「それもよかろうよ。明日はないと思っている命だ。気の済むようにするがいいや」

「ふん。立派な口上だが、助かりたくはねえのか」

「何かすりゃあ、助けてくれるかい？」

と卯平が物欲しげに、上目遣いに聞いた。

「死ぬのもいいが、親分にほとけ心が少しでもありゃあ、助かりたいもんだね。こちとらは何でもやるのさ。お駄賃はいささか高いが……何か言いてえことがありそうじゃないか、親分」

とお徳。玄兵衛は腕組みをして考えていたが、

「おめえらは出ていてくれ」

と、若い者二人に命じた。山城屋には、玄兵衛と手下数人が、常に詰めているらしい。

重助とお里は、肩を寄せ合うようにして、悪党の男女をおそろしげに見ていた。

「お里、旦那もだが、腹を決める時だぜ」

と玄兵衛が言った。それで通じたと見え、夫婦は顔を見合せた。重助の顔色は紙のようになったが、口をもぐもぐさせるばかりで、何を言い出すでもない。と、お里の顔はだんだん紅潮してきた。目が異様に光りだし、つと両手を伸ばすと、重助の膝《ひざ》をつかんだ。

重助は目を閉じてしまった。その様子をうかがっていた玄兵衛が、卯平に目を移し、

「人をひとり、仕末しろ」

と小声で言った。

「ひとりね。引受けよう。だれだい?」

と卯平。

「……娘のお品」

「また、どうして」

お徳が聞くのへ、殺すだけの役目に、わけでもあるまいと、玄兵衛は目をむいた。

「ほほほ、それもそうだ。で、礼はいくらだい?」

四

卯平は立派な座敷で、三十半ばと見える家のあるじと向い合っていた。その家は洲崎《すさき》の片ほとりにあり、明け放した障子の向うが凝った作りの小庭、芝垣《しばがき》を越えて海がひろがっ

ていた。

「若い女のむくろが一つか。むずかしい注文だな。方々に当れば、行き倒れの一つや二つはあろうよ。承知したが、おめえの言うその娘、どうにもならぬ鬼瓦《おにがわら》じゃなかろうね」

「いや、ちょいと女にしちゃあ武骨だが、どうして、味がある。それに、何と言っても箱入り娘だ。男共が狼《おおかみ》みてえに喰《く》らいつこうよ。だが怪我《けが》をさせちゃあ困る。大事な預かりもんだ」

「わかった。唯吉というやつも、ばかに女好きのする野郎だね。最初のうちは死人のようで、舌でも嚙《か》み切りそうだったが、慣れてきたようだ。男の性根をしっかりさせるのは、やはり女共だね。牝鶏《めんどり》の中へ突込んで置きゃあ、厭でも牡鶏《おんどり》らしくなるってこった……だが卯平さんとやら、おめえも大胆な男だねえ。言わば敵地へ乗込んだ形で、わたしが一声掛けりゃあ、お前さんの体なんぞは影も形もなくなるんだが……」

　卯平はあるじの賞《ほ》め言葉など、耳にも入らない様子で、

「もう一つ、むくろに突き傷をつけ、顔をぶっかいてもらおうか。むごいが仕方がねえ。供養《くよう》はたっぷりする」

　このあるじはお薦《こも》の大将だ。大店《おおだな》の主人の寮暮しと言って通りそうだが、家の外観は藁《わら》葺《ぶ》き、粗壁塗り、ひどく粗末にしつらえてあった。敷地が海に向って一段と低く、囲りに風防《よ》けの林もあり、全く人目に立たないが、家の中に一歩入れば、吟味を尽した造作なの

だ。この家を中心に、鳶掛けが諸々方々に散らばり、その小屋々々から、お鳶が八方に出て行く。

いまは八ツ半（午後三時）。海ではかもめの腹が白く輝き、暮れまでには大分ある。

「女はどうだい、卯平さん。いいのがいるが」

「沢山だ。それより一眠りさせてもらおうか」

……山城屋のお品が、だれにも行先を告げず、家を出たのが、お徳との約束通り、六ツ少し前。上の橋に着くと駕籠が待っていた。

「さあ、お供しますよ」

とお徳。どこへ行くとも聞かず、お品はムズとばかりに乗り込んだ。

行くうちに闇《やみ》が濃くなる。お徳は健脚だった。みな無言で、足音ばかりがピタピタと鳴る。小半刻ばかりで、トンと梶棒《かじぼう》のおりた辺りは一面の暗闇だった。それに波音が近い。汐風《しおかぜ》があちこちの木の枝を鳴らす。

駕籠を出たお品は襟元《えりもと》をかき合せるようにし、さすがに心細く、怖くもなったようだが、それを外に現わしはしなかった。お徳は駕籠を帰し、お品のかたわらに寄った。

「こんな場所で済みませんが、なにしろ、逃げかくれしている身ですからね。ここなら追手も来やしない。こうおいでなさい。すぐですよ」

とお品の手を取ったのは、逃げない用心でもあった。お鳶の大将の家が、ついこの近くだと、お品は知る由《よし》もない。

　お徳が案内したのは、いわゆる蒲鉾《かまぼこ》小屋で、目をこらすと、同じようなのがいくつもあり、この分はかなり大きく、むしろの張り工合も丁寧のようだった。それでも、中の乏しい明りが、至るところの透間《すきま》から洩《も》れている。

「お前、これは！」

　お品は立ちすくんだ。

「はいよ。見た通りさ。怖がらなくってもいいんだ。確かに唯吉には会わせる。まずお入りな。突立っていると、さらって行かれるよ」

　なるほど、幽霊かなんぞのように、ふわりふわりと辺りにうごめく者たちがあり、これは言わずと知れたお薦なのだ。うしろは土手で、町の明りはずいぶん遠い。お品はキッと唇を結び、震える足を踏みしめた。

　蒲鉾小屋の中はガランとして、無人だった。裸蠟燭《ろうそく》が一本。床は曲りなりに、畳が敷いてあり、片隅に汚れた寝具が重ねてある。

「お坐んなさいな。こんなところでも、住もうと思やあ住めるもんだ。いま呼んでくるから。……そうだ、その前に」

　お徳はお品にすり寄った。

「打明けておこうか。お前さんは殺されることになっていたんだ」

「殺しゃあしねえから安心しな。金で請負い、殺してやるとお前をおびき出したんだが、そう見せかけて、死骸《しがい》は別あつらえさ」

「えっ」

「助けてくれる……」

「というのも金のため。礼金だけじゃあ足りねえってわけでね」

「玄兵衛が?」

「夫婦にすすめたのはのっぽだ。だが夫婦は承知したよ。お前がいてくれちゃあ、山城屋が我がものにならない。玄兵衛は婿を当てがおうとしているようだが、どこのどいつだえ?　玄兵衛らの身内じゃあろうが。そこまでは知らないんだ、こっちは」

「玄兵衛の甥《おい》という浪人者だよ。気が利《き》いて、腕が立つそうな」

お品はようやく、平静に返っていた。口調は冷徹である。

「……玄兵衛の子でしょうよ、たぶん。わたしを刀で脅すつもりだったろうが、そうはゆかない。おとっつぁんは駄目で、山城屋はわたしが護るしかないんだ」

「仕末に困り、見切りをつけて、殺す気になったか。女郎上りじゃあ、子はできまいね
……おや、だれか来たようだ」

お品は、最大の苦艱《くかん》が待っていることに気付いていなかった。一人、二人と異形《いぎょう》の男たちが、満面笑い崩れ、黄色い歯をむき出しながら入ってきた。その数は五人六人と増し、

じわじわとお品を取り囲んだ。この間にお徳は小屋を脱けている。

お品は自分の声とも思えない絶叫を放ったが、だれも答える者はいない。それはただ、おありがとう、おありがとうと口々に称《とな》える声、卑《いや》しげな笑い声に圧倒されてしまった。

前後左右から捕えられ、すべてを剝《は》ぎ取られると、お品は男たちの壁の中に転がされ、男たちは一斉《いっせい》に、まとったぼろを脱ぎ捨て始めた。異様な匂《にお》いが立ちこめ、裸形になった彼《かれ》等《ら》の五体は見るからにたくましく、物乞《ものご》いの哀れさはカケラもなかった。雄々しい刀の林に取り囲まれたようなものだった。

男たちは横から、うしろから取り付いた。引き起こされ、再び自由は奪われ、お品の正面から、一番手の男が迫ってきた。

……それから半刻。お品は意識を取り戻した。裸はそのままだが、衣類を着せかけてあり、一人の男が黙然とかたわらに坐り、見おろしていた。

「唯吉」

と言って、あとは言葉が出なかった。唯吉はゆっくりうなずいた。唯吉が逃げて、せいぜい十日ほどしかならないのに、急に変った……これまでの唯吉ではなくなったように、お品は思っている。

「どうしてわたしを、こんな目に」

「忘れましょう。わたしも女たちに、いいようにされました。さあ、お嬢様」

なかった。

「お前……」

お品は唯吉にすがりついた。頰《ほお》に伝わりだした涙は、お品としては初めての涙かもしれなかった。

小名木川入口の万年橋の物陰に、女の死体が転がり、それはお品の着物を着ていた。顔は無残に潰され、胸に突き傷。血の色は夜目にもはっきりしていた、死体を検分していた山城屋重助はよろよろと立ち上り、うなずいた。卯平が言った。

「見届けなすったね。それじゃあ約束の物を戴《いただ》きましょう」

重助の震える手から渡された包みはずっしりと重い。卯平は包みを開き、中味をあらめる。玄兵衛が背後からそっと寄ったのも気付かぬふりだったが、腰の脇差《わきざし》が鞘走《さやばし》った瞬間、卯平の体は玄兵衛にぶつかるように、後方へ飛んでいた。うしろ向きに突き出した匕首《あいくち》が、柄《つか》まで玄兵衛の脾腹《ひばら》にめりこんでいるのだった。

「役者が違ったなあ。先の読めねえおれじゃない。どうせ、玄兵衛は生かさぬつもりだったよ」

グイと匕首を抜き取ると、玄兵衛の体は朽木《くちき》のように前に倒れる。

「かくれている手下共、早えとこ散ったが利口だぜ」

と闇へ呼びかけ、地面にへたりこんだ重助へは、

「渡した金がてめえの首枷《くびかせ》だが、この上脅しはやめておこうよ。その代りに連れて帰りな。……幽霊をよ」

なるほど幽霊じみた静かな足取りで、寄り添いながら現われたのは、お品と唯吉だった。

お品は元通り、シャンとして、自失した重助の姿を冷やかに見おろしていたが、唯吉の腕を小脇に、しっかりとつかまえているところが、前と違っていると言えそうだ。

「済んだかい？　長居は無用だ。帰ろうよ、卯平」

どこからか、お徳の声が降ってきた。

第五話

絵《え》絹《ぎぬ》は玉《たま》の肌《はだ》

一

「ご亭主《ていしゅ》、実はわたしの欲しいのは、こういうものじゃあないんだがな」

客はそう言うと、わかっているだろう？　と目顔で巽屋孫兵衛《たつみやまごべえ》に訴えた。遊びの金に事欠かぬ、町家の旦那《だんな》……と見せ、身なりは立派だが、顔付きの卑《いや》しさだけはごまかせない。

また、いい旦那衆が、漁師か日雇いのもっこ担《かつ》ぎのように陽焼《ひや》けもすまい。

「と、おっしゃいますと……どうも困りましたな。手前どもでは、こういうものしか置いておりませんが」

孫兵衛のあいさつは素気《そっけ》ない。客は舌打ちせんばかり、膝《ひざ》の上の尋常な錦絵《にしきえ》類を払いのけた。

「わたしは怪しい者じゃないよ。お前さんとこへ来たのは、知り人からこっそり教えてもらったからのことだ。その人の名は言うわけにゆかないが、その式の絵をよく買う人だから、お前さんは知っているはずだ」

「なんのことやら、さっぱり分りません。もしお客様のお望みが、枕絵《まくらえ》のようなものでございましたら、生憎《あいにく》で。わたくし共では御禁制のものは全く扱っておりませんので。つまりお門違《かどちが》いと申すことで」

「そんなに堅いことを言わないでおくれよ。そりゃあお前さんが用心するのもわかるが、わたしゃ昔から好きでね。いろいろ集めてもいるが、知り人がお前さんとこで買ったものは、まことに出来がいい。だからぜひとも欲しいんだ。金に糸目はつけない。どうだい、売ってくれないか」

「わたくしも商売で、持っておればお売りいたしますが」

と、孫兵衛は取りつく島がなかった。孫兵衛はやや小柄《こがら》でやせぎす、色白で目鼻は平凡、物堅い小商人《こあきんど》がぴったりだった。西念寺横町のちっぽけな絵草紙屋で、主《おも》に売れるのは安っぽい役者絵、美人画、武者絵、双六《すごろく》の類《たぐ》いで、客は子供や、近辺の小娘が多い。押し問答の末、客はようやくあきらめたようだが、それでも「知り人」というのを連れてくるから、その時は必ず売ってくれと念を押して帰って行った。

孫兵衛は奥へ入った。

「妙な人だこと」

と声をかけたのはお京で、長火鉢《ながひばち》に寄りかかり、一服の体《てい》だった。どう見ても、世帯《しょたい》やつれのした古女房《にょうぼう》で、ほこりをかぶったひっつめ髪、よごれた前垂れにたすき掛けが、うらぶれている。手入れもろくすっぽしないような顔は色気も何もなく、女に餓《う》えたそこらの地回りでも相手にしないだろうが、これが化け様では、全盛のおいらんが裸足《はだし》で逃げ出すほど、まぶしい女になろうとは、孫兵衛とその仲間以外にはだれも知らない。

「いい陽気だな」

お京の顎《あご》をちょいとつまんでから、孫兵衛は坐《すわ》った。

「……どういう野郎か、察しはついているが、少々しつこいのが気になる。うちの客を連れてくると言ったが、まあ待ってやろう」

「面白《おもしろ》いことになりますか」

「さてね。その時のことだが。このところ、鳴かず飛ばずで退屈だ。お京、お前もか？」

お京はうっすらと笑んだばかりだ。口数の少ない女だが、たまにしゃべると、ほんのつまらない言い草でも、ふしぎに男の耳にねっとりとまつわり付く。

その客は翌日来た。同道してきた男は、巽屋の得意客と言えば得意客で、大島町の乾物問屋の御隠居五兵衛、と孫兵衛は憶《おぼ》えている。

宇陀川芳国《うだがわよしくに》えがくあぶな絵を、五、六枚も売ったろうか。それも芳国会心の出来ではなく、早描《はやが》きの粗末なものだから、値も安い。ほかにも多少は売ったかもしれないが、孫兵衛の記憶にないほどだった。

「これは御隠居様、毎度ありがとう存じます」

と孫兵衛は小腰をかがめた。

「……このお方のお知合いとは、御隠居様でございましたか」

「いや、その、是非にと頼まれたものだから」

と、御隠居五兵衛は迷惑そう、いや、むしろ困り果てた様子で、なんとなくおびえたふうにも見える。

「巽屋さん、約束通りお連れ申したよ。これで疑いも晴れたろう」

と客が言った。孫兵衛はしばし、思案顔でいたが、

「そういうことならどうぞ、店先ではなんでございますから、汚のうございますが、奥へお上りなさいまし」

と、打って変った笑顔になった。

店の気配でそれと察したお京が、押入れから薄っぺらの座布団《ざぶとん》を二枚出し、パンパンとはたいてから並べ、煙草盆《たばこぼん》も運んだ。上ってきた二人の客は、お京に会釈《えしやく》もしなかったが、煤《すす》けた女中とでも思ったのだろう。

「あ、お京や、例のものをお出ししておくれ」

と孫兵衛が命じた。お京は足継ぎを持ってきてその上に乗り、戸袋をあけて、中をごそごそと掻《か》き回していたが、紫色の風呂敷包《ふろしきづつ》みの、分厚く嵩張《かさば》ったやつを、重そうにかかえおろした。

「お気に入るものがございますかどうか」

お京から包みを受け取った孫兵衛は、結び目を解きながら、そう言った。

「まず見せていただこう。……ほう、いろいろそろっているようだね」

と、客は身を乗り出すようにし、孫兵衛の手許《てもと》を見守っている。

「お客様、申すまでもございませんが、手前共のことは、くれぐれも御内聞に……」

「言うまでもないよ。決してほかに洩《も》らすもんじゃない」

客は少ししゃがれたような声で、そう言って笑った。

「……この御隠居もなかなか口の堅い人で、聞き出すのに苦労しましたよ」

御隠居は絵をのぞこうという気配もなく、相変らず落着かぬ素振りだ。常ならば目の色を変えるのだが……

版画は少なく、肉筆が主である。絵師は宇陀川芳国のほか二、三人だが、なんと言っても、技法、趣向共にすぐれているのは芳国のもので、いずれも目も妖《あや》な落花狼藉《らっかろうぜき》の景であった。

「なるほど、やはり見事だね。絵が生きている」

客は生唾《なまつば》を呑《の》みこまんばかりの顔になった。孫兵衛の冷徹な目が、それを捕えている。

……こんなのを見ると、芝居を忘れ、つい猥《みだ》らな本性が出るようだなあ、冷飯食いめ。

客が選んだのは、まず屋根舟の図で、永代あたりの橋の下にもやった舟中に、いなせな船頭と馴染《なじみ》の芸者の忍び会い。芸者のかぼそい手足と、キリリと肉が緊り、浅黒い船頭の五体の対照がいい。

次に選んだのが、上位の官女と公卿《くげ》であろう。書割りはどこやら、やんごとなき辺りの奥御殿、金屏風《きんびょうぶ》と几帳《きちょう》に囲まれた中で、十二単《ひとえ》が乱れに乱れ、公卿の衣冠束帯姿は珍妙だが、下半身むき出しとあっては、なまなましさ、みだらな味が倍加している。官女の打ちひしがれた花のような姿態も悪くない。

「ひとまずこの二枚をいただこうか。いかほどだね？」

「ちょっとお高くなります。舟のほうが三分、官女が二分で、いかがでございましょう」

「そうかい。なに、高くはない。この絵なら安いくらいさ。もっとほしいが、生憎持ち合せが足りない。いずれ後日ということにしましょう」

「ありがとう存じます。お客様、今後のこともございます。お名前を……」

「御隠居のつい近くで、つまらない店を出している、伊之助《いのすけ》という者ですよ。御隠居とはいつもじっこんに願っている。ねえ御隠居」

伊之助と名乗った男がそう言うと、隠居五兵衛は大いにあわてた様子で、

「は、はい。こちらこそ、いつもお世話に」

と下げなくてもいい頭を下げた。

二人の客は帰った。孫兵衛は改めて絵を一枚一枚眺《なが》め、お京もそばに坐って、顔も赤ら

めず、しんとした瞳《ひとみ》で見ているのだ。孫兵衛はふっふっと笑い出した。

「お前にはじめて、こういう絵を見せた時には、アッと言って顔を背《そむ》けちまったが、変れば変るものだな」

「お仕込みで」

「そうは言うが、その後の肚《はら》の坐った働きぶりには、真実舌を巻いたぜ」

「生れついての性悪女《しょうわるおんな》なんでしょうよ」

「そいつがたまらねえ。だがそれにしても、そこいらの男は馬鹿《ばか》なもんだ。お前を一皮むいてみる頭がねえ」

それには答えず、

「なんでしょうね、いまのは」

「ははは、きょうあすにも、十手《じって》を持った怖いのがくるに決っているさ。伊之助というやつ、どうせ本名じゃなかろうが、イヌだろう。かわいそうに、御隠居は脅されたようだ」

「罠《わな》にかかってみる……」

「そうだ。おれを引っ捕えるのが目当てじゃあるめえ。見逃してやる代り、何かをやれ。そう言うと思うね。どんな野郎が舞い込んでくるか、楽しみってものさ」

二

　ずいと巽屋の店に入ったのは、ちょっと見には岡《おか》っ引《ぴき》とも思えない男で、値の張りそうな唐桟《とうざん》のあわせを着流していた。腰にけっこうな煙草入れ、上背のある立派な押出しで、面付《つらつ》きもおだやかだが、

「おい巽屋、いるかえ」

と叫んだ口つき、目の光が争えなかった。それに、子分らしいのが二人、こちらは尻《しり》端折《はしょ》りに黒の股引《ももひき》といういで立ちだった。

　奥では孫兵衛が、おいでなすったとお京へ目で笑い、いらっしゃいましと出て行った。

「おめえが亭主の孫兵衛か。おれは北川町の豊次といって、十手をお預かりしている者だが、ちょいと聞きてえことがある。上らしてもらうぜ」

　孫兵衛はハッと思い当った様子だが、すぐに取りつくろい、ぎごちない愛想笑《あいそわら》いを顔に浮べた。

「はい、なんのお調べかは存じませんが、お上りくださいまし」

　豊次と共に、子分二人も上りこんだ。お京はおずおずと、片隅《かたすみ》に小さくなっている。

「ありゃあおめえの女房か？」

と豊次が聞いた。

「え、いえ……雇いの者でございます」

「そうか」

豊次は白い目をお京に向けてから、

「女を外へ出しな」

と言った。

「はい。でも、ま、お茶でも」

「いいから出すんだ。おめえだって、聞かれちゃあ困ろうぜ」

孫兵衛が命ずるまでもなく、お京は一つお辞儀をして、裏口から姿を消した。

「巽屋、うめえ商売をしていたな。え？　しこたま儲《もう》けやがったろう」

「親分、なんのお話でございましょう。手前は一向に」

「ははは、そいつはいけねえよ、巽屋」

と豊次はあざ笑った。

「……ネタは上っている。おい、出しな」

子分にそう言うと、そいつが巻いて筒にした例の枕絵を出して広げる。孫兵衛の顔色が変り、膝頭が震えだした。

「巽屋、この証拠がある上は、言い逃れはできねえぜ。二枚を三分と二分で、伊之助というのに売りやがったな。この手の絵が御禁制なのを承知しながら、ひそかに売りさばいていたとなりゃあ、罪は重いぜ、巽屋。売ったのは五枚や十枚じゃあるめえ。てめえ、余罪もありそうな野郎だな。この場で縄《なわ》をかけるから、神妙にしろ」

「親分。待ってください、親分」

と孫兵衛は悲痛な声を上げた。

「何か言いてえのか？」

「お情けでございます。今後は一切致しません。どうぞお見逃しを……お礼はお望み通りにさし上げます」

「ならねえ。この豊次を、金で買われる男と見くびったか。尋常にお縄を頂戴《ちょうだい》しろ……と言いたいが」

豊次は孫兵衛を下からのぞき込むようにして、思わせぶりに目を細めた。

「……おれだって、まんざらわけのわからねえ男でもねえのだ。てめえの了簡《りょうけん》次第じゃあ、知らぬ顔をしてやろう」

「あ、ありがとうございます。助かります。で、了簡と申しますと……」

「いま話すから、よく聞きねえ。だが巽屋、聞いた以上は、どうでもおれの言いなりに動けよ。さもなきゃあ、命を縮めることになるぜ」

「はい。お見逃しくださるなら、なんでも致します」

「その言葉を忘れるな。おれは脅しに言っているんじゃねえ。いいか？」

孫兵衛は肩をすぼめ、頭を垂れながら、こいつ、大分甲羅《こうら》を経たやつだな、と踏んでいた。話しぶりは何気ないが、どこやらに凄味《すごみ》を漂わせている。見てくれにしても、あくまで温和、物分りのいい親分ふうだ。従う子分がまた、悪く物静かで、目も坐っている。

……北川町と堀《ほり》一つをへだてた加賀町に、老舗《しにせ》の袋物屋で松葉屋というのがある。あるじが総右衛門《そうえもん》、四十過ぎの働き盛りで、先代から続いた店の身代を数倍にしたという噂《うわさ》がある。豊次は一時、この松葉屋に出入りをしていたのだが、根も葉もないことを総右衛門の耳に吹き込んだものがあり、不首尾になった。豊次がいくら身の潔白を言い立てても、総右衛門は信用せず、とうとう喧嘩《けんか》別《わか》れだ。しかも総右衛門は、豊次がたちの良くない岡っ引だから、相手にせぬがいいと、商人仲間に触れ回ったので、豊次は出入り先の大半を失ってしまったという。

その怨《うら》みは骨髄だが、さらに総右衛門は追打ちをかけ、豊次の思い者を横取りしてしまった。その女は仲町の芸者で駒太郎《こまたろう》、芸者八十人いる中でも飛び抜けた売れっ妓《こ》だったそうだが、豊次とは二年越しの仲だった。どうやら総右衛門も予《かね》てから駒太郎に言い寄っていた様子で、金でなびかぬわけをひそかに探ると、豊次が浮び上ってきたらしい。

だから豊次の推察では、総右衛門は人の告げ口を信用したわけではなく、それを口実に、豊次を叩《たた》きつぶし、駒太郎を奪おうと計ったようだ。計略は図に当り、豊次は八方塞《ふさ》がりでみいりも途絶え、子分に見放され、駒太郎を身請《みう》けするどころではなくなった。そうして遣《や》り繰《く》りにかまけている間に、総右衛門が金に物を言わせ、あっという間に駒太郎をひかせて手活《てい》けの花にした……

「おれはいま話した通り、松葉屋には深《ふけ》え怨みがある。総右衛門を這《は》いつくばらせねえじゃあ、夜もおちおち眠られねえんだ。だが巽屋、総右衛門をやっつけようというのは、おれの怨みからばかりでもねえ。やつめ、身代を何倍にしたのかは知らねえが、当り前に商売をして、こいつは二倍にもなるめえじゃねえか。裏で何をしていやがるか……」

そこで豊次はじわじわと探りを入れたのだが、およその当りはついた。

総右衛門はなるほど商才にたけている。本所深川には大名の下屋敷が多い。彼はこれに目をつけ、お出入りになるため、まず城坊主《しろぼうず》のだれかれに金品を贈ってろうらくした。

これら坊主たちは、出入りの大名家を持っていて、しばしば屋敷に行き、殿の御機嫌《ごきげん》を取り結び、何やかやの下され物をふところにする。それが坊主の余禄《よろく》だが、お城では出仕の当の大名の世話をなにくれと焼く。大名としては、抱え同然の坊主がいなくては、広い城内で立ち往生してしまうわけだ。

坊主はそのほかにも、大名の便宜を計る。女の世話もその一つなら、枕絵持参もその一つだ。枕絵はお礼の献上だが、もちろん大名も、只《ただ》では済ませない。

また、好きな殿様も多く、金を出していい枕絵を坊主に買わせることもある。

その注文を承っているのが、どうやら松葉屋総右衛門らしい。

「松葉屋には下屋敷の家来だの女中だのがくるほか、多いのが坊主さ。この坊主に枕絵を売っていやがるに相違ねえ。ところが、その証拠がどうしてもつかめねえのよ。お城坊主はいやしくも直参《じきさん》だから、こちとらが踏み込んでふん縛るわけにもゆかねえ。下屋敷の家探しもできねえ。下手に松葉屋に乗込めば大恥をかくばかりだろう。絵師をつかめえりゃあいいんだが、これがさっぱり、どこのどいつが描いていやがるのか、見当もつかねえ。考えた末が……」

「親分、お話はよくわかりました。すると手前は、松葉屋さんに例の絵を売り込めばいいわけでございますな」

「そんなところだ。そうして、その絵をさらにだれぞに売ったところを捕えりゃあ、野郎め、ぐうの音も出めえ」

「ははは、この巽屋になさったのと同じ手でございますね」

孫兵衛から、いつの間にか恐縮の様子、おどおどした素振りは全く消えていた。

「おい、笑うのはまだ早かろうぜ、巽屋」

と聞きとがめた豊次の顔に、不快そうな色が走っている。

「いや、これは申しわけございません。さて、松葉屋さんが、うまくこちらの絵を買い上げてくれましょうかね」

「買わせるのがおめえの腕よ。おめえがしたたかな悪党なのは見通しだ。できませんじゃあ済まねえぜ」

「悪党なんぞと、ご冗談を。しくじりゃあわたしの命も危ないとおっしゃるのじゃあ、一汗掻《か》かずばなりますまいね。まあ、お任せくださいまし」

「必ずやれるか？」

「へへ、そのつもりで。少しは細工もせねばなりますまいが……時に親分、まさか松葉屋さんをお縄になさるんじゃあござい ますまいね。もしそうなら、わたしたちも一蓮托生《いちれんたくしょう》、一網打尽で、元も子もなくしますが」

「そんなことをするものか。総右衛門を捕えたところで、よくやった、以後も出精致せと、白銀一枚投げてくれるのが落ちだ。それよりゃあ、総右衛門に出させるのよ。見逃して身代が助かるなら、百両が二百両でも安かろうじゃねえか」

「おっしゃる通りで。さすが親分さんは、物分りがよくていらっしゃる。ところでこの巽屋には、一文の分け前もございませんので？」

「なんだと、この野郎」

「お怒りになってはいけません。こりゃあ、だれにもできる仕事じゃありません。そうじゃありませんか、子分衆？」

孫兵衛は機嫌のいい笑顔で、二人の子分の同意を求めた。笑顔には、なんとも言えぬ冷やかさがあり、二人の若い子分は思わず身じろぎをした。

「……それを必ずやり遂げますとお約束するからには、いくらかは色をつけてお貰《もら》い申しましょうか」

「巽屋、てめえ足許を見たつもりだな」

と、豊次の顔色が青白くなった。

「はははは、言って見りゃあ親分も悪者だ。大掛りのゆすりですからねえ。悪者にも仁義はあるはず。そうじゃあございませんか？

ご承知なけりゃあ、お断わり申しましょうよ。こうなっちゃあ、わたしを縛るわけにも参りますまい。この場で殺すつもりなら、こちらも一寸の虫、お手向いをいたしますよ」

豊次は巧者《こうしゃ》であった。ここでぶちこわしてはまずいと、怒りを必死に抑え、気を取り直したようだ。

「……わかった。おれも没義道《もぎどう》な男じゃねえ。おめえにやる分も考えていたのよ。おれの取り分の三分《ぶ》でどうだ？」

「三割でございますな。よろしゅうございます。確かにお引受けいたしました。ちょくちょく、成行きをお知らせに参上いたしますが、お住居《すまい》は……」

豊次と二人の子分が立ち去るのと入れ違いに、お京が裏口から戻《もど》ってきた。

「さて、どんなお話でしょう」

孫兵衛はお京の手を取った。

「お京、出番だよ。これでいくらか、退屈も凌《しの》げようってもんだ」

三

「孫兵衛め、取的たあ考えた。むごい男だよ」

お新がいぎたなく寝そべったまま、だるそうな口調で言った。ここはお新の稼《かせ》ぎ場、黒江川に浮ぶ苫舟《とまぶね》の中で、お新の足許に小さくなって膝《ひざ》をそろえているのが、角力《すもう》の取的で寅松《とらまつ》という、まだはたちにもならない若造だった。洗いざらし、つんつるてんの浴衣《ゆかた》一枚で、大きな図体《ずうたい》が至るところからはみ出している。褌《ふんどし》かつぎとは言え、角力取りは角力取りで、近くで見れば壁のようだ。苫舟の中では、よほど背をこごめていなければならない。

「いくらこのお新でも、こいつをまともに相手にすれば、あんこが飛び出して圧死だよ、ふふふ」

と笑ってから、

「……ま、絵にする分には構わねえさ。だが、この兄さんは大分うぶらしいや。ほれ、おいらのはだかった胸を見てもう赤くなっていらあ。この分じゃあ、素っ裸を拝ましてやったら、総身が震えて使いものにならねえのじゃあるまいか、え？　芳国さん」

「いやいや、それでいいんだ。うぶな取的、こいつはいい。巽屋さんは目の付け所がいいよ」

と答えたのは、浮世絵師の宇陀川芳国で、すでに画帖《がちょう》を手に、絵筆を構えていた。

「そうかい。それじゃあやってみるか。おい取的、裸になりな。おめえの下っ腹で突っ張ってるものが、窮屈だとよ」

ひと笑いしてから、お新は自分もさっさと帯を解きだした。眺めながら芳国が、

「お新さんもやっぱりいいぜ。姥桜《うばざくら》の色気が滴《したた》るようだ」

「姥桜は余計だろう。これでもお京に負けないつもりだ。なあに、男をとろかす手管《てくだ》は、こっちが上だわね。よう、取的、どうしたい。手が動かねえのかい？　芳国さん、手伝ってやりなよ……。それにしても若いね。その色艶《いろつや》だけはうらやましい。もうちょいと小さけりゃあ、存分にかわいがってやるんだが」

「おいおいお新さん。そんな気を引くようなことを言っちゃあいけねえ。描《か》く前にぐんにゃりじゃあ、絵にならねえんだ」

と言いながら、芳国は顔は子供で、体が仁王様《におうさま》のような取的を、素早く裸にしてしまった。

「取的さん、しばらくそっぽを向いていな。気を静めるんだ。子供の時分、おめえはおっ

かあと、女湯に入ったろう。裸の女なんぞは珍しくもなかったろう。そいつを思い出しな。ここにいるお新さんは、さしずめおふくろだと思いな。それで丁度いいくらいだ」

取的は途方に暮れ、言われた通りにそっぽを向いた。もらえる金が一両。取的にしてみれば途方もない大金だった。

「さあ、こっちはいいよ。どう組ませるんだえ？」

お新は裸のなりに大の字に寝そべり、手は頭の下に組んで、一つあくびをした。

「川風はまだ冷てえや。早いとこやっつけとくれ」

「心得た。取的の兄さん、まずお新さんのそばへ行って向き合ってみな。……そうそう。仕様がねえなあ。屁《へ》っぴり腰で前をかくしていやがる。それじゃあなんにもならねえ。女を組み敷くつもりでいろ……そうだ」

芳国は、ああでもない、こうでもないと頭をひねり始めたが、久しぶりにお京が見られ、しかもその肌《はだ》に絵筆を這わせることができるのかと、その手筈《てはず》のことに思い及ぶと、つい目前の仕事も忘れ勝ちだった。お新が低く、せぐり上げるようにして笑っている。

「みごとなもんだねえ。真似《まね》だけでよかったよ、取的」

「わたしは忙しい身でね。せっかく手土産持参でおいでになったのだから、会いはしたが、折入っての願いとはなんだね？　話は早くしてもらいたいな」

と、松葉屋総右衛門は尊大に言った。顔の造作が大きく、首も太く、面長《おもなが》の役者面《やくしゃづら》はなかなか立派だ。あるかなしかの微笑を絶やさず、その微笑が突然、鬼の憤怒《ふんぬ》に変り兼ねない怖さがあった。

「はい、では手短かに申し上げますが、絵を一枚、持参いたしましたので」

「絵？　絵とは」

総右衛門は不審そうに眉《まゆ》をひそめた。孫兵衛がお京に目配せをした。きょうのお京は女中のいでたちで、古女房からは一段の出世をしているが、着物は質素な縞《しま》の綿服、顔に紅《べに》白粉《おしろい》をつけぬのはもちろん、全体にくすんで見えるのは、何か塗りつけて汚しているのだ。それでも総右衛門は、お京を見て、ほう、という顔だけはした。女中にしては……と思ったのだろうが、それだけのことだ。

お京は風呂敷包みを解いて長い桐箱《きりばこ》を取り出した。宇陀川芳国描く苫舟内の図は、小ぶりな軸に仕立ててあった。

「いわゆる枕絵でございますが……」

「枕絵だと」

総右衛門は顔をしかめて手を振った。

「なんの絵かと思ったら。そんなものは要らないよ。見飽きているし、好きでもない。見るまでもないから、持ち帰っていただこう」

「それは残念でございますな。しかし、一目だけご覧願いましょう。こうしてお持ちしたことでございますし、案外お気に入るかもしれませぬ。ぜひ……」

と押しつけ気味に、孫兵衛は畳の上に軸の絵を広げた。

「なかなかよい出来でございましょう。いかがで？」

総右衛門は渋々、絵に目を落したが、おやと思った色がある。

舟まんじゅうの棲家《すみか》、苫舟の中は、みるからに薄汚なく、みだらな悪臭まで立ちのぼってきそうだ。点景に苫の破れ目からのぞく川面《かわも》の光、油じみた坊主枕、塗りのはげた箱枕、煙草盆、ひっくり返った欠け茶碗《ちゃわん》など。

お新はすさまじい責め苦に会っていて、両腕は背に回され、そいつをたがねのように握っているのが、取的の怪物のような左腕だ。そしてお新の女盛りの腰は、取的の膝の上。右肢《みぎあし》は取的の腰に巻かれ、左肢の腿《もも》は取的の右腕にむんずとにぎられている。そんなふうに磐石《ばんじゃく》の力で引きはだけられ、いましも攻撃を受けるところだった。

「ふうん、こりゃあ……」

と総右衛門がつぶやいた。枕絵は局所をことさらに誇張するのが通例だが、この肉筆画に限り、誇張がなく、真を写して、しかも雄大だ。そのところが、総右衛門を感心させたのかもしれなかった。

お新の臍《へそ》から上は無残にねじれて、左の胸乳と顔は、綿の飛び出しそうな布団に押しつけられた形だ。乱れ髪をかぶったお新の横顔の表情が、また迫真だった。

「いいものだな。絵師はなんという?」

しばらくして総右衛門は、絵から目を離して聞いた。

「宇陀川芳国と申します。腕はこの通りでございますが、何分運に恵まれませんので、このような仕事をしております」

「なるほど、聞かない名だが、確かに腕がいい。で、この絵をわたしに、いくらで売りたいというんだね?」

「十両で……」

総右衛門は笑いだした。

「お前さん、こういう絵を持ってくるからには、その道にも詳しいのだろうが、名のある絵師の作でも、十両はなかなか。歌麿《うたまろ》なら別だがね。持ってお帰りなさい」

「十両ではお高うございますか。わたくしは値頃《ねごろ》だと存じましたが。それでは仕方がございません」

孫兵衛が未練なげに絵を仕舞い込もうとするのを、総右衛門は少々あわて気味に止めた。

「八両なら引き取ろうじゃないか」

「さあ、八両では」

と孫兵衛は腕を組んだ。ややあって持ち出した話が、実は自分は枕絵を扱うのをやめ、芳国を手を切ろうと思っている、と言うのは、本来の絵草紙商売がうまくゆかず、芳国を養い切れなくなったのだ。だがそれでは、芳国が路頭に迷う。惜しい男だから、仕事はさせてやりたい。だれか引き受けてくれる人は……と思っていたが、幸い松葉屋さんは身上豊かである上、書画俳諧《はいかい》の道にも通じていると人伝《ひとづ》てに聞いたので、枕絵はどうかとも思ったが、当ってくだけろとばかりに、飛びこんでみたのだ……

「いかがでございましょうな。芳国はきっとお役に立つと存じますよ。従ってわたくしは手を引きますが、せめてこの絵は、言い値の十両で」

「生憎だが、わたしはすでに絵師を」

と言いかけて、総右衛門はあわてて口をつぐんだ。

「絵師をお抱えで？」

「いやいや。そんなことはないが、やはり駄目《だめ》だね。いい絵師には違いないが……」

総右衛門の拒絶には、ためらいがある。ためらっているのは、孫兵衛の素姓にいま一つ、信が置けないからかもしれなかった。実は絵も芳国もほしいのだ。

「松葉屋さん、それではこういたしましょう。余興をつけます」

「余興だと？」

「はい。その用意もございますよ。珍しいものでございます」

「なにか見せてくれるのかい？」

「まず、この女でございます」

総右衛門はめんくらったように、目をしばたたいた。

「この女と言ったって、現在見ている」

「どう変るか、一興でございましょう。それにもう一つ、芳国が加わります。実を申しますと、ついそこまで来て、待っておりましてね」

四

あるじ総右衛門と孫兵衛は、奥まった離れに座を移した。次の間とは襖《ふすま》でたち切られ、部屋はせまく、ほの暗い。なんとも知れぬ期待で、総右衛門はやや落着きをなくしていた。襖がするすると滑るように開いて、そこにお京が立っていた。いや、総右衛門は最初、お京とは思わなかったようだ。けげんそうに腰を浮かしていたが、やっとわかったか、その面上に驚愕《きょうがく》の色が走った。彼はうしろ手をついてしまった。

「これがあの、あの」

と総右衛門の舌はもつれる。

「さようで。変れば変るものでございましょう。さあお京、ごあいさつを」

お京は無紋の紫縮緬《ちりめん》の上着に白縮緬の下着をのぞかせ、ねずみ色の繻子帯《しゅすおび》を胸高にしめていた。髪に厚みのある鼈甲櫛《べっこうぐし》、珊瑚玉《さんごだま》のかんざしが見える。無表情に静まり返った顔は、謎《なぞ》めいた品位を漂わせて、しっとりと白い。

キリリと引き緊っているが、わずかに紅をさした唇が、本人の意志に反して、男にささやきかけでもしているようだ。それに、おとなしく伏せられた目が、妖《あや》しい色を宿してふるえている。踏み出した白蠟《はくろう》の素足も、茫然《ぼうぜん》たる総右衛門の目を奪う。

お京はぴたりと坐り、丁寧に一礼した。

「いったい、どういう人だい、これは」

「もとはさるお武家の内儀でございましたがね。いまはわけあって離縁、わたくしの主筋で、お世話をしております。琴の出稽古《でげいこ》などを気ままにやっております」

「そうか、道理でなんとなく……」

と総右衛門は息を弾ませた。宇陀川芳国が入ってきた。

「驚いた。全く驚いた。あの女中さんがねえ。だがどうして、あんななりを？」

「松葉屋さんをびっくりさせてあげようと存じましてな。……いや、これは冗談。実は虫除《よ》けでございます」

「で、この上何を見せてくれようというんだい？」

「芳国が、この人の体に絵を描きます」

「えっ？」

「さしずめ、肌が絵絹でございますな。この絵絹、なかなか細やかでよろしゅうございますよ。……さあお二人、始めてもらいましょうか」

お京がうなずき、ほんのわずかの微笑を見せると、帯に手をかけ、孫兵衛が手伝った。

お京は淀《よど》みのない動作で、帯を解きしまい、上着を脱ぐ。白無垢《しろむく》の匂《にお》い立つ下着の、三枚重ねを一つ一つ脱ぎ捨てると、これも純白の綸子《りんず》の長襦袢《ながじゅばん》になる。そしてはじめて体の線が現われる。

総右衛門は不動の金縛りにかかったよう、目は次第に露《あらわ》になってゆくお京の体に吸いこまれていた。この間に芳国は、用意してきた絵皿《えざら》に顔料を溶かし、まぜ合せなどしていた。

お京の最後のものが、はらりと落ちた。片足をくの字なり、両腕は胸乳を柔らかく抱いてお京はすらりと立っていた。

「はじめて見た。……こんな美しい体は」

総右衛門があえぎあえぎ言った。

「なに、これからが見ものでございます。芳国さん、始めてください」

と孫兵衛の声はいつもと変らない。お京は静かに膝を曲げ、横坐りの姿勢になった。やや反り気味、両手をうしろにつくと、胸乳は誇らかに上を向く。

「お京さん、こんなことをさせてもらって、絵師冥利《みょうり》に尽きるね」

と芳国はうわずった声で言いながら、まず肩先から乳の上へ、朱線をさっと引いた。むずがゆく、またヒヤリともするのだろう。お京の体が一瞬、微妙に震え、唇が開いた。

芳国は続けて朱筆を這わせる。お京は唇を噛《か》み、腰をわずかにゆらめかせた。

「松葉屋さん、構いませんから、もっと近寄ってごらんなさい」

と孫兵衛がすすめるまでもなく、総右衛門はうつけのような顔で這い進んでいた。

芳国がお京の肌に描いているのは、一筆描きの枕絵であった。朱が女、黒が男で、一筆描きとは言いながら、奇妙に生き生きとし、お京の肌の上で変化に富む痴態をくり広げるのだ。肌はたちまち線画に覆《おお》われ、乳からみぞおちへ、脇腹《わきばら》へ、下腹へと進んでゆく。

お京は毛筆による言い難《がた》い感触を、必死で耐えているようだったが、時折、短い声を発した。しっかりと締めているはずの両脚が、ふと開き気味になることもある。何よりお京の状態をよく示しているのは、反り加減にさしうつむいた顔の紅潮と、しとどに濡《ぬ》れたような表情だった。

「……お京さん、立ってもらおうか」

と、芳国がしわがれた声で言った。お京は夢から醒《さ》めたように、よろめきながら立ち上った。上半身は、見ようでは血だらけとも、切り刻まれたとも見えよう。そして下半身は真白な処女地だった。芳国はお京の足許《あしもと》にひざまずいた。

そのうちにお京は、体を支えようとするように、芳国の肩をつかみ、うなだれた。肩をつかんだ手は、芳国の着物をきつく絞り上げていた。大きな吐息と、小刻みなあえぎが、交互にお京の口から洩れ始め、われ知らずのように、腰がうねった。

背中の時に、やっとお京は畳の上に伏せることができた。芳国が汗みどろなら、総右衛門も顔一面が脂汗《あぶらあせ》だった。肢を少し縮めるようにしてうつ伏せたお京は肩で息をし、毛筆が新しく肌の上を走るたびにぶるっ、ぶるっと震えた。

……それは長い時間のようでもあり、短い時間のようでもあった。芳国が絵道具をしまい終るまで、だれも口を利《き》かず、ただお京の呼吸がまだ荒く、男たちの耳を打つばかりだった。

「あれはお京と申します。松葉屋さんに、肌の枕絵といっしょに、さし上げましょう」

と孫兵衛がおだやかに言った。

「わたしに？　だがあの人はお前さんの」

「いえいえ。いやしくも主筋の者を、てまえの女にはいたしませんよ。ただ、さし上げると申しても、今日だけ。いかがで？」

「そいつは願ってもない。正直に言うが、あれほどの女はまだ知らない」

「ついては松葉屋さん、頼みを聞いてくださいますか」

「聞かぬわけにはゆくまい。お前さんも大した悪人だよ」

と、総右衛門はようやく吾《われ》に返った様子だった。

「十両のこと、この芳国さんのことでございますな。ありがとう存じます。そう決れば、一刻も早く退散することだ、ははは。この着物をかけて、と」

孫兵衛はお京の衣装をそっと上からかけてやった。

「先に帰るからね。松葉屋さんをよくおもてなししてお上げ」

事はすべて、計画通りに運んだ。数日後に、牧野備前守《びぜんのかみ》の下屋敷の者だという上品な武士が松葉屋を訪れ、さる大名家の留守居から当家のことを聞いたのだが、面白い絵を売ってくれるそうな、屋敷のどなたが所望かは言えぬが、いいのがあればぜひ購《か》いたいと希望した。疑わしくば、屋敷まで出向いてくれぬかと言う。総右衛門はこれを疑わず、苫舟の図を十六両で売った。この武士は因速寺墓守の卯平、むろん孫兵衛の仲間である。例の豊次の手先伊之助では、ひょっとして怪しまれるかもしれないという配慮から、卯平が一役買ったわけだった。

豊次は晴れがましく、松葉屋に乗り込んだ。子分のみならず、息のかかった暴れ者を、八人も連れたのは、返り討ちを警戒したからである。のっぴきならぬ証拠をつかまれ、巽屋孫兵衛の色仕掛の売り込み、絵師芳国のことまで知られていては、恐れ入るほかはない。

豊次の言い値二百両を、総右衛門は二つ返事で承知した。だが、二百両は大金だから、即金ではそろわぬ。耳をそろえるのに五日待ってくれと頼むのに、豊次は渋々うなずいた。いま一つ、駒太郎を寄越せという難題にも、総右衛門は涙を呑んでうなずいた。

孫兵衛が総右衛門を訪れたのは、その翌日であった。総右衛門は顔色を変えた。

「よくもこのおれの前に……」

「松葉屋さん、店先でそう怒鳴っちゃあ、人が怪しみますぜ。こうして来たからには、用があるのさ」

と孫兵衛は笑っている。

「何しにきやがった。てめえもゆすりにか」

と、奥の間での総右衛門の取り乱した口ぶりには、大店《おおだな》の旦那の面影《おもかげ》はない。

「わたしは豊次に分け前をもらうことになっているからね。それほどむさぼりやしない。どうだったい、お京は？　なんなら慰めに、いま一度抱かせてやってもいいが」

「抱きたいのは山々だ。お前なんぞには勿体《もったい》ないが、こいつはあきらめよう。再び大やけどはしたくないからな」

「きょう来たのは松葉屋さん、金を取り戻してやろうというのさ」

「なんだと？」

「考えてみりゃあ、豊次なんぞというケチな小悪党と組むよりゃあ、お前さんと組むのが得のようだ。だから豊次は消してやろうよ。どうだね？」

「どうやら本心のようだな。こちらに異存はない。だが、吹きかけちゃあ困るね」

「豊次が吹きかけたのは？」

「二百両。お前への礼金は五十両でどうだろうね、即金で」

「よかろうよ。こちらはその金が目当てじゃない。いっしょに商売……そいつが本筋だ。で、豊次に渡すのはいつだ？」

五

豊次と子分二人が松葉屋を出たのは、夕刻であった。子分のうち一人が肩に担《かつ》いでいるのは、小判二百両が中でうなる桐箱だ。わざと粗末な布にくるんであった。そして、どこからともなく、屈強な男が五人、豊次らのあとについた。

豊次は満足の吐息をつきながら、暮れた空を見上げた。暗い藍《あい》色の中に溶け入りそうな、春の雲がいくつか浮んでいる。

総右衛門はすっかり観念し、始終殊勝だった。あぶれ者を雇って返り討ち、という気配もない。駒太郎……あれはあとのことだ。楽しみは最後まで残すほうがよかろう。

巽屋孫兵衛がただ一人、行手の薄い夕靄《ゆうもや》の中から現われた時、豊次ははじめ、孫兵衛だとは気付かなかった。杖《つえ》をついていたからである。右足を引きずるようにしているのだ。

「親分、いまお引揚げで。お待ちしておりましたよ」

と声を掛けられてはじめて、豊次は孫兵衛と知り、ひどく驚いた。同時にカッとしたらしい。

「てめえ、待ち伏せか。味な真似をしやがって。見張っていやがったのか」

それには答えず、孫兵衛は子分の肩の桐箱をひょいと指さした。

「戴《いただ》くなら早いほうがいいと思いましてね。お互い、面倒がねえでしょう。だが道端じゃあ、なんでござんすね」

豊次は怒りを抑えた。素早く考えをめぐらす様子で、

「抜け目のねえ野郎だ。まあよかろう。金は渡してやるが、その前にどこぞで一杯やらかそうじゃねえか。おめえの働きがなけりゃあ、こんなに首尾よくはゆかなかった道理だからな」

「そいつはご馳走《ちそう》様で。お供いたしましょう」

「おめえ、足をどうした？」

「なに、つまらねえことで、くじいちまいましてね。痛くて歩けねえから、急ごしらえの杖にすがっているわけで」

堀《ほり》に舟が待っている。堀を渡り、北川町に戻るはずだったのを、向う岸で男三人を帰し、残る人数はそのまま洲崎《すさき》の海辺へ乗り出す。荷舟の往来は昼間ほどではないが、それでもちらほらとあり、すっかり暮れてはきたが、両岸の灯《ひ》は明るく、ここで孫兵衛を斬《き》り落そうというのは、できない相談だ。豊次たちは、うしろから一隻《せき》の舟がかなりの距離を保ち

ながら、何気ないようについてくるのに気付いていなかった。

それから一刻《とき》。豊次は弁天の社《やしろ》の西、土手近くの茶屋に孫兵衛を案内した。なじみの家であるらしく、あつかいは行き届いている。孫兵衛は上座に据《す》えられ、美しい芸者が付き、豊次らに盃《さかずき》を強《し》いられて大酔した。二百両のうち、約束の六十両が孫兵衛のふところに入った。

「夜はまだ早え。一つ酔いざましに海辺を歩こうじゃねえか。昼の眺めもいいが、夜はまた格別だぜ。戻ってまた一杯……帰りは駕籠《かご》で一っ走りさ。なあに、足が痛けりゃあ、肩を貸してやる」

と豊次が言い、その笑顔の中で、濁った目だけが笑っていなかった。

空には半月。くっきりと黄色で、綿雲はすっかり消えている。その果てには星屑《ほしくず》が散らばり右手遠くに佃《つくだ》の灯も見えた。汐風《しおかぜ》はかなり強く、浪音《なみおと》が絶えない。

いつの間にか、孫兵衛は取り巻かれている。一同の歩みは停《と》まっていた。孫兵衛は途方に暮れたように、立ちすくんだ。低い笑い声が豊次の口から洩れ、それを合図のように、取り巻いた男たちが、慣れた所作で、ふところから匕首《あいくち》を抜き出した。

「孫兵衛、一人でのこのこと、しかも杖にすがって、金ほしさにやってくるとは、大胆のようだが間が抜けているぜ。あつらえ向きとはこのことだった。気の毒だが、洲崎の夜の景が、この世の見納めだと思え」

「なるほどそうかい。だが、見納めはそっちのことかも知れねえ。おい豊次、六十両ぽっち、あきらめねえか。あたら命を散らすこともあるまいに」

孫兵衛はシャンと立っていた。杖を左手に持ち替えたと思うと、右手が静かに中味を……刀身を抜き放っていた。

「見る通り、仕込み杖だがね。この刀はちょいと変っている。ばかに軽くて華奢《きやしゃ》だが、切れ味は剃刀《かみそり》のようだぜ」

孫兵衛は刀を高くさし上げ、透《す》かし見るようにした。度胆《どぎも》を抜かれた豊次らが、二、三歩退いて輪を広げる。孫兵衛が言うように、刀は細身の極端なもので、通常の刀の約半分の幅だろう。しかもきわめて薄い。振り回せばしなうはずだ。長さは脇差よりやや長目というくらいだった。かざして見る孫兵衛の顔は楽しげだ。

「ごたくはそれっ切りか。やっちまえ」

と豊次が命じた。だが、突きかかる者がいない。意外な成行きに臆《おく》したのだ。妙な刀も怖い。

「ええい、こいつのコケ威《おど》しがわからねえか」

と言いさま、豊次が体をぶっつけるように突き上げてきたのを孫兵衛は外し、豊次には構わず、地を蹴《け》って右に飛ぶと同時に、軽々と刀を一閃《いっせん》していた。斬られた子分はよろめきもせず、ぼんやり立っていたが、匕首が右手からポロリと落ち、朽木のように倒れた。

刀は脇下から肩へ、ほとんど腕が切断される勢いで入っていたのだ。そいつは転がりながら、長い悲鳴を上げた。

「わたしは非力でね。ふつうの重い刀はとても振り切れないが、これなら……」

と言いながら、孫兵衛は進んで攻撃に出た。それは斬りかけると言うより、急調子の踊りの所作に似ており、刀は目にもとまらぬような無数の輪を描いた。シュッシュッと風を切る音の中に、刀身がしない曲るビュンという音が混った。

彼等《かれら》は応接のいとまがなく、茫然たるうちに斬られたと言うべきだろう。指が飛び、手首から先が落ち、顎が削《そ》がれるというふうに、四人の子分は、二呼吸ほどの間にみなやられ、地に這うか逃げるかしていた。

「悪かった。おれが悪かった。金はやる。みんなやるから助けてくれ。この通りだ」

と、豊次が震え声で手を合わせた。

「気の毒だが、おめえだけはならねえよ」

孫兵衛が冷たく言い、刀を向けた。豊次が悲鳴を上げながら背を向け、懸命に走り出すのを、孫兵衛は身軽に追っかけ、無雑作に刀を振った。豊次の逃げ足がのろくなり、首筋に横に一筋、赤い線が夜目にも鮮やかに浮き出したが、豊次の頭は何かふと思い出しでもしたように、一方に傾き、足が停り、そのまままくずおれた。

孫兵衛は刀身を豊次の着物の袖《そで》で拭《ぬぐ》うと、元通りに杖に差しこみ、茶屋のほうへ戻りかけた。土手を上って少し歩き、茶屋に通ずる細道に入る。茶屋はやや奥まり、玄関口まで十四、五間《けん》はある。道の両側は藪《やぶ》だった。

その道の半ば近くまで歩いた時、孫兵衛は再び刀をそっと抜き、体でかくすようにした。

……その浪人者は無謀過ぎた。孫兵衛をやりすごしたつもりで、藪から躍り出し、背から斬りかけた時には、孫兵衛の体は沈み、横に飛んでいて、構えを立て直す暇《いとま》もなく、細身の刀が錐《きり》のような鋭さで、浪人者の胸を貫いていた。

松葉屋総右衛門が雇った浪人者は三人いた。二百両をそろえるのに五日間の猶予《ゆうよ》を取ったのは、金よりも腕利きの浪人を集めるためだったようだが、すでに一人は命を落した。続いて襲った男は、太腿《ふともも》を横に払われて地に這った。

二人分の足音が遠ざかるのを、孫兵衛は苦笑しながら聴いていた。二人のうち一人は、多分総右衛門みずから見分にやってきたものだろう。ここを先途と逃走しているが、一人はおくれている。これが総右衛門だろう。孫兵衛は明るい顔で馳《か》け出した。

総右衛門は土手際《どてぎわ》の道を走っていたが、恰幅《かっぷく》がよく、日頃《ひごろ》走ることもないだけに、息を切らし、足許も乱れていた。焦《あせ》れば焦るほど前へ進めない。そして彼は、タッタッタッと正確な足拍子《あしびょうし》で追いすがってくる孫兵衛の姿を見た。

総右衛門は泳ぐような手付きになり、たちまちつんのめって倒れた。体を起すと、目の前に孫兵衛がいた。

「松葉屋、こんな仕末になるのはわかっていたよ。おれが二百両を横取りすると思ったか。それとも、今後生かしては為《ため》にならねえやつとでも思ったか」

「わ、わ、わ……」

総右衛門の口からはよだれが垂れ、声は言葉にならなかった。

「てめえにはそれほど怨みもないが、おれを殺そうとしたからには、相応の報いは覚悟してくれ。……というのはこれだ」

総右衛門の頭の中一杯に火花が散って、洲崎の夜景は真の闇《やみ》に変った。脳天に突き抜ける痛みだ。けもののようなうめきを発しながら、総右衛門の耳はかすかに孫兵衛の言葉を捕えてもいた。

「身に沁《し》みたかい。目は見えずとも、松葉屋は安泰だろう。てめえの目は、ちっとばかり、いいものを見すぎたようだ。美しい絵に、お京……ふふ、てめえの目をやったのは、お京の肌を見られたせいかもしれねえなあ」

しばらくのち、孫兵衛は茶屋の二階にいた。

「姐《ねえ》さん、勘定をお願いしますよ。なに、連れは酔った勢いで、このまま繰り出せと、櫓下《やぐらした》あたりへ行っちまったよ。……この箱かい？　なんだか知らないが、置き忘れはしない。持って帰ります。海辺にいたら冷えた。熱いのを一本、持ってきてくれるかい？」

第六話　女按摩《おんなあんま》お京《きょう》

一

「おや。おや？」

と宇陀川芳国《うだがわよしくに》が、頓狂《とんきょう》な声を上げて、小手をかざした。

「……あれは鄙《ひな》には稀《まれ》な美人だぜ。まるで後光が射《さ》しているようだ。それに姿がいい。巧まずして一幅の絵だ。六宮《りっきゅう》の粉黛顔色《ふんたいがんしょく》なしとは、けだしこれさ」

「フンタイがどうしたと？　世迷《よま》い言《ごと》に付け焼刃の学なんぞをこき混ぜやがって、相変らずだなあ、てめえも」

と、鼻の先で笑ったのは卯平《うへい》。きょうのいで立ちは、けっこうな御隠居か、俳諧《はいかい》の宗匠の体《てい》で、頭にとび色の帽子、渋好みの十徳《じっとく》を着ているのが、しょぼくれた面相に意外によく似合う。

「うーん。あれを描《か》きたい。なんとかならんかな」

と、芳国は及び腰だが、卯平、孫兵衛は気にもせず、持参の酒を汲《く》み交わしている。

「行って頼みゃあよかろう。それがしは江戸でも名の通った絵師でございと吹っかけりゃあ、器量自慢なら乗ってこようさ」

お徳が気の無さそうに言い、

「なるほど、悪くはねえが、ただ者じゃあるまい。ご大層に、お付《つき》がいるよ」

と受けたのはお新。二人とも凝《こ》った地味造りで、有徳《うとく》な町家の女房《にょうぼう》ふうだ。女髪結《おんなかみゆい》に舟まんじゅうとは、だれも思うまい。

深川永代寺《えいたいじ》は三月二十一日が山開き。ふだんは見せない境内の広大な庭を、庶人に開放する。二十八日までという。

海近い春の空が、水浅黄《みずあさぎ》に遠霞《とおがすみ》み、花はもうないが、一面の新緑が目を洗うようだ。山あり谷あり、池、せせらぎと、地形も変化に富み、老若男女《ろうにゃくなんにょ》がそぞろ歩いている。所々に葦簀《よしず》掛《が》けの茶店、物売りの屋台も見えるが、花見のような喧騒《けんそう》はなく、あくまでのどかである。

奥まった小高い丘、松の老樹の下に毛氈《もうせん》を敷き、柄《がら》にもない清遊を決めこんでいるのが、巽屋《たつみや》孫兵衛《まごべえ》以下の面妖《めんよう》な連中だった。

芳国が言った女は、目の下、と言っても十四、五間は離れていようが、大きな池のほとりにたたずんでいた。そばに芽吹き始めた柳がある。濃藍《のうらん》の無垢《むく》の衣装をみごとに着こなし、帯は黒地に銀糸の縫取り。美しく結い上げた島田まげが、こちらに横を見せると、びんの陰に、ふっくりとした頬《ほお》が白い。

お付は着飾らせた女中ひとりに、若党のような男ひとり。ほかに鳶《とび》の者らしいのが半被《はっぴ》、股引姿《ももひきすがた》で二人いる。

その一行がゆっくり動きだした。女を見返らぬ男はない。正面を向いた顔を、目を細めて眺《なが》めていた芳国が、またうなり声を上げたが、相手になるのはいなかった。

「芸者じゃあねえが、素人《しろうと》とも思えねえね。武家の奥方にしちゃあおめかしが過ぎ、町屋の女房にしちゃあ大仰《おおぎょう》だ。えたいが知れねえの」

「なあに、妾《めかけ》だろう。どこぞの芋大尽《いもだいじん》をくわえこんだ口さ」

それでもお徳、お新は女の品定めをやっていたが、それもやはり、女の美貌《びぼう》が目立ったからだろう。遠目にも映える顔で、舞台で踊らせれば、さぞかしと思われる。くっきりと彫りが深い。

「ふん、罪造り、性悪《しょうわる》の顔だ」

とお新が言った時、その女の前に、男がひとり立った。袖無《そでな》し羽織に裁着袴《たっつけばかま》、萌黄《もえぎ》の頭巾《ずきん》、肩に箱を背負っているのは物売りだろうが、お付の鳶が出て、男を追い払おうとするのを女は止め、若党に何か言うと、若党は委細承知して、何ほどかの金子《きんす》を男に恵んだ様子だ。男は頭をペコペコと下げ、一度馬鹿笑《ばかわら》いをしてから女のそばを離れた。

しばらくして、もうひとり、別の男が現われ、これはいきなり、女にとりすがった。鳶が早速、左右から男を捕えて引き離そうとしたが、男ははげしく争い、なおも女に物を言いかけ、膝《ひざ》をついて裾《すそ》にしがみついた。

女は知らぬ顔で行き過ぎる。ピカリと男の手許《てもと》で光ったのは、刃物であろう。

「お蘭《らん》！」

と男は叫んだ。突きかかるつもりだったらしいが、刃物はたちまち鳶に叩《たた》き落され、あとは踏んだり蹴《け》ったり。男がひきがえるのように延びる間に、女連れはもうこちらに背を向け、遠ざかっていた。

「恋慕の思い断ちがたしというところだな、かわいそうに。あの女ならば、わかるわかる」

と芳国はひとり打ちうなずいたが、孫兵衛、卯平は延びた男に目もくれない。

「そろそろ、おつもりとするか、宗匠」

「御輿《みこし》を上げますかな」

と言っている時に、下からのぼってきたのがさっきの物売りで、

「旦那《だんな》方、ご酒の席に甘えものはいけますまいが、そちらの女のお方々にひとつ、いかがで。柏餅《かしわもち》、どら焼に金つば、板おこしに豆板もございます」

と、毛氈の上に荷をおろした。お徳がチラと見て、

「甘いものは歯が浮いて、わたしゃお断りだ」

とニべもなく言う。

「そうおっしゃらずにさ。しがねえ稼業《かぎょう》のあっしを助けると思召《おぼしめ》して」

とニヤつく菓子売りの顔付きを見ると、時には押売りもしかねまじい悪党面《づら》だった。

「ふふ、どら焼も金つばも、干菓子《ひがし》になっている口だろう」

とうっそり笑ったお新を見上げる男の目が、キラリと光ったところで、孫兵衛が声を掛けた。

「菓子はいらねえが、恵んではやろう。ほれ」

と投げ出したのは小粒が二つ三つ。男はびっくりした顔で、それでも素早く拾い上げた。

「どうも、お見それ申しまして」

「何をどう見それたのだ？」

と孫兵衛は言って、

「さっきお前が金をもらった美しい女、ありゃあ知合いか？」

「あ、そのことで」

男は孫兵衛の胸の内を察したつもりだろう。にわかに顔色が生色を帯びてきた。

「旦那はお目が高え。あいつはお蘭と申しましてね。知合いどころじゃねえ、昔わけのあった女で。ひとつ、聞いてくださいますかえ？」

五年前、お蘭は櫓下《やぐらした》の芸者で、その美しさ、押出しは並ぶ者もなかったほどだが、わがままで気位が高く、客のあしらいにも実《じつ》がないので、当然全盛を誇っていいのが宝の持ち腐れになり、お茶をひくことが多かった。

そこへ現われたのがこの男、当時は菊屋金兵衛と言った老舗《しにせ》の菓子屋だった。お蘭に魂を奪われ、通いつめて、千金を費やして悔いなかった。……との詰り、菊屋は身代限り、女房子とも別れ、零落《れいらく》してしまったが、あのお蘭と枕《まくら》を交わしたことは生涯《しょうがい》の思い出、いまも悔いはしない。

ところでお蘭は望み高く、とうとう日本橋本町の薬の大問屋、三河屋藤右衛門《みかわやとうえもん》に見初《みそ》められてひかされ、後妻におさまった。金兵衛は陰ながら喜んでいたが、お蘭のような女は風波を呼ぶように出来ていると見え、藤右衛門の息子の吉太郎というのが、この若い義母に横恋慕をしてしまった。

何がどうなったか、金兵衛は詳しくは知らないが、藤右衛門は吉太郎を手にかけて殺し、自分は首をくってしまった。当時大評判だったが、三河屋は土地、居宅ともお上《かみ》でお取上げ、お蘭も罪になりそうなものだったが、どう切り抜けたか、しばらくどこかへ潜んでいたのち、さる裕福な武家に引取られ、けっこうな身分だ。

風の便りに、その動静を聞いてはいたが、きょうひょっくり出会い、祝いを言ったところ、どうやら困っているようだが、昔のよしみもある、たずねておいでと、金子二分《ぶ》ばかりくれた。

「こっちも意地があるから、物乞《ものご》いみてえにたずねて行きゃあしませんがね。大した女になりやがった」

「武家というのは？」

「へへへ、そいつはよく存じませんが」

「ここにいるのは絵師で、その蘭さんとやらを見て、ぜひ似顔絵を描きたいと言っているんだ。会われまいかね？」

「そうおっしゃられても……」

「教えてほしいんだがね」

と、孫兵衛はさらに一分金を金兵衛に握らせた。

「こりゃあどうも。実はね」

と、現金な男だった。武家の名は船村玄次郎、町奉行の内与力《うちよりき》であるという。奉行所内の長屋に住んでいるが、屋敷は別に向う柳原に豪勢なのを構えている。しかも、お蘭の妾宅《しようたく》がまた数奇《すき》を凝らした造りで、仙台堀《せんだいぼり》沿いの伊勢崎《いせざき》町にある。

「よっぽど金持の与力だと見えるね」

と、卯平が口を出した。

「内与力は並みの与力じゃない。御奉行様の家来で、用人さ。やり様じゃあ金を残そうよ。なあ金兵衛とやら」

「へへへ、その辺の事はよく存じませんのでね」

「お前のあとで、別の男がお蘭に突っかかって、袋叩きに会った。いまも地べたに転がって、うなっているようだ。知っているかい、あの男を」

「いいえ一向に。ばかな野郎でござんすね。あっしと同じに、お蘭が芸者の時分に入れあげた男かもしれませんねえ。こっちはすっぱりと諦《あきら》めて、さばさばしたもんだが、いまだに思いが断てねえと見える。そうさせる女には違《ちげ》えねえが……」

「あいつをここへ連れて来な」

「へ、あっしが？」

「そうだ。駄賃《だちん》は渡してあるだろう」

「そりゃ、まあ。だが、あんなのをどうなさるんで？」

「通りがかりの者は気味悪がって、介抱もしねえようだから、こっちでしてやろうというのよ。動けなけりゃあ、負ぶってきな。それでお前の役は終りだ」

二

「孫兵衛がなにか嗅《か》ぎつけたかね」

とお徳が小声。お新はクスッとして、

「浮気《うわき》の虫かもしれねえよ。くやしいがあの女、おいらよりゃあ上だ。年だねえ。お京といい勝負だろう。ぶっつけてみたいねえ」

そのお京は西念寺横町の巽屋で留守番だ。きたな造りも堂に入って、のんびり横になっているのかもしれない。

「あの菓子売りも、うさん臭え野郎だぜ。話も半分はホラだろうよ」

卯平が、下の小道で倒れた男を助け起している金兵衛を、見おろしながら言う。

「話半分にしても、ちょっと面白《おもしろ》いと思わねえか。内与力のからんでいるのが気に入った」

と孫兵衛。どうやら、色恋の沙汰《さた》ではなさそうだ。

「とにかく、わたしはあの女を描きたいね。巽屋さん、渡りをつけてくれるんだろう?」

芳国が、もはや境内のどこにも見えぬお蘭の姿を幻に描くような、腑抜《ふぬ》けた目の色をして言った。

「当てにしねえで待っていな。うまく行きゃあ、裸にむいて、得意の枕絵《まくらえ》に仕立てられようぜ」

金兵衛がふいごのような息をつきながら、男を背負ってきて、どさりと投げ出した。

「重てえ野郎だ。ずっしり腹にこたえた。それじゃあ、あっしは」

「ご苦労だったな。あんまり女にたかると、ろくな目に会わねえぜ。用心しな」

「へ？　そりゃあなんのこって」

「なんでもいい。消えな」

と、孫兵衛は金兵衛に見向きもしなくなった。

男は年の頃《ころ》三十余り、垢《あか》じみた盲縞《めくらじま》のあわせに小倉の古帯、素足にちびた雪駄《せった》をつっかけて、尾羽打ち枯らした風情《ふぜい》だった。いつ髪結床に行ったのか、ぼうぼう髪、伸びたさかやき、不精ひげまで薄黒く生えて、見られた図ではない。鳶の打擲《ちょうちゃく》に会って、どこもかしこも土まみれ、頭や顔のあちこちにすり傷をこしらえているが、ひどい傷はなさそうだ。

お徳が面倒そうに、すり傷を酒で洗い、持ち合わせた血止めの膏薬《こうやく》を塗ってやった。

「大したことはない。気付けに一杯やりな」

と、孫兵衛が湯呑《ゆの》み茶碗《ぢゃわん》に半分ばかり、冷や酒を注《つ》いでやったのを、男は一気に飲み干してから、むせて咳《せき》をした。

「落着いたか。お前がしがみついた女、ありゃあお蘭というそうだな」

男はギョッとした様子で、大きく目をむいた。

「驚くには及ばねえ。ついいましがた、菓子売りから聞いたことだ。そいつはこう言った」

孫兵衛の話は、男にとって非常に心外で、またけしからぬものだったらしい。話が終る

のを待ち兼ねたように、男は、

「お蘭が芸者で出ていたなんて、とんでもない嘘《うそ》っぱちでございます」

と言った。

お蘭は日本橋浮世小路《こうじ》の煙草《たばこ》屋の娘で、まっとうな暮しであった。評判の看板娘だから、お蘭目当てに通う客は多く、浮いた噂《うわさ》も立ちはしたが、それはあくまで噂に過ぎず、親も律義《りちぎ》で堅ければ、娘のお蘭も身持はつつましかった。

男の名は富吉、同じ町内の莫蓙《ござ》屋の総領で、お蘭に思いをかけた。いろいろ曲折はあったのだが、富吉は親を説き伏せ、目の玉の飛び出しそうな支度金をお蘭方にやり、めでたく祝言《しゅうげん》をあげた。

二年の月日が夢のように経《た》ち、富吉はいよいよお蘭に溺《おぼ》れるばかりだった。その体を知れば知るほど、お蘭という女はすばらしかった。それればかりではない。お蘭は夫、さらに義父母への取入り方にも妙を得ていた。富吉はなんでも、お蘭の言いなりだった。

「あいつは魔性の女でございますよ。……そう悟っても、あいつの呪《のろ》いからは脱《ぬ》けられません。このザマでございます。わたしはお蘭をもう一度わがものにするか、ウンと言わなけりゃあ、ひと思いに殺します。ええ、何度でもやりますとも。わたしはそれだけを目当てに生きている、ぬけがらでございます」

と、男……富吉は熱に浮かされたような言い方をした。

「おめえにかくれて浮気沙汰を起し、家出をしたって成行きか？」

「はい、知らぬは亭主《ていしゅ》ばかりなりで、出て行ったあとで、あれこれ耳に入れてくれる者もおりましたが、わたしは間男憎《まおとこ》さよりも、お蘭恋しさの一心で、家業も何もおっぽらかし、お蘭探しに明け暮れました」

莨蓙屋は潰《つぶ》れ、両親は肩身のせまい裏店《うらだな》暮しに落ち、二年前、相ついで病死した。富吉が言いなり放題なのをいいことに、お蘭は気ままに金を引き出しては湯水のように使い、金が底をついたと見た時に、富吉を見限ったようだ。まことに、敝履《へいり》のように捨てたのだ。

浮気の相手は、京橋辺の茶屋の亭主と聞込み、毎日のようにその土地をうろついてお蘭の姿を求めたが、どこにも見当らない。人には狂人扱いをされながら探るうち、ようやく手掛りがあり、当の茶屋も見つけたが、店は代替りで、かんじんの亭主の姿はなかった。古い者に聞いてみると、元からの女房を追い出してまで引き入れた、美しい女との仲は一年と続かず、女は行方知れずになり、亭主は魂が抜けたようになっていたが、間もなくこれもどこかへ居なくなったという。

富吉はそれでも諦めなかった。その執念のたまものか、一年もののち、日本橋本町で夢にも見忘れぬお蘭のあで姿に出会い、はやる心を抑えてあとを尾《つ》けたところ、薬種問屋の三河屋に入った。様子を探ると、どうやらあるじの後妻に納まっている。三河屋は大店も大店、目抜き通り、しかも角地に広々とした間口を誇り、繁昌《はんじょう》を極めている。どんな手段で、あるじ藤右衛門を射止めたのか、さすがはお蘭だと、煮えたぎる胸のうちでも、妙に富吉は感心したが、もとより、女の出世などどうでもよく、ただ会いたい、奪い取りたい、心のたけを打明けたい一心に凝り固まっている。

昼となく夜となく、三河屋の囲《まわ》りをうろつき、お蘭が外へ出た時は馳《か》け寄って声を掛け、恋しい体を一抱きしようと焦《あせ》るが、お蘭には供がいて、富吉を近寄せてもくれない。

またお蘭が、富吉を見ても眉《まゆ》一つ動かさず、人形のように冷たい顔でいる。

店へ入ってはおっぽり出され、道ばたで取り付こうとしては袋叩きにされ、自身番屋に突き出され、臭い飯も食わされたが、諦めることではない。

だが、一月ほども牢《ろう》に入れられ、叩きっ放しにされて本町へ舞い戻《もど》った時、富吉は茫然《ぼうぜん》と立ちすくんだ。三河屋はすべての大戸を立て回し、看板ものれんも一切なく、出入口には釘《くぎ》が打付けられ、無人なのは明らかだった。

「藤右衛門が息子を殺して首を吊《つ》ったのは、あの菓子売りの言う通りでございますが、そんなことはどうでもいい。わたしが知りたいのは、お蘭がどこへ行ったかで。お縄《なわ》になった様子はないと言いますから、どこかにかくれているに違いない。見つけさえすりゃあ、願ってもない折だと思い、わたしは……」

「わかった」

と孫兵衛は手を振った。

「よっぽど魅入られたな。狐憑《きつねつ》きより尚《なお》仕末が悪いや。八百八町を目の色変えて探し回り、とうとう永代寺の山開きで、出合ったが百年目ってわけか。だが悪い首尾だったなあ」

富吉は暗い顔でふふっと笑った。おやこの男、本当に気が触れたのでは、という顔を、お徳がちょっとした。

「こうなりゃあ、何があっても驚きゃしません。五年も十年も同じことだ、へへへ。お蘭はこの本所、深川のどこかに住んでいるに違いありませんよ。探し出しますとも」

孫兵衛は富吉に、お蘭が現在、町奉行所内与力船村玄次郎の妾で、伊勢崎町に住むことだけは教えていない。魂胆のあることだろうと、卯平なども黙っている。

「富吉、おめえを背負ってきた菓子売りは金兵衛というのだが、なにやらお蘭から、目腐れ金をせびり取っている様子から考えると、大分古くから曰《いわ》くがありそうだ。客だったというのは大与太《おおよた》だろうが、金兵衛に見覚えはないか？」

孫兵衛が聞くと、富吉はそう言われれば……という面持《おももち》をし、首を傾けていたが、

「顔になんとなく見覚えがあるような。あっ、あいつはひょっとして」

浮世小路のそば屋で出前をしていた男で、煙草屋にもちょくちょく寄っていた。お蘭が嫁に来たのちも、時折親許《おやもと》の使いかなんぞに顔を見せていた。評判のよくないやつで、そば屋を追い出されたと聞いていたが……

「そうかい。そんなことだろうよ。金兵衛は男の橋渡しをしていたようだな。それじゃあ、

ここでお蘭にひょっくり出合ったというのも嘘だろう」

「それならお蘭の居所も知っている。ちくしょう、しまった！」

と、富吉は凄《すご》い顔で虚空《こくう》をにらんだ。

「……どこにいます。教えておくんなさい」

「知るものか。早くそうと知れていりゃあ、だれかにあとを尾けさせたものを。おめえもお蘭と金兵衛と、両方を探すよりゃあ、やみくもにでもお蘭ひとりを探すほうが利口だろうぜ。ところで富吉、いまどこに住んで、何をしている？」

三

「もし、わたくしは女髪結《おんなかみゆい》でございますが、お宅様でひょっと、御用はございますまいか。いえね、ついこの先の、お得意様に呼ばれての帰りでございますが、時刻はまだ早く、もしや御用が、と存じまして」

というおとなしい口上で、お徳はすんなりと伊勢崎町のお蘭妾宅に上りこんだが、これはいつものお徳に似ぬ上品ないで立ち、しとやかな物腰が、いかにもいい家ばかりの出入りと踏まれたからであろう。

「これはまあ、ご立派なお屋敷で」

女中に案内されながら、お徳が感嘆の余り、あきれ顔だったのは、半ば本音で、内与力の船村なんとやらが、大分悪銭を溜《た》め、妾宅もしゃれたものだろうと承知はしていたが、これほどとは思わなかったのだ。

表間口はさほど広くもなく、舟板塀《ふないたべい》、見越しの松も型通りで、そこいらでザラに見かけるものだが、いざ中に入ると奥深い。幅もどんどん広がり、人里離れた林の中にでも迷いこんだようだった。

家の中も、どこぞの殿様の下屋敷ふうで、部屋数も多い。お蘭ひとりが住むのに、家来二、三人、女中四、五人もいるようだ。

お蘭の常の居間らしい、中庭に面した小部屋で、お徳はごあいさつに這《は》いつくばった。

「ご苦労様、お願いしましょうか」

と、お蘭が澄まし返った言葉をかけた。確かに目のさめるような美しさだ。濃化粧がぴたりの顔で、中にも切長の目が凄艶《せいえん》である。また、鮮やかに紅をひいた唇《くちびる》は、それだけが生きてでもいるようで、富吉のような馬鹿を骨抜きにするのも道理だと思われる。

それに大した餅肌《もちはだ》だ。ふうわり、とろけるようだろう。涼しい顔で男に毒を盛るのは、こんなアマだろうぜ、とこれは口の中である。

「まあこんないいお髪《ぐし》には、これまでお目にかかったこともございません」

と、お蘭の髪を解かしながらのセリフは、まんざらお世辞でないだけに、スラスラと出る。

一刻《とき》近くもかけて、丹念に結い上げる間に、お徳は巧みにお蘭の口をほぐれさせ、少々胃弱の気味で、そのせいか首筋から肩、背中にかけて、凝って仕様がない、お灸《きゅう》、鍼《はり》は嫌《きら》いで、按摩《あんま》にかかるのは旦那が喜ばない、などということを聞き出した。

「へえ、どうしてお喜びにならないんでございます?」

「按摩は男、男にわたしの肌《はだ》をさわらせるのは許せぬ、だとさ、ほほほほ」

「なるほど奥様ほどのお方なら、殿方はそんな気持にもおなりでしょうねえ」

ばからしいのを押し殺して相槌《あいづち》を打ちながら、これで話が持ち出せる、とお徳はほくそ笑んだ。

「それじゃあ奥様、こうなさいましては」

知合いに女按摩を始めたのがいて、腕はいいが新米なので、まだあまり口がかからない。ただし、世の中にはやはり、こちらの殿様のようなお方もいらっしゃり、女なら宜《よろ》しいというので、そのほうでは重宝されているようだ。試しに、いかがでございます?

数日後、灯《ひ》ともし頃も過ぎた夕闇《ゆうやみ》のなかで、妾宅の木戸をほとほとと叩いたのが女按摩になったお京で、

「あの、按摩でございます。こちらの奥様がご存じ……」

とかぼそい声に応じて木戸をあけた門番が、

「お、お？」

と二、三歩あとずさった。お京はその豊かな髪をすっかり解き、頭の真中で分け、丈長で腰のあたりまであるのを、首のうしろで、何かキラキラした水引様のものを巻き、結び束ねているだけだった。

それさえ異様なのに、着物は白一色。袖《そで》は短く、まるで男物のようだが、下着の紅絹《もみ》が襟《えり》や袖口からわずかにのぞいている。袴《はかま》をつければ巫女《みこ》のようだが、袴はない。

「びっくりさせちゃあいけねえよ。白いものが立っているから、幽霊かと思ったぜ」

ようやく、若い女だとわかったものの、門番はまだ気味悪げに、お京を見上げ見おろしている。お京の手には白木の杖《つえ》。顔がただ白く、ぼんやり霞《かす》んだように見えるのは、両眼《め》を閉じているからだった。

「相済みません」

と覚束《おぼつか》なげに踏み出そうとするのへ、門番が手を貸した。

「めずらしい女按摩だな。見りゃあちょいとした顔付きだ。かわいそうに」

家に上ると女中に手を引かれ、連れて行かれたのは奥まった寝間で、お蘭のほかに、旦那の船村玄次郎もいるのが、気配でわかる。

「ほほう、変った様子をしているな」

と言ったのが、船村の声で、丸行灯《まるあんどん》かなにかがある、そのあたりから聞える。

「なんだか、コケ威《おど》しの身なりだねえ。髪まで……あんまり気に染まないが、せっかく来たのだから、早速もんでおくれ。こっちだよ、布団《ふとん》の上だ」

とお蘭が言った。手を引いてくれる親切はないが、それも虫の知らせで、お京を嫌っているようだ。

お蘭の声を頼りに、按摩のお京はそろそろといざって進んだ。お京に白粉気《おしろいけ》は一切ない。ほの暗い明りの中では、顔色もやや黒く見え、ただ頬や額の艶《つや》やかに光る様子が、肌の瑞々《みずみず》しさと張りを思わせるだけだ。

お蘭は布団の上に身を横たえており、その枕許あたりに船村がいて、つい今まで戯《たわむ》れていたのかもしれない。船村の息は、わずかに酒臭かった。

お京は、布団に上り、お蘭の肩に取りついた。手触りでは総絞りの長襦袢《ながじゅばん》、しぼの一面に立った下に、お徳の見たとろけそうな柔肌《やわはだ》がある。

「くすぐったいねえ。ちっとも利《き》きやしない」

とお蘭は邪険にお京の手を振り払い、

「いくら新米でも、もう少し気を入れなきゃ駄目《だめ》じゃないか」

と叱《しか》った。

「はい。相済みません。一生懸命におもみいたしますから」

とお京は悲しそうな顔をした。

「これこれ、そういじめるな。のう按摩。見ればまだ若いが、生れ付きかの？」

船村が強い視線を向けて、そう聞く。

「いえ。十五の時に眼病を患《わずら》いまして……」

「ふうん。若い身空での。それでも、磨《みが》けば一応のべっぴんになりそうな顔じゃが」

と、船村はいかもの食いの興趣をわずかに湧《わ》かせたようだが、見抜くだけの目はなかった。

「按摩さん、手が留守になってるよ」

「は、はい。相済みません」

と、お京は必死になった。もみ進むにつれて、息遣いは荒くなり、衣紋《えもん》のゆるみ、裾《すそ》の乱れなども気にしてはいられない。船村の息がひそまったのは、見えかくれするお京の膝《ひざ》やふくらはぎ、さては二の腕、胸のふくらみなどに目を奪われているせいのようだ。

「お蘭が済んだら、ひとつおれももんでもらおうかの」

と、船村がしゃがれた声で言った。

お京はお蘭をあおむけにさせた。足指から脛《すね》、太腿《ふともも》、腹ともみ進んだ時、ふと手を休めたお京は、呼吸を整えるようにしていたが、ふところに静かに手を入れた。

目を閉じていたお蘭が、どうしたのかと見開いた眼前に、匕首《あいくち》をしっかり握ったお京の手があった。ヒーッとたまぎる悲鳴を上げ、身をよじった瞬間に、匕首が振りおろされた。それは間一髪で、お蘭の身をそれた。

お蘭はなおも悲鳴を上げて転げだし、お京は一言も言わず、ただ匕首を振り上げ、お蘭の姿を求めるのだが、按摩の悲しさで的が定まらない。

「助けてえ！　旦那、旦那！」

と叫ぶ声を見当に、お京はよろめきながら立ち上り、その方角をヒタと睨《にら》むような面持で、匕首をかざして寄って行く。

「富吉の怨《うら》み、わたしの怨み、思い知るがいい」

と、お京は、低い声ではじめて言った。

「きゃあ！」

お蘭は障子にぶつかり、ひどい音を立てた。お京は大股《おおまた》に踏み出し、前後左右に匕首をふるう。かなしいかな、それはお蘭を捕えない。

意外な成行きに唖然《あぜん》として、吾《われ》を忘れていたらしい船村が、この時背後からお京を羽交《はが》い締めにした。お京は無言のまま、激しく争ったが、到底男の力に敵《かな》うわけはなく、匕首は叩き落され、畳の上に倒された。両手はうしろにねじ上げられる。

お京は苦痛に耐えて全く悲鳴を洩《も》らさず、吐く息だけが犬のよう。はだかった胸が大きく波打ち、裾前は全く割れて、見るも無残だった。

「わたしを殺そうと……ちくしょう、このアマ」

と、お蘭は逆上して、言葉もきたなく、走り寄ると二、三度、お京の胸を足蹴《あしげ》にし、横っ面《つら》をひっぱたいた。

「旦那、斬《き》り殺して、早く」

「よし。成敗してやる。不埒《ふらち》なやつめ。それへ直れ」

と船村はお京を突っ放し、落ちた匕首を遠くへ蹴りやると、床の間から刀を持ち出し、鞘《さや》を払った。

お京は身を起し、悪びれずに坐った。

「殺すがいいでしょう。わたしは富吉の女房、よくも夫を狂わせておくれだった。その怨みがどんなに深いものか、必ずあの世から呪い殺してあげよう。さあ、早くお斬りなさいな」

お京の言葉はどこかぎごちなく、つかえつかえのしゃべりだが、それが反《かえ》って、シーンとよく透る声音《こわね》と共に、凄絶な趣をもっていた。

「おのれ」

と船村が刀をお京の前にズイと伸ばし、切先《きっさき》であらわな胸をピタピタと叩くと、お京はキッと顔を上げた。唇を真一文字に結んだ誇らかな顔に、苦痛や恐怖の色はなく、ほのかな微笑すら浮んでいる。

この時はじめて、船村はお京のただならぬ美しさが、底から輝き出してくるのを認めたようだった。

「何をしてるんです、旦那。そのアマは、富吉の女房だと言ってるんですよ」

とお蘭が金切り声を上げると、船村は不快そうに眉をひそめた。

「斬り殺すのはまずいな、お蘭。女の、しかも按摩を斬ったとあっては、おれの名にかかわる。助けてやろう」

「なにを、そんな弱気な……そんならわたしが」

「よせ。きさまらしくもなく、上擦《うわず》るな」

と船村は叱った。お京は全く動かない。髪はいつかざんばらになり、背や肩先や胸に乱れかかっていた。その髪の陰で、冷たい笑みが冴《さ》え返っていた。

四

「やっぱりこちら様でございましたか。実はわたくしは按摩の父親でございまして、娘がとんでもねえことを仕出かしやしなかったかと心配で心配で」

表の木戸口で門番と掛け合っているのは卯平で、この家のことはお徳という髪結から聞き出してきたのだという。

「とんでもねえこと？　あの女がかえ？　おいらはなんにも聞かねえが、待っていな」

　門番は妙に人の来る晩だと、ぶつくさ言いながら奥へ行ったが、大あわてで引返してくると、

「大変だ。お蘭様を殺そうとしたとさ。すんでのところをお蘭様は助かり、殿様が女をお手討ちになさろうと」

「へっ？　それじゃあお京はとうとう？」

「ま、待ちな。お慈悲深え殿様だから、お手討ちは思い止《とど》まりなすったようだぜ。いま奥に行ったら、そいつはちょうどいいから引渡すと仰《おお》せで……」

　と言う間に、船村本人がお京をひっ立てて、玄関まで出てきたようだった。

「おい、その者を連れてこい」

　と叫んだ。卯平は袖を目に当て、転がるように玄関に馳《か》け出した。

　お京はさすがに、精も根も尽き果てたのか、いまにも気を失いそうな風情で、船村に体を支えられるようにしていた。

「この女の父親か？」

「へ、へえ。この通りでございます。なんとも……」

　と、卯平は土間にうずくまった。

「一時乱心致したのだろう。不憫《ふびん》だから今回は許してやるが、よく言い聞かせろ」

「へい。お礼の申し様もございません。こちらの奥様を無闇《むやみ》に怨んでおりまして、なにそれも、奥様の罪じゃあございません。みな富吉が悪いので」

「富吉というのは、いまどうしている？」

「存じません。愛想《あいそ》の尽きたやつで、どこぞで物乞いでもしておりましょう。ただ娘があわれで……お徳って女がまた馬鹿《ばか》なもので、お宅様の場所が知れたのを幸い、娘をそそのかしなんぞいたしましたようで」

「与平、お前は女を先に表へ連れて出ろ。おれはこの父親に話がある」

と船村は言った。門番の与平は不審そうにしたが、じっくり、父親の油を絞るのだろうと合点し、痛々しく虚脱して、足許《あしもと》も定まらぬようなお京を助け、抱きかかえるようにして表へ。船村の目はお京の白い後姿に注がれていた。

おずおずと船村の顔色を伺う卯平に、

「許してはやるが、それについてはおれの望みがある。娘をおれの按摩に寄越せ。天晴《あっぱ》れな度胸が気に入ったのよ。どうだ？」

船村の目が暗く光った。

卯平がお京を伴い、向う柳原の船村の屋敷を訪れたのは、それから三日後の昼下りである。お京の様子はしおしおとして、お蘭の妾宅で、白刃《はくじん》を前にびくともしなかった面影《おもかげ》はどこにもない。ただ見られるのは、おびえと恐れだけである。父親卯平のさとしが利き、お京がすっかり心を入れ替えたのだと、船村が信じたのも無理はなかった。

屋敷はまず、千石の旗本、それもよほど内福の者の格式で、むろん表札に船村の字はない。妾宅を見て驚いたお徳が、この屋敷に入り込んだら、腰を抜かさなければならない。と言っても、建物はそれほど大きくはなかった。大きすぎては家来が足りない。その代り、数奇《すき》を凝らしている。

庭は妾宅の二倍はあろう。数千金を費やしたと思われる。帰りに見て回った卯平が、

「いや、墓場の景色とは天と地、けっこうなものだな。一度はあんな庭に囲まれて、暮してみてえもんだ」

とお新に言った。

お京の身なりは前と同様、いや、ごくごく薄く、白粉をはたいていたかもしれなかった。だれもこない離れで、心ゆくまでお京にもませた挙句《あげく》、船村は料理にかかったが、お京は夢にも思い設けぬことだったらしく、懸命に逃げ回り、つかまると意外な力を出して抱擁から脱け出したが、その若鮎《わかあゆ》のような手答えが、また船村にはたまらない。どうにかして逃げ道を見つけようと手さぐる可憐《かれん》さが、欲情に火をつける。

離れは明るかった。白衣を奪われ、さらに紅絹の下着も剝《は》がれ、肩で息をしながら、消え入りたげに丸くなっていたお京の体は、薄い小麦色が透《す》き通るような照りを持ち、上質のビロードの手触りと、若駒《わかごま》の弾みを具《そな》えている。

こんなにいい女だったか、と船村は夢見心地で、お京の顔が次第次第に美しさを増す不思議に吾を忘れる。

　力屈して身を任せながらも、死人のようにしていようとする努力を、お京自身の体が裏切る。その身もだえが、船村のかつて憶《おぼ》えない法悦境だった。

「お前を手放せそうもなくなってきた。毎日来るんだ。いいか、毎日だぞ」

と、船村は狂おしく抱きしめ、お京の胸に顔を埋めた。

お京は毎日通う。次第に船村に心を開くようで、愛撫《あいぶ》への応じ方も、微妙に違ってきた。技巧とも言えぬほどの、わずかな変化、お京からのもてなし……その細やかさが船村を随喜させるのだ。お蘭にもそんなものはなかった。お蘭は激しいが、粗い。目が開かれた思いだ。

そうしたある日、快い疲れに、双方抱き合ってまどろみ、ほとんど同時に目覚めた時、船村が驚倒したことに、お京の両眼がぽっかりと開き、滑らかな光を溢《あふ》れさせて笑ったのだった。無類に美しい顔になった。

「お前は！」

お京は涼しく白い歯を見せてうなずいた。

「見えぬふりは辛《つろ》うございましたよ。それでも手段だから。うまく行って、こうなりました」

「なぜおれを？」

「お蘭さんに勝ちたかったんです。お蘭さんから殿様を取りたかった。それだけ」

お京は円い声で短く笑った。

「富吉の怨み、お前の怨みというのは」

「嘘《うそ》ですよ。富吉なんか、とっくの昔に忘れています。お蘭さんは憎かった」

「お前が勝った。お蘭なんぞは色あせたよ。あれも悪いやつだが……」

「わたしはもっと悪いかもしれませんよ、殿様」

「ふふふ、頼もしいぞ。なるほど、そうかもしれぬて。お前の父親というのは？」

「あれは雇った者。ほほほほ。わたしは栄耀《えよう》をしとうございますよ」

「させてやろうじゃないか。その代り、裏切るな。男を造るな」

「お金さえたんといただけば」

「よし。手段があるんだ。お蘭と組んで使った手だが。顔を寄せろ……あのな」

「お蘭は富吉の女房でいた頃《ころ》から、例の金兵衛の手引で船村とは深間さ。二人で企《たくら》んだのが、本町の三河屋取潰《とりつぶ》しの一件。金兵衛を使い、あるじ藤右衛門をたぶらかすのはお手のもので、首尾よく後妻に納まり、その後は筋書通り、息子と密通、わざと現場を見付けられ、実は息子にほれまして、と藤右衛門に愛想尽かし。狂った藤右衛門がご存じ通りの仕儀で、三河屋はめでたく取り潰しさ。お蘭は船村が手を回し、密通の罪は伏せちまった」

「読めた」

と、孫兵衛が卯平の言葉をさえぎった。

「土一升金一升の土地をお上で取上げ、そいつを馬鹿安で、船村の同類へ一度払い下げ、同類はとんでもねえ高値で転売、その上りを分け合うって寸法だろう」

「そうだ。いま三河屋のあとには、京友禅で名を売る呉服屋が入っているが、なんと買値が一万二千両。売手は十軒店《じっけんだな》に住む人形屋で宝屋紋左衛門ってボケナスで、店はケチだが、穴倉の中には山吹色がうなっていようさ」

と言ったのがお新。呉服屋の客になってあるじに色目を使い、あとはお定《き》まりで、睦言《むつごと》のひまにちゃんと聞き出したものだろう。その辺のことは一同も、野暮ったらしくたずねはしない。もっともお新も腕によりをかけたに違いなく、お京に負けていられるものかと、張り合う気味もある。

「内与力はよっぽど都合のいいもんだな」

と卯平。

「奉行のきんたまを握っていりゃあ強い。将軍様の側用人《そばようにん》みたようなものだからな。まして何のなにがしが是非払下げを願い、お礼には皆様にこれこれ……と黄白《こうはく》をチラつかせりゃあ、平《ひら》の与力なんぞは否《いや》も応もあるまい。さて、船村に宝屋という小者、どう料理するか」

　孫兵衛はこれが楽しみとばかり、ニンマリして腕を組んだ。

五

「宝屋さん、お久しぶり。ご繁昌でけっこうですね」

　お蘭は上座に行儀よく坐り、あいさつにも愛嬌《あいきよう》と威厳が適度にないまぜになり、みごとな貫禄《かんろく》だった。黒縮緬《ちりめん》に花車《はなぐるま》の大模様、金襴《きんらん》の帯が一きわ艶姿《あですがた》を大きく見せ、顔がまたよく映り、派手やかで立派。こういう改まったなりをさせては、お京よりもお蘭に軍配が上るかもしれなかった。

「それもこれも殿様のおかげですよ。ところで、思いもかけず、鶴《つる》が舞い降りたようだが……」

　と、宝屋紋左衛門は相好《そうごう》を崩した。

「お蘭さんが直々《じきじき》に御入来《ごじゆらい》なら、支度もあったのに」

「それが、急なことで。殿様が、書状をぜひお前手ずから宝屋に渡せ、大事なものだからとおっしゃるんですよ。ともかくこれを」

　お蘭は小さく折って懐中していた船村の手紙を宝屋に渡し、宝屋は押しいただくようにして開き、早速読みだしたが、その面上に驚きの色と、どこやら好色な笑みが浮んだ。

ここは十軒店の店ではなく、小舟町の表通りから随分奥へ引込んだ、閑静な一画だった。この宝屋紋左衛門も、船村同様、表向きの住いはつつましいが、別宅は贅《ぜい》を尽し、緑に囲まれ、小梅あたりのお大尽《だいじん》の寮のようだ。

「と、お蘭さんは、この書状の中味をご存じない？」

読み終った紋左衛門が、口許の卑《いや》しげな笑みを引込め、そう聞いた。

「いえ一向に。なんですか、わたしのことでも？」

「なに、そうでもありませんが、此《こ》の間、妙な女按摩《おんなあんま》が参りましたとかで」

「ああ、あれは胆《きも》を潰しましたよ。昔ちょっとかかわった男の女房だとか言って、逆怨《さかうら》みをされて、ふふふ、その時は大騒ぎでした。殿様は何もそんなことまで宝屋さんに……」

「事のついででしょうよ。殿様は相変らず、そちらへ入りびたりで？」

「それが、このところお役所が忙しいと、ばったりですよ」

ふっと、淡い不安の影が、お蘭の白皙《はくせき》の顔をよぎる。

「そりゃあお寂しい。浮気《うわき》をお始めなすったかな。ははは、こりゃあ冗談。だが油断はなりませんぞ。ねえお蘭さん、男は勝手なものだ。女ばかりがおとなしく操《みさお》を守っていることもない。せっかく来てくだすったんだ、どうです？　ここでわたしと浮気は？　わたしがお前さんに焦《こが》れっ放しなのは、お蘭さんもご承知だ」

「冗談も度が過ぎちゃあ困りますよ。わたしは船村の妻同然の者ですよ」

お蘭は一笑に付した。

「冗談で言っていない証拠には、お前さんが助けを呼んでも、誰《だれ》もこないことになっている。逃げようとすれば、金兵衛が引きとめる」

「金兵衛が？　ちくしょう」

「ありゃあ便利なやつでね。お前さん方も飼っているつもりだろうが、こちらも飼っている。どっちにも付くやつさ。空元気《から》はわたしには通じない。いさぎよく兜《かぶと》をお脱ぎなさい。わたしは殿様より実があるつもりさ。いっそ、乗り換えてもらいたい」

と言うが早いか、紋左衛門はいままでの謹直そうな様子はどこへやら、野獣のようにお蘭に飛びかかった。

「やっと始まったか。おい芳国、穴のあくほど見るこった」

とささやいたのが卯平で、宇陀川芳国は答えるどころではなく、壁の穴に目を押し当てて身動きもしない。ここは座敷の床の間の壁一つをへだてた部屋で、卯平がこしらえた穴は四つ。床の間は黒い銀砂子の壁で、穴は違い棚《だな》の下、暗い陰になる部分に明いているので、座敷からはわかりっこない。こちら側の穴は大きいが、向う側は小さくて済む。

卯平がこういう細工をできたのも、紋左衛門が知らぬ間に、一同で家人を縛り上げたからのことだった。のぞいているのが芳国、孫兵衛、卯平に富吉だった。

「この下司《げす》め、身の程を知りやがれ。あっ、ちくしょう!」

お蘭も地金を出した。おちょぼ口だったのをカッと開いて所嫌《きら》わず食らいつこうとし、爪《つめ》を立て、引掻《ひっか》き、蹴放そうとするのを、紋左衛門は悠々《ゆうゆう》と楽しみあやすかのよう。アッという間に帯を解いてしまった。蟬《せみ》が殻《から》から脱《ぬ》けるように、肌襦袢《はだじゅばん》一つになったお蘭が、あられもない取り乱し様で、なんとか男の手から逃れ、次の間への襖《ふすま》を明けたところへ、菓子売り金兵衛が立っていて、ガッキとお蘭を受けとめると、頰《ほお》ずりを一つしてから、勢いよく座敷へ突き飛ばした。キャッという悲鳴と、金兵衛の馬鹿笑いが交錯し、お蘭はもんどり打ってあおのけに倒れ、白い両肢《りょうあし》が空中に踊った。すかさず紋左衛門が割って入り、身動きできぬようにすると、苦もなく下着のすべてを剝《は》ぎ取った。

「この辺でおとなしくするのが利口だろうぜ。ただで、とはむろん言わねえさ。文机《ふづくえ》の上を見るがいい」

文机の上には、切餅《きりもち》らしいのが四つ。百両だ。金の力か、あきらめたのか、お蘭は体の力を抜いた。奇妙にかすれた声で、

「それならそうと、最初から言やあいいのに。負けましたよ。ああ苦しかった」

豊かに張り、波打つ胸乳《むなち》を自分の掌《てのひら》に包むようにした。紋左衛門はお蘭を放し、ゆっ

くりおのれの帯を解き始める。

「散りぎわの牡丹《ぼたん》ってところか。さすがにみごとな肉置《ししお》きだ。いい絵を描《か》きな、芳国」

と、孫兵衛が言った。孫兵衛の懸念《けねん》は、むしろ富吉にある。辛抱して最後まで見られるかどうか。その富吉は化石にでもなったよう、のどから洩れるきしるような音は、泣声か、うめき声か。

お蘭がその気になってのからみ合いでは、紋左衛門が反《かえ》ってタジタジの体《てい》となった。

「もう十分、おい、勘弁してくれ」

と弱々しい悲鳴を上げるのは紋左衛門、という仕儀になってしまった。お蘭は全身が陶酔のかたまり。くねり、震えながら、そんなことじゃあ乗り換えられないと、舌ったるく甘える言葉もうつつだ。

突然、富吉が笑い出した。低い、すすり泣きのような声から、次第に高まってゆく。

「いい時分だ。出るぜ」

と言うと、孫兵衛が素早い身のこなしで走り出、残る一同が続く。卯平は富吉を引きずり出す。

座敷では、お蘭が紋左衛門にしがみつき、紋左衛門は極度の恐怖に取りつかれたようで、立ち現われた四人の男をうつろに眺め、口を開いたが、声にならない。

「すっかり見せてもらったが、一つには絵を描くため、一つはこの男におめえの実の姿を見せるためだ、お蘭さん」

と孫兵衛が声をかけた。

「こりゃあ富吉だ。昔の亭主だったな。何かあいさつはねえかい？」

富吉の手には、いつの間にか匕首が握られている。ヒタと裸体のお蘭を見つめ、異様に微《かす》かな笑い声を絶えず洩らしていた。お蘭は弾《はじ》かれたように紋左衛門から身を放し、それでも腰のあたりに妖《あや》しいシナをつけるのは忘れず、

「お前、富さん……」

と、意を迎えるような顔をした。

「富吉、いいようにしろ。夢にまで見た女だ。この場で積る思いを遂げるなり匕首でキッパリと結着をつけるなりだ」

と孫兵衛。富吉はぶるぶる震えながら、一旦《いったん》は匕首をお蘭に向け、踏み出そうとしたが、急に肩を落し、匕首をふところにしまった。

「富さん、悪かった。何でもするから」

と、お蘭がいざり寄ろうとすると、ギョッとしたように富吉は身をすざらせたが、やがて落着いた、沈んだ声で孫兵衛に言った。

「ようやく目が覚めました。この女はお蘭じゃありませんよ。昔のお蘭は別物だ。あの美しい、肌のきれいなお蘭じゃない。はははは、別物でしたよ」

「そうか。お蘭さん、これで富吉に付きまとわれずに済むってもんだぜ。ところでおめえ、殿様の手紙に何が書いてあったか、知らねえらしい。読んでみな」

手紙を紋左衛門から取り上げると、孫兵衛はお蘭に渡した。芳国が、裸ではあんまりだと、脱ぎすてた着物を羽織らせてやる。

放心の体で、文面もはじめは目に入らなかったようだが、そのうちに引き入れられ、お蘭のまなじりが釣《つ》り上った。手紙の内容は、お蘭をさし向けるから自由にしろ、予《かね》てご執心であったろう、こちらはもう用済みで、すばらしい代りの女を見つけた、というものだった。

「お蘭さん、お前にはこっちももう用がねえから、いつでも引取りな。宝屋さんには、これからじっくりと話がある。事を無事に済ますも済まさぬも、一切お前さんの胸三寸ってことだ」

「おいおい、わたしはまだお蘭さんに用がある。ねえ、絵を描かせておくれ。久しぶりにお前さんのような女に出合ったんだ。脂《あぶら》が乗ってきれいなこと……」

芳国はあわててお蘭にかけ合っていたが、お蘭は馬耳東風、と言うより、空の一点をすさまじく睨みつけ、腰巻、肌襦袢と、機械人形のように、身につけているばかりだった。

ちょっとの間、どこかへ行っていた卯平が戻《もど》って、

「金兵衛って野郎、庭先にかくれていたが、ありゃあ死ぬこともなかったにな。突っかか

ってきたから殺したが、よかったかえ？」

と言った。

……お新の相手は、年は取っても若い者には負けんという武家のご隠居で、どこでどうひっかけたのか、場所はその隠宅、船村玄次郎の豪勢な屋敷のつい近くで、焼跡のキナ臭い匂《にお》いが時折漂ってくる。お新は夫に先立たれた御家人の妻という触れ込みで、裸になれば同じ中味だが、老人の元気さには大分てこずっていた。なにしろ、本気になるわけにもゆかない。子供をあやすようにしては腹を立てる。

「面妖《めんよう》な屋敷であったな。もとより近所付合い全くなし。主人の名、身分さえ分らん。死ねば一層わからん」

「焼け死に？」

「焼けぼっくいになっておったから、そうであろう。もっとも噂《うわさ》はあるて。世にも美しい女が付け火をして逃げたそうな。ところが屋敷内にも当時、これまた何とも言えぬ女がおって、主人とこのように」

と、ご隠居はお新を抱きしめ、

「……しておったそうな。火を付けたのは、捨てられた女が怨んでであろうかの。いま一つ、主人は女を置いて逃げ出さんとし、だれか男にブスリと」

「おお怖い」

「なになに、怖がることはない。……やられて、またぞろ燃える屋敷内に運び込まれたとも言う。じゃがまあ、噂だて。近所に妙なのがいなくなり、こちらに重畳《ちょうじょう》じゃ。時にお新と申したな。かわいいやつじゃ。縁じゃのう」

「はい。いつまでもかわいがってくださいまし」

あくびを嚙《か》み殺し、孫兵衛はいくらせしめたか、とお新は考えていた。

第七話　塩《しお》から仁《に》兵《へ》衛《え》

一

「こいつは、噂《うわさ》に聞いているよりゃあ、すさまじいや。すっかりガランドウだ。大水にやられた家さながらだね」

と言うお徳に、お新は軽くうなずいて見せたばかり。借金が返せず、そのカタに家財道具を洗いざらい運び出される、むごい光景を、脇《わき》から見物しながら、両人とも涼しい顔だった。

屈強な男が数人がかりで、家を出たり入ったり。表には大八車があって、布団《ふとん》、衣類、箪笥《たんす》長持《ながもち》から、鍋釜《なべかま》、皿小鉢《さらこばち》の類《たぐ》いまで、山のように積み上げてある。

その家の商売は下駄《げた》屋で、売りものの下駄はすべて、別の大八車で持ち去られたあとらしい。

家の者は奥の間にひとかたまり、抱き合うようにして坐《すわ》っているのが見える。少々前までは、みんなで男たちにつかみかかり、取りすがりなどして、そのたびに打ち叩《たた》かれていたと、近所の者の話だが、今はただ茫然《ぼうぜん》として、涙も出ないところだろう。見物人も大分いる。互いにささやき交わし、気の毒そうにはしているが、どこやらゴロツキめいたやつらに、悪態をつこうという者もいない。

運び出しがほぼ済んだ様子。荷物に縄《なわ》を掛け始めるところで、お徳がお新に目配せし、指図をしている兄貴株らしいのへ近付いた。

「威勢のいい人。ちょいと頼みがある」

そいつはジロリとお徳を睨《にら》みおろした。視線はお新にも行く。お新は商売向きの媚《こ》びを目に湛《たた》え、口許《くちもと》はほんのわずか笑んでいる。

「お前たちのかしら分に会わせとくれ」

「かしら分？　てめえらは何だ」

「福の神だ」

「なんだと？」

兄貴株の濁った目が、険しくなった。

「おっかねえ面《つら》をするんじゃねえや。こっちは恐れねえ。いい話だと言ってるのさ」

「お前たちは塩から仁兵衛の手先だろう。かしらだか、座頭《ざがしら》だか知らねえが、親分株はたしか小助。東両国に小屋を持っているそうだ」

と、お新がゆっくり口を出し、続けてお徳が、

「その小助親分の後楯《うしろだて》が、江口屋勘右衛門《かんえもん》とかおっしゃる、ご立派なお方だってねえ。その辺のこともみな知った上で、こうしておめえに持ちかけているのさ。行きずりに、軽口を叩いているんじゃねえよ」

と言った。兄貴株は明らかに気を呑《の》まれ、たじろいだ。そこいらのお引きずりと見たのが誤りで、二人とも面構えが違った。

「てめえら、どこのどいつだ」

「わたしゃ女髪結《おんなかみゆい》で、お徳というのさ。この姐《ねえ》さんがお新。お新の稼業《かぎよう》は言わずに置こうよ。名乗るほどの者じゃないが、名乗らずにおくのも悪かろう。おい兄さん、仕事はあらかた済んだようだね。小助親分ところへ、連れて行ってくれるかえ？」

梅雨が明けて、きらきらしい日が続いている。空の色は拭《ぬぐ》われたようで、入道雲を浮べていた。

お徳は身なり構わず、洗いざらしの黒ずんだ単衣《ひとえ》に垢《あか》じみた繻子帯《しゆすおび》、素足にちび下駄で、髪だけはきちんと、油光りしているのが、反《かえ》って薄気味悪い。

お新は白地に、ばかに紅《あか》い大規模の上布《じようふ》、下着も何やら紅っぽく、この陽気に若造りはお化けじみているようだが、その娘らしい衣装が、豊かに熟れ切った体を包んでいる様子は、チクハグなだけに女盛りが強調された気味で、実にみだらな色気を匂《にお》い立たせている。

「せっかくだがお前さんたち、歯が立つまいね」

と、江口屋勘右衛門が言った。勘右衛門は短軀《たんく》で小太り、いかにも精悍《せいかん》そうな男だった。大きな顔で、目鼻も大きく、年はまだ四十そこそこと思われるのに、小じわが多かった。肌《はだ》も悪く、シミが方々にあるのを白粉焼《おしろいや》けとすれば、役者の成れの果てかもしれない。

「……煮ても焼いても食えねえというのが、あの旦那《だんな》のことさ」

「それなら一層、料理の仕甲斐《しがい》があるってもんだ。江口屋の旦那、こっちも負けちゃあおりませんからね」

とお徳。取入り上手を発揮してにこやかである。お新は、話ならみなお徳が……という風情《ふぜい》でおっとり構え、舌なめずりをしそうな勘右衛門の面付きもどこ吹く風で澄ましている。ほんのり上気したような顔は、はれぼったく見え、じだらくに崩した膝《ひざ》のあたりが、弾《はじ》けそうだ。

本所回向院《えこういん》門前町の一角、とある料理茶屋の離れである。場所柄《ばしょがら》、関取衆の客が多いそうで、と言っても、幕下かせいぜい十両あたりを対手《あいて》にする店らしく、座敷もどことなくコケ威《おど》し気味なら、料理もやたらに皿数ばかり多く、大味なのだ。それでも、庭の緑が深く、涼しい風が入る。

勘右衛門のほかに、男がもう一人。むろん小助という男で、こいつは名前と反対に、大男だった。顎《あご》の長い、一応馬面《うまづら》をしていて、片頰《かたほお》と眉間《みけん》に薄い切り傷の跡がある。東両国の場末に小屋を持ち、緞帳《どんちょう》芝居の座頭だが、手下の役者が皆、うしろ暗いやつらばかり。客を引掛け、脅しは常の事、かどわかしもやれば、盗みの手伝いもお手のもののようだ。時には借金の取り立ても、昼間のような阿漕《あこぎ》なこともして、なにがしかの礼に有りつく。一切小助の指図で、その小助がまた、金主の勘右衛門には頭が上らぬという仕掛けだ。

その勘右衛門はさらに、塩から仁兵衛の走り使いに甘んじているのだが、それというのも、五百両ほどの借金のせいだった。

もともと、塩から仁兵衛の話は、舟まんじゅうのお新が、客から聞きかじった。

仁兵衛は金貸しで、本所の竪川《たてかわ》沿い、緑町一丁目に住んでいる。何の変哲もない素人家《しろうとや》で、看板一つ出ていない。屋号もなくて、ただの仁兵衛にすぎないが、その隠然たる富力は、だれもが知っている。

仇名《あだな》が塩から仁兵衛。真黒に煮つめて、塩の吹き出したような顔付き、それに情け容赦のない仕打ちから、塩からの仇名が生れたものだろう。

甘い汁《しる》を吸うというのではない。血と膏《あぶら》を絞《しぼ》り取るやつだ。仁兵衛の高利は相場だというが、特徴は取立てのきびしさで、どんなわけがあろうと、返済に一日の猶予《ゆうよ》もしない。期限に払えなければ最後で、小助の配下がその家に押しかけ、たちまちのうちに、家財すべてを剥《は》ぎ取ってしまう。脅し、泣き落し、色仕掛け、一切利《き》かない。そのために一家心中が出ても、仁兵衛は眉《まゆ》一つ動かさない。返さないやつが悪いのだ。一体、高利貸しに借りようというのが不心得ではないか。そんなやつらに情けをかける値打ちはない。

……そういうわけで、塩から仁兵衛は鬼だ。鬼は素人家に、番頭兼下男ひとりを使って住んでおり、借り手がやってくれば、むずかしいことを言わずに、どんどん貸してやる。この時だけは、仁兵衛は仏に見えるはずだ。中肉中背、がっしりした体付きで、色の黒さは五体も顔同様。昔は漁師だったそうだが……と客の話だった。

五十に手の届こうという年らしいが、頑健《がんけん》そうだから、四十半ばとしか見えない。女房《にょうぼう》がお浦で、これは四十くらい。はたち過ぎの長男と十五ほどの娘がある。この三人は隣りに住み、糸屋をやっている。ちょいとした店で、客も多いが、奉公人は手代と小僧が一人ずつ。女中などはいない。仁兵衛と家族は別々に暮しているようで、金貸しは金貸し、糸屋は糸屋ということらしい。ただし仁兵衛は、家賃に地代、それに、融通した金の利息まで、月々巻上げているという噂だ。仁兵衛にとっては家族も他人だと見える。

仁兵衛の蔵に、金がどれほどなっているのか。これは客にも見当がつかなかった。なにしろ仁兵衛は、貯《た》めるばかりで使わない。

道楽がまるでない。女、酒、ばくち、書画骨董《こっとう》、普請《ふしん》、庭、衣装、食い物、すべて無縁で、何が楽しみで生きているのかわからない男なのだ。と言って、小判をおがんで有難《ありがた》がっているのでもない。

仁兵衛の楽しみは、強《し》いて言えば、金の力で人間共を思うさま操り、いじめつけることだろうか。

さて、江口屋勘右衛門だが、これは仁兵衛が借金の返済を猶予してやった、ただ一人の男であった。悪知恵の回る、小まめに動けそうなやつで、使えると踏んだのだろう。素っ裸にしてほうり出すより、借銭を首縄《くびなわ》にして動かすのが得だ。

勘右衛門は緑町一丁目に程近い亀沢《かめざわ》町の酒問屋で、これは仁兵衛と違い、遊びはなんでも好きという男だった。五百両の借金も、吉原の女郎に通い詰め、請け出し、お芳《よし》というその女に飲み屋の店まで持たせたあげくの大穴で、家業などは投げやりだったのだから、無理もない。

勘右衛門は現在、女房子をすげなく離縁して、我がままの利く身だ。店の商いを任せているのが、お兼という下ぶくれの色っぽい女で、これは女中上り。一方ではお芳の飲み屋の売上げをふところに入れ、自分は専《もっぱ》ら仁兵衛への忠義立てと、小助を使っての金もうけに腐心している。

勘右衛門が小助に働かせるから、仁兵衛は格別何もせずとも、貸金の取立てが以前に増してうまくゆくし、取上げた家財にしても、円滑に、しかも高く売れている。いい借り手を見つけてくるのも勘右衛門の仕事だ。このほか、仁兵衛の女房お浦の面倒見もやらされている。少々の入用は、勘右衛門が出さなければならないが、こんな出費は、現今いわゆる中間搾取《さくしゅ》で優に埋め合せがつくことになっている。

目下、勘右衛門の専業は興行主ということになろう。東両国も場末なら、なんでもやれようというものだ。小助の小屋は狭くて見すぼらしいが、出しもの次第で、客は詰めかける。その工夫が面白《おもしろ》いし、あぶく銭《ぜに》が入る。ほかにも、金もうけの手だてはいくらもある……

その辺の、仁兵衛、勘右衛門、小助のからんだ事情を、およそはお徳が、地獄耳で聞き出していた。なにしろ、仁兵衛は絞り甲斐がありそうだ。どんなやつにだって、弱味はある。塩から仁兵衛も例外であるはずがない。

二

「おめえたちは妙な手合いだな。仁兵衛に怨《うら》みがあるわけでもねえのだな」

「恩も怨みもあるものか。赤の他人だが、それほど貯めているのなら、いささかおこぼれに有りつきたいってことさ。それも、家へ押込んで、蔵を叩き破る野暮は真平だ。搦手《からめて》から、すいっと頂きてえのよ……だが、聞きしに勝る難物だねえ」

同じ茶屋の離れの夕暮れ刻《どき》で、小助とお徳の姿はもうない。夕焼けた空の色もあせ、すだれの内はほの暗いが、まだ灯《ひ》をともす程でもない。

風がバッタリ止《や》み、じっとしていても肌《はだ》が汗ばむ。まして一合戦のあとでは、腰布一枚身に着けられるものではない。お新はもともと癇症《かんしょう》で、生れたままの素っ裸、大の字なりに手足を伸ばし、片膝を立て、右手でパッパと団扇《うちわ》を使っていた。薄暗い中に、目に沁《し》みるような白い肌が浮き出し、胸や腰のあたり、にじみ出した汗が霜のように、時折キラリと光った。

勘右衛門も下帯一つない。一度賞玩《しょうがん》したお新の体だが、まだ名残りは尽きぬと見え、肌をくっつけてはお新が暑がるから、坐りこんで及び腰になり、上から目で楽しみかたがた、飽きもせずにお新の体のあちこちを押したり撫《な》でたり、やっているのだった。

蚊いぶしの煙が流れ、お新の太腿《ふともも》や腹にまつわる。

勘右衛門が承知したから抱かれてやったのだが、さて仁兵衛をどうして攻め落すか、いい思案はない。

「生れはどこだと言ったかい、仁兵衛は？」

股倉《またぐら》に伸びてきた手を邪険に払いのけながら、お新がだるい口調で聞いた。

「房州の漁師村よ。海女《あま》がいるそうだ。あんな塩っからい男になったのは、食うや食わずで育ち、金がかたきと思い知ったからだろうぜ。何しろ乳呑児《ちのみご》の時分、口減らしに海へ叩っ込まれたというからな」

「色気盛りの若い頃《ころ》もあったろうに、ふふふ。海女か……海女とよろしくやったかもしれねえね。かみさんは海女上りかえ？」

「どうしてどうして。歴《れっき》とした江戸の町家の娘だが、町育ちとは合わねえのか、子を二人こしらえたら、あとは用なしってわけだ。女嫌《ぎれ》えだなあ」

「仁兵衛は在所に帰ることもあるのかい？」

「おれの知る限りじゃあ、ねえな。厭《いや》なことばっかり思い出すんだろう。そうだな、だが一方じゃあ、なつかしい気もするようだ。漁師の暮しなんぞを口にしたこともある」

「海女のことは？」

「言わねえな。お袋は海女だったそうだが……」

お新はむくりと起き上った。

「海女を使っちゃあどうだろうね」

「海女を？　どう使うんだ」

「もぐらせて、横から見物さ。こいつは面白いかもしれねえ」

お新の思い付きは、こういうことだ。

本場の正真正銘の海女でなくとも、俄仕立《にわかじた》てで構わない。顔と体のそろった若い女を連れてきて、海女らしい腰布を着けさせて裸にし、あわび、とこぶし、てんぐさ、わかめなどを採る真似《まね》をさせる。

上からのぞかせるのでは曲《きょく》がないから、大きな水槽《すいそう》を作り、一方にビードロを張り、正面から眺《なが》められるようにする。

あわび採りなどはどうでもいいので、かんじんなのは、女の体を上下左右から見られ、千変万化の姿態がまのあたりおがめるということだ。時には余興に、腰布を落させてもよかろうし、男を入れて追っかけさせてもいい。地上と違い、水中はまた格別のもので、髪を振り乱しての男女のからみ合いは、夢のようではあるまいか?

「なるほど、そいつは趣向だな。おめえも、うめえことを考えるぜ」

と言いながら、勘右衛門はいざり寄り、うしろに回ってお新を抱きすくめた。その指の間から、乳房が溢《あふ》れる。

「……だが、言うは易《やす》しだ。そんな大きな箱は到底作れめえ。第一、ビードロがねえよ」

「なに、出来そうなもんじゃないか。そこはおめえの腕と、少々のお宝だ」

お新は男の気をそそるように、上体をグイと反らせて胸板にもたれかかり、ぶざまに広げた両肢《りょうあし》を、男のそれに乗せた。

間口二間に、奥行七、八尺もあればいい。高さは九尺。三方は板の壁で、海中の景色よろしく色を塗る。底には岩、砂、海草をあしらい、あわびその他を置けばいい。海の魚も泳がせれば上出来だ。

一方がビードロ張り。そんなに広いビードロはないから、まず狐格子《きつねごうし》のような木組みを作り、ビードロをそれぞれはめ込みにすればよかろう。継ぎ目継ぎ目は、水が洩《も》れないように、ニカワ付けにするか、油紙で目張りをする。

この水槽、小屋になんとか入るだろう。天井につかえるようなら、少し土を掘ればいい。そうして無理をしただけのことは、必ずあるだろう。これまでにない見世物だと評判を呼び、客が雲集するのは受合いだ。

仮令《たとえ》これが、仁兵衛を引っかける役には立たなくとも、勘右衛門、小助は損をしないはずだ。

「仁兵衛が海女なんぞにうつつを抜かすとも思えねえが、やってみるだけのことはありそうだな」

「そのことさ。わたしゃ勘がある。仁兵衛がさかりの付いた頃、土地の海女の娘っ子と、何かあったようだってね。まあ当てにはできないが、もしそうなら脈があるのさ。おめえにも覚えがあろう、勘の字。ほれた女はみな似ているってね。昔海女にほれたとすりゃあ、目の前に若え海女を見て、ドキッとしようじゃないか」

「わかった。女はどうする」

「こっちは知らねえよ。女ならそっちゃ小助がお手のものだろう。もぐりができて、ちょいと渋皮のむけたのが、その辺にいようじゃないか。男もおめえのほうで選んでくんな。やさ男は要らねえ。見るからに薄っ汚ねえならず者がいいや」

「心得た。任してくれ。このおれにしても、心底じゃあ仁兵衛が憎くてたまらねえのだ。いつか首根っ子をおさえ、唾《つば》でも吐きかけてやりてえと思っていたが、うまく行けば幾分の腹いせになる。せいぜい、腕によりをかけようぜ。……さて、もうその話は止めだ。お新、おめえは当分、おれの相手をしなきゃならねえぜ。おれの仕方はあくどいが、覚悟はいいか?」

「おや、もう辛抱できねえって腰付きじゃないか」

「そうよ。あんまり若えのはつまらねえ。と言って、薹《とう》が立っちゃあ興覚めだ。女郎の手管は飽き飽きで、なんにも芸のねえおぼこも仕方がねえ。おめえあたりがちょうど、おれには頃合いだ」

「ふふふ、仕方があくどいと言うが、お新さんのあくどいところも見せてやろうか」

勘右衛門はお新の背を抱いたまま、あおのけにひっくり返った。上のお新の豊満な体が揺れ、震えている。……勘右衛門は切なげなうめき声を立てた。

もう真暗で、すだれ越しに星が見える。男女の体が深海魚のようにうごめく気配だけだった。

三

塩から仁兵衛は家にいる時のように、膝をそろえ、真黒な顔はひたすらいかめしく陰気なばかりで、あたりの風変りな様子に何の興味も示さずに坐っていた。もちろん供はない。

盲縞《めくらじま》の綿服は普段着だ。帯も安物なら、下着もくすんだ色のさらし木綿、煙草入《たばこい》れは、そこらの職人でも持ちたがらないような古物だが、仁兵衛はどこへ出るにもこんな格好で、平然としている男だった。

「気散じというのはこれか」

大分限《ぶげん》なら燻《いぶ》し銀のきせるを持ってもよさそうなものだが、仁兵衛が手にしているのは、塗りもない羅宇《らう》の鉄ぎせるで、それをつまらなそうに吹かしながら、彼はつぶやくように言った。

「……何が始まるか知らないが、気散じより暇潰《ひまつぶ》しのようだな」

ジロリとかたわらの勘右衛門を見たが、そのややうしろに控えたお新には目も呉《く》れなかった。

お新はいつぞやとは打って変り、どこやらの御新造《ごしんぞ》ふうに造って、おとなしやかにかしこまっていたが、こいつは脈がなさそうだと、はじめからあきらめかけている。仁兵衛はお新をわざと見ないのではない。全く目に入らないらしい。

「へへへ、まあそうおっしゃらずに旦那。存外、見ものかも知れませんので。お新、旦那に……」

と勘右衛門の言葉に応じて、お新は酒の酌《しゃく》にいざり出た。仁兵衛の前には盛り沢山の膳《ぜん》部《ぶ》が据《す》えられ、酒も十分に吟味してある。

「旦那様、お一つ」

とお新が銚子《ちょうし》を取り上げたところで、はじめて仁兵衛はお新に目をやった。なんの反応も見られず、わずかに、さげすみに似た冷たい色が、いかつい頬に流れただけだった。

ちくしょう、こいつは本当に鬼瓦《おにがわら》だね、とカッときたお新だが、さりげなく酒をすすめる。

「せっかくだから一杯もらおうか。だがわたしは、よそじゃあ飲み食いをしない。無駄《むだ》な費《つい》えだ。江口屋もそれは知っているはずだが……そう言えば江口屋、この女はお前の妾《めかけ》かなんぞかい」

「いえ、とんでもねえ。知合いの舟宿のおかみでござんしてね。きょうの趣向について、いろいろ力を貸してもらったので、ついでにおもてなしをと……」

「要らぬこった。女はうるさいばかりだ」

仁兵衛ははっきり苦い顔になり、お新のついだ盃《さかずき》の酒を一気にあおると、ピタリと伏せた。

小屋の中に据えられた大水槽は、なかなか立派な出来上りで、狐格子のビードロ窓も具合がよく、深海の一片を切り取ってきたような光景が、その内部に展開していた。三方の木壁は青く塗られ、貝殻《かいがら》のくっついた岩の配置、ゆらめく海草、泳ぐ小魚も、それらしい効果を高めていた。

小屋がせまいので、水槽を据えると空間はわずかしかない。そのわずか残った正面の土間に畳を二枚重ねて敷きつめ、上を毛氈《もうせん》で覆《おお》い、即席の座敷をしつらえてあった。

むろん客は入れず、用心のために、小助の配下が外を見張っている。

仁兵衛が酒にも膳にも手をつけないので、お新はうしろから団扇で風を送っていた。

漁師上りか……体付きはいかさまそうだね、とお新は考えていた。

と、ひそやかな三味の音が起り、太鼓が入った。小助が万事采配《さいはい》を振っているのだろう。

たちまち、一人の海女が、水槽を斜めに舞い降りてきた。腰にわずか丈二尺ほどの白い布を着け、あとは娘盛りの裸体である。頭髪は引っつめているが、後《おく》れ毛がうしろになびいている。

中に射《さ》す光と言えば、天井の一角から洩れるものだけ。娘の体は蒼白《あおじろ》く染め上げられ、固く盛り上った胸乳や、キュッとくびれた腰、円く形のよい腿などは造りものじみてさえ見える。

さすがに小助らが選んだだけあり、娘はあどけない中にキリッとした、美しい顔をしていた。時々、細かな泡《あわ》が紅唇《こうしん》から洩れる。

海女はごくゆっくり、あわび採りを始めた。型ばかりにすぎないが、体を逆様に、岩に取りついて、岩肌《いわはだ》にくっついたあわびをヘラで剝がし取り、二つほど採ると身をひるがえし、水面に浮び上る。

そういう動作を繰り返すのだが、なるほど女のきれいな体を、どんな角度からも眺められた。また、そのように言われてもいるのだろう、手足を縮め、ひろげ、上向き、下向き、宙返りなど、さまざまの形を見せる。

お新が仁兵衛の様子をうかがったところ、彼は身じろぎもせず、ヒタと海女の動きを見つめていた。だが表情は相変らず固い。

海女が入れ替った。前のよりやや年上か、柄《がら》もいくぶん大きいようだ。肉付きもよく、肌色はやや浅黒かった。……悪くはないが、こいつは大分、男を知っている、とお新は踏んだ。それは腰付き、その辺の肉の付き具合で察せられる。

あわびに海草採りは同じような仕草だが、このほうが動きは素早く、泳ぎ、もぐりはうまそうだった。身のひねり様、見せ様も、どこか客を引きつけようというたくらみが見える。故意かどうか、腰布が外れてしまった。

女はさほどあわてもせず、黒い陰をむしろ見せつけるようにしながら、上って行った。

仁兵衛の顔に、一瞬微笑が浮び、すぐに消えた。どういう微笑なのか、お新にもわからない。

「……旦那、こんどは秘中の秘で、男が入ります。水の中で落花狼藉《らっかろうぜき》って寸法でござんして」

と、勘右衛門がささやいた。仁兵衛の塩からい顔に、もう一度微笑が浮んだが、これは明らかに、さげすみを示していた。

二人の海女が、こんどは同時にもぐってきて、もつれ合うようにしながら泳ぎだした。二人入るとかなり狭くなるが、そこへ見るからにきたならしい男が割りこんでくる。蒼白い水中でも、そいつは黒く垢じみて、頭は百日鬘《かずら》、顔はひげぼうぼうというやつだった。胸毛、脛毛《すねげ》から下腹部の毛までひと続きで、たけだけしいものがそそり立っていた。

これが二人の娘を追っかけ、娘たちは逃げまどう。どちらもたちまち腰布を取られた。男が一人を捕えると、もう一人が男にしがみついて引き離そうとする。こんどはあべこべに、引き離そうとしたのが襲われる。男は真剣に、どちらかの娘を犯そうとしているようだ。娘のもがき様、苦痛と恐れの表情も迫真である。

ばかやろうめ、とお新が心中舌打ちしたのは、もてなし役の勘右衛門が思わず引き入れられ、目を皿《さら》にしだしたからだった。一方仁兵衛は、陰鬱《いんうつ》で無表情な顔付きに戻《もど》ってしまっていた。目は水槽に注がれているものの、一体気を入れて見ているのかいないのか。

水槽では、若い方の海女が、息苦しさに耐えかねたのか、顔を水面に出し、あえいでいた。その腰に男がくらい付き、娘の肢を高々とかかえ上げていた。もう一人は男を引き離そうとしてか、首に馬乗りの形だったが、これは犯されそうな娘よりも、見方ではみだらに見えた。

「もう沢山。やめてくれ」

　と仁兵衛がぶっきらぼうに声を掛けた。

「……役者が苦しそうだからな」

　と言うと、チラと、勘右衛門ではなく、お新を見た。

　勘右衛門が手を振った。二人の娘と男の姿は、水槽から消えた。あとは揺れる水ばかりだ。

「いかがでございました？　どうも、つまらないものをお見せしちまったようで」

「いやなに、なかなか面白かったがね。この見世物は客が入ろう。やるがいい。欲を言えば、本物の海女を見たかったね」

「へ？」

「ありゃあ二人とも、海女じゃない。体が違う上に、息が続かぬ。本物はあの三倍も四倍も息が続くものさ。ところで江口屋、どんなつもりでこんなものを見せたんだ？」

「へえ、どんなって、その」

「気散じか？　わたしに言い逃れはやめるがいい。あの女のどちらかを、わたしが欲しくなって、礼金をたっぷり出し、世話を頼むとでも思ったのだろう。そいつは生憎《あいにく》だったな。わたしを色で釣《つ》るのは無駄なこった」

　仁兵衛は大声で、短く笑った。

「……だが、せっかくの趣向だ。御祝儀《ごしゅうぎ》は上げようよ。ただし、わたしから頼んだことじやないから、たんとはやれぬ」

仁兵衛は財布を取り出し、丁寧に一分金四枚を掌《てのひら》にのせてから、二枚を勘右衛門に、一枚をお新に、さらに一枚を、これは小助にと、勘右衛門に取らせた。

「それより江口屋、あしたは近江屋《おうみや》の取立てだ。まず耳をそろえる気遣いはあるまいから、例の手配を抜かりなくな。足りないようなら、畳も引っぺがせ」

「へえ……ですが旦那、近江屋はこれまでのこともあり」

「その参酌《さんしゃく》は要らない。商売に手加減をしちゃいけない。情けなんぞは無用。それじゃあわたしは」

仁兵衛はさっと立ち上り、ちびた履物を無雑作に突っかけると、あとも見ずに小屋を出て行った。

「しわん坊の唐変木め。シャアシャアと日腐れ金を呉れやがったぜ」

勘右衛門が青くなって、もらった金を畳の上に投げつけた。

「利《き》かなかったねえ、勘の字」

とお新はニッコリ、これもあとを見ず、急いで小屋を出たのは、仁兵衛に追いつこうためだった。

「旦那、待ってくださいな、唐変木の旦那」

お新はすぐに仁兵衛に追いついた。

「唐変木とは、わたしのことかい？」

「勘右衛門がそう言っていましたからね」

仁兵衛はなんとも応じなかった。

「わたしに何か用かい？」

「お金を百両ほど、融通して下さいな……というのは冗談だが、近江屋さんとやらに、またひどい仕打ちをするそうですね。わたしは一度、小助の手下が、下駄《げた》屋から根こそぎ持って行くのを見たが、むごいもんですね。旦那はよっぽど、この世の人間に怨みがおありだと見えますね」

「怨みなんぞあるものか。金を返せなけりゃあ、品物で取り戻すほかはない。人非人なぞと言うが、そいつは逆怨みさ」

仁兵衛はふと、けげんそうにお新を見た。

「……妙な女だね、お前は」

「そりゃあそうでしょう。きょうの筋書を作ったのは、そもそもこのわたしなんですから。みごとにしくじったが……それでも、本物の海女なら見たいとおっしゃった。本当にお望みなら、お見せいたしますよ。本場の房州勝浦に、知ったのがいるんですから。連れて参りましょうか。それとも、勝浦までお供してもよござんすが」

「物好きな。それも欲にからんでのことだろうが。勝浦くんだりまで行く気はないね。こっちは暇人じゃない」

「それなら、連れて参りましょうよ。海女の真似事なら、そこいらの沖へ行きゃあできるんです」

「ばかばかしい。江戸の海の底に何がある。真似事は沢山だ」

「それじゃあ旦那……」

しかし仁兵衛はずんずん足を早め、お新を取り残してしまった。お新は道にたたずみ、独りごとを言った。

「ほう。こいつは脈があるわえ」

四

もはや最夏。房州勝浦の海は青く凪《な》いでいた。空の紺碧《こんぺき》は見ていれば黒ずんでくるほどで、むくむくと高い入道雲が、水平線の向うに白く輝いていた。

沖に漕《こ》ぎ出した大舟が二隻《せき》。その一つに塩から仁兵衛、江口屋勘右衛門、巽屋《たつみや》孫兵衛《まごべえ》に紅一点がお新。もう一隻に乗り込んでいるのが座頭の小助、お京、お新の連れ合いで因速寺の墓守卯平《うへい》、それに小助の手下が二人。

両者は五間ほども離れ、船頭はどちらも漕ぐ手を休めて一服していた。と言うのは、この辺りの水面下に、土地の海女《あま》五人ほどがもぐり、その仕事の有様を、海上の客の観覧に供しているからだった。

舟には工夫がある。舟底板を一部切り抜き、頑丈《がんじよう》な格子《こうし》を取りつけ、格子のマスにはビードロをはめこんであった。つまり、例の水槽の正面と同巧だ。そうすると居ながらにして海中がのぞかれる。水深はせいぜい五ひろ（約八メートル）で、澄明だから、底の岩場、藻草《もぐさ》のそよぎ、大小の魚群まではっきり見える。

舟にそんな仕掛けをほどこしたのは、卯平であった。海女頭に話を持ち込み、みめよい若い海女五名を選んだのも卯平、網元の家に一行の泊り部屋をしつらえたのも彼で、いつに変らぬしょぼくれた素振りながら、することは手早くやっつける男なのだった。

脈があると睨んだお新の目に狂いはなく、緑町の家へ、お新、孫兵衛が同道、話を持ちかけたところ、ニベもなく断わると思いのほか、ふるさとに帰る気はないが、房州のその近くには行ってみたい、別に海女のもぐりを見たいわけではない、と言った。

どうやら塩から仁兵衛の胸の中に、ふるさとを忘れ切りたい心と、切なくなつかしむ心とが同居し、争っているようだった。

巽屋孫兵衛は、ありのままに絵草紙屋と名乗り、新味のある絵柄を探しに、あちこち歩くが、このたびは房州の海女を画材にしたいと思っていたところへ、顔見知りのお新が来て、こうこうだと話したから、それはいい折だ、できればご一緒にと、伺った……そういう口上を述べた。

「お前さんは、ただの絵草紙屋じゃああるまい。面魂《つらだましい》が違っている。いや、いくら神妙な顔付きを作っても駄目だよ。お新さんというのかい？　この人も一筋縄《ひとすじなわ》ではゆかない女だろう。勝浦の海女を、と誘いをかけたのはお新さんだ。芝居小屋のわたしを見て、まんざら女に思召《おぼしめ》しがなくもなさそうだ、それも変り種で海女がよかろうと、目星をつけたのは、さすがに場数を踏んでいるね」

笑いもしかめもせず、仁兵衛は淡々と言ってのけるのだった。

「……で、お前さん方の魂胆はすっかり読めている。わたしの気に入った海女を妾にあてがい、支度料だの、家族の手当だのと名目をつけて、わたしからしこたま踏んだくろうというのだろうが、そうは問屋がおろさないよ」

「旦那に会っちゃあかないませんね」

と、孫兵衛はあっさりと兜《かぶと》を脱いだ。

「……有体《ありてい》に申せばそんなことで。だが、見破られたからには、無理強《むりじ》いはいたしませんが、存外、これなら世話をしたいという女がいないとも限りますまい。聞けば旦那は、何一つ道楽をなさらず、女に洟《はな》もひっかけなさらぬとのこと。商売一方で、お金は溜《た》まり放題だそうで。そりゃあいけませんな。遊びもいいもので、心が柔らかになります」

「聞いたようなことを言うじゃないか。わたしに説教は沢山だ」

「ははは、それではくどく申しますまい。ともかく、お出ましになるがようございますよ。旅の手配などはみな、こちらでいたします。もとより、礼なんぞはいただきません」

「江口屋さんには、わたしから話をいたしますよ。旦那と違い、あの江口屋さんは根っからの色好みで、勝浦じゃあ、旦那をさて置き、目の色を変えそうだ」

と、お新が含み笑いをした。あれから数度、お新は勘右衛門に付き合わされたが、彼の広言にも似ず、お新より先に音《ね》を上げ、

「これじゃあ命が縮まる。勘弁してくれ。おっそろしい女だなあ、おめえは」

と膝小僧《ひざこぞう》をかかえこんで、呆《あき》れ面《づら》をしたものだ。

仁兵衛はいつもながら、別に事改まった支度もなく、ただ一人。供が勘右衛門に小助、その手下二人というわけだった。孫兵衛方は四人。仁兵衛はおのれの舟賃、駕籠代《かごだい》は出したが、あとは知らぬ振り、他はすべて孫兵衛の負担になったが、こちらのもくろみが水泡《すいほう》に帰し、丸損になればそれまでのことだ。

十日も前に先発したのが卯平で、必要分のビードロを舟に積み、手の利いた大工を一人連れて行った。勝浦では土地持ち、舟主の大網元に話をつけ、一帯の海女を取りしきる海女頭にも会って、すべて取り決めた。

網元の屋敷は広大なもので、殿様、奉行、代官といった身分の者から、遊山《ゆさん》の町人、絵師のような者まで泊るので、なまなかの宿屋より、設備万端整っている。

大工が江戸に帰って、卯平に言われた通り、巽屋に知らせに来た。舟の用意もできたというものだ。

一同は朝早く、小網町の河岸《かし》から舟に乗り、行徳《ぎようとく》に向った。行徳から先は海沿いの陸路だが、卯平の手配が行き届き、駕籠が待っている。勝浦に着いたのが夕刻、まだ明るい頃だった。

海中の景色は、江戸者には珍しい。一同、話を交わすこともなく、夢のように浮きつ沈みつ、身をひるがえす海女たちの姿に見入っていた。

どの海女も赤銅色《しやくどういろ》に肌が焼け、江戸の女にないたくましさだ。骨太で大柄、弾けそうな肩から胸の線。ことに乳房はみごとで、徳利でも突き出したようだ。しなやかに緊った胴、悍馬《かんば》を思わせる太腿のあたり。総じて手足は長く、手首足首はグッと細まって敏捷《びんしよう》そうだ。

「こいつは芳国《よしくに》を連れてくるんだった。みごとな体をしているよ」

と、孫兵衛が吐息をついた。この新鮮な美しさは、いやしくも絵師のはしくれ、宇陀川《うだがわ》芳国ならわかって、唾《つば》を飲み込むだろう。

海女はわずかな腰布をまとっただけで、逆様にもぐって行き、あきれるほど長い間、岩間を探ってあわびを採り、二つ、三つを採ってはすーっと浮び上り、ヒューーッと音を立てて息を整え、しばらくは「あまおけ」にすがって休む。

仁兵衛は終始無言で、水中を遊弋《ゆうよく》する海女、桶《おけ》に取りつき、濡《ぬ》れた黒い顔を夏陽《なつび》に輝かせ、仲間と何か言い交わし、真白な歯を見せる海女の様子に見入っていた。彼の表情は悲しげで、また怒っているようでもあった。興がった色、みだらな色はみじんもなかった。

「巽屋さん、こりゃあ、思ったより見ものだ。気に入ったね」

と、江口屋勘右衛門が、感じ入ったようなしゃがれ声で孫兵衛に語りかけ、

「……だれでもいい。海女を生涯《しょうがい》の思い出に抱きたいものだ、あの黒くって、熱そうな肌をね……わたしにもお裾《すそ》分《わ》けがあるだろうね？」

と聞いた。

「そいつはお望み次第さ、江口屋さん。ただし、そちらの旦那と差し合いじゃあ困るがね。お前さんも浮気者《うわきもの》だね。ここにお新って女がいるが、もう忘れなすったのか？」

「そりゃあ別だ。巽屋さんは何もかも承知だから、かくし立てはしないが、お新とはまだまだ」

「命が縮まると言ったのは、だれだっけね」

とお新が笑った。こういう会話も、仁兵衛の耳には入っていない。彼は時折、夢から覚めたように、海女の群れから目を離し、沖や海辺を見回していた。海鳥が飛び、漁船があちこちに浮ぶ。浜に近い岩場にも、海女の一群がいる。

白い砂浜、背後の緑濃い林、漁師小屋、そして民家の並び、物をかしぐ煙。すべてが絵だった。仁兵衛は昔、こういう場所に育ち、海へ出ていたのだ。

「時に巽屋さん、あちらの舟に乗っている若い御新造、ありゃあなんです?」

と勘右衛門が聞いた。お京のことだ。さすがに目は早い。

「あれは遠縁の娘で、うちに置いておりますがね。根っから構わねえやつで。どうしても海女を見たいというから、連れて来たんだが」

「ふしぎな娘さんだね。目に立たぬかと思えば立つ。美しくも見え、別段、それほどでもないようにも見える。だが気になる。年もどれほどか、よくわからない。お独りで?」

「高望みで、太平楽ばかり並べておりますが、なに、気ままにしていたいんでしょうよ。いい年をしやがって、困ったもんだ」

これは、勘右衛門より、仁兵衛に聞かせたいせりふなのだった。その仁兵衛が、思惑通り、話に釣られて向うの舟を見た。まさしく視線はお京に向いている。やれやれ、とばかり、孫兵衛、お新は目配せをし合った。

実はお京が奥の手であった。どうしても海女が仁兵衛の心を動かさぬ、とあれば、望みはお京につなぐほかはない。ここにも工夫があるのだが……

仁兵衛の目許《めもと》が、わずかに和《なご》んだようだった。お京の並々ならぬ女振りを見抜いたのか。

しかし、それだけだった。仁兵衛の視線は、再び静かに、水中の光景に戻った。

五

孫兵衛が右手を頭にやった。それが合図で、向こう舟に騒ぎが起った。両舟の間隔は、いつの間にか十数間ほどに開いていた。

小助の手下二人が、やにわにお京を襲ったのだ。ヒーッという悲鳴が聞え、お京は押し倒されたようだった。止めにかかった卯平と小助が、人もあろうに、船頭の手で海へ投げ込まれた。手下二人と船頭は、グルという形だ。

船頭が櫂《かい》で水面を乱打するので、卯平、小助は舟へ這《は》い上れない。両名はおぼつかない泳ぎ方で、こちらへ進みだした。

「おーい、早くこい。助けは要らねえようだな。船頭さん、あっちの舟へ着けてくれ。お京が災難に会っている」

と孫兵衛が命ずる。こちらの船頭は合点したが、はかばかしく舟が動かないのは、手筈《てはず》通りなのだ。

「ちくしょう、太え野郎め。ただでは置かねえぞ。おーい、やめろ、やめねえか」

と、何も知らぬ勘右衛門は青くなった。

仁兵衛はそちらに目を据え、何も言わず、動かずにいた。お京は一度二人の手を逃れて立ち上ったが、すでに帯は解けかかり、諸肌《もろはだ》を脱がされて、胸まで露《あらわ》だった。陽射《ひざ》しに慣れぬ皮膚の色が痛々しく、両の乳首の紅さが目を奪う。がっくり崩れた髪が乱れかかり、あまりのことに、うつけたような顔が凄絶《せいぜつ》だった。

見守っていた仁兵衛が、手早く帯を解きだした。舟の進みがばかにのろいので、飛び込んで泳ぎつこうというのだろう。だが、それでは困る。

幸い、仁兵衛が飛込む前に、むこうの船頭は、お京を抱きすくめるや否《いな》や、舟端を蹴《け》って、心中の体《てい》よろしく、海中に投じた。これはお京を助けようというのではなく、一人占めにしようとしたのだと、すぐわかることになる。舟に残された二人は、口惜《くや》しがってわめき立てているが、どちらも金槌《かなづち》らしい。

飛込んだ船頭は、お京を水中へ引き入れる。抱きすくめた手はゆるめず、海なら勝手放題だとばかり、苦しさにもがくお京の体から、帯を取って捨て、衣類もみな剥《は》いだ。帯は海蛇《うみへび》が泳いでいるように見える。

もつれ合った両人の姿は、こちらの舟底からよく見える水中に来た。これも手筈である。お京の髪はすっかり解けて乱れに乱れ、絵に見る人魚のようだ。船頭はお京を前から抱き、うしろから迫り、さては口を吸い、腰に取り付くなど、鼠《ねずみ》をもてあそぶ猫《ねこ》そのままだ。蹴り、のけぞり、引っかきなどして抵抗していたお京も、みるみる力が弱まり、手足はだらりとなった。クックッと背を曲げるようにするのは、息が止る寸前に違いない。

「死にはすめえか？」
とお新が孫兵衛にささやいたのは、こうなる運びとわかってはいるものの、お京の苦し
み様をまのあたりにしては、やはり気掛りなのだ。孫兵衛は答えなかった。
お京の体はぐったりと伸び切り、船頭はそのまろやかな尻《しり》をかかえこみ、太腿のあたり
に顔をこすりつけ……その時に、まるで魚のように、すーっと泳ぎ寄ったのが、海女だっ
た。
「こりゃあ、違う……」
と孫兵衛が思わずつぶやいた。海女が助けにくるのは予定のことで、選ばれた五人のう
ち、一番いい女、というのだったが、先にやってきたのは別の海女だ。彼女は二人に近接
し、えびのように背を丸くし、やや上方からサッと足を伸ばして船頭の頭を蹴りつけ、そ
の勢いで鮮やかに宙返りをしたと思うと、そのままお京を抱きかかえ、足先を巧みに使っ
て、水面に浮び上った。
船頭はよほどひどく蹴られたと見え、一旦《いったん》底まで沈んでから、ほうほうの体でどこかへ
逃げ出す。
海女が舟へ泳ぎ着いた。胴の間へ抱え上げられたお京は、まるで死人だった。それにし
ても、濡れそぼち、冷え切った肌の美しさ、生々しさは、その体を知り尽している孫兵衛
でさえ、ドキリとするようなものだった。

海女が上ってきて、お京の介抱にかかった。余人の手を借りたくないらしく、すぐお京の上にまたがり、両手を胸に当てて押し、離しする一方、口をつけて息を吹き込み、吸い出す動作をくり返す。その様子は、見守る者たちに、奇妙な錯覚を与えた。まるで男が女を犯しているような……それほどに海女の体格はみごとで雄々しく、なめし皮めいた肌は水滴を弾き返して照り輝いており、お京がまるで可憐《かれん》な少女のように、小さな京人形のようにすら見えるのだった。

お京は間もなく息を吹き返し、弱々しい身動きを始めた。仁兵衛が孫兵衛よりも早く、着物を脱いで、お京の腰にかけてやった。

それにしても大胆な女だよ。こちとらには真似《まね》ができないね。

と、お新が心中舌を巻いたのは、お京が溺《おぼ》れるのを覚悟の前だったことである。まかり間違い、死んでも構わないのだった。

水を吐くだけ吐かせ、しばらく体をこすり、もう大丈夫と見きわめてから、海女は海に戻《もど》ろうとした。

「待ちねえ。助けてくれてありがとうよ。おめえの名と居所を聞いておかなくちゃならねえ」

と孫兵衛が声をかけたが、海女はニコリともせず、名はお松だと言ったばかりで、だれに一顧もせず、足先からスポリと水に入った。卯平が狩り集めた海女は、小柄《こがら》でほっそりしており、すぐにも江戸者の間に合いそうな連中ばかりだが、この海女は違っていた。大きく強く、海女らしい海女なのだ。物腰、物言いから人慣れていないようだし、顔は醜女《しこめ》ではないが、通人に言わせれば野卑ということになろう。どんぐり目、肉の厚い鼻に、これも厚ぼったく大きな唇《くちびる》。ただ、ふっくらした頰《ほお》が、いかにも健《すこ》やかだった。

孫兵衛は興味を持って仁兵衛を見ていたのだが、塩から仁兵衛は表情を柔らげ、しきりにお京の世話をするのだった。濡れ髪を何度も手拭《てぬぐい》でぬぐってやり、吐気がくれば体を傾けてやり、胸、みぞおちの辺をこすってやり、というふうで、明らかに勘右衛門の胸に瞋《しん》恚《い》のほむらを呼んでいた。

図に当ったぞ、と孫兵衛ら三人、ひそかに顔を見合せたものだったが。

「とんだ当て外れ。大笑いだ」

と孫兵衛が言ったのはあとの話。網元の家に戻ってから、仁兵衛はこう打明けたのだ。

「ここまで内心を読まれたのじゃあ、わたしの負けだね。お松とお京さんの取り合せは、確かに利いた。いや、くやしいのじゃない、うれしいのさ。わたしは初めて、これという女に出会った」

「お京がお気に入りましたか」

「ふふふ、お京さんはお前さんの女だろう。まれに見るいい女だが、わたしには合わないよ。せいぜい大事になさるがいい。それに、あんまりお前さんの思惑通りになるのも業《ごう》っ腹《ぱら》だからね」

「それじゃあ、お松が？　こいつはおどろいた」

「驚くことはあるまい。好き好きだろう。十八、九の頃、命をかけてほれた海女がいた。どっちも貧乏、どうにもならず引き離され、女は木更津《きさらづ》に売られて行ったが、間もなく死んだ。そいつが忘れられなかったせいだろうなあ、以来いままで、どんな女にも目が向かなかったが、きょうのお松は体付きから、ぶきっちょで人の良いところ、海女としてみごとな身のこなし……まるで昔の女が生き返ったようだった。顔は違うが。これも巽屋さん、お前さんのおかげさ。甘んじてわなに掛り、お望みだけ、金は出そうよ」

「そいつは何より。それじゃあ御祝儀《ごしゆうぎ》代り、百両もいただきましょうか」

「ばかに内輪だね、巽屋さん。二百両上げようよ。それだけのことを、お前さんたちはしてくださったんだぜ。お松に金はかかるまい。わたしの思っているような女ならば、なんにも要らぬと言うはずだし、以心伝心で、水を向けずとも、なびいてくれるだろう」

小しゃくにさわる言い草だったが、その通りになった。

「このたびは、お京も振られたかい？」

とお新が大喜びだった。

お松の家も貧しい。卯平が働いて、家への手当、親類、隣り近所、海女仲間にも手厚く礼をし、お松は緑町の家におさまったが、あんな女の何がよくて、と人の噂も馬耳東風、親子ほども年の違う男女が仲睦《なかむつ》まじくしているということだ。

女房お浦と子供は、仁兵衛から相応のものをもらって、いよいよ別になるだろう。これまでが別居なのだから、取り立てて変ることもない。

孫兵衛が手にした二百両は、勘右衛門らに、人数を催して奪い取る算段がありそうなものと、むしろ待ち受ける気味で、そのため、勘右衛門が分け前を要求するのを二べもなくはねつけたわけだったが、孫兵衛らの怖い噂を、どこぞで聞きかじったと見え、こちらを襲うどころか、小助の小屋はなくなり、江口屋も店を畳んで、雲がくれしてしまったのは、あっけなく肩すかしをくったものだった。

「惜しい魚を逃がしちまった。二百両を見せ金に、勘右衛門、小助から合わせて百両がとこ踏んだくるはずだったが」

と孫兵衛が言えば、

「おれはお新の間男一件で、あっさりゆする種があった」

卯平もくやしがり、機嫌《きげん》のいいのはお新で、

「あいつら、遠国へ逃げるわけもなし、どうせ江戸の盛り場をうろついていようから、そのうちに出くわすこともあろうさ。あとのお楽しみも取っとくもんだ。だがお京が振られたなあ、こいつこそ大笑いだ」

とまたそれを持ち出し、当のお京は元通り、くすんだ世話女房になって、おとなしく笑っていた。

「そう言やあ、塩から仁兵衛が珍しく、取立てを待ってやったって話があるが、眉唾《まゆつば》かねえ。ひょっとして、お松を手に入れ、仏心が出たのじゃねえか？……とすりゃあ、仁兵衛も並みの男に成りさがったもんだが」

お徳がガラガラ声を響かせた。相変らず薄汚ない、西念寺横町の巽屋の奥の間で、冷奴《ひややっこ》をつつきながらのまどいだった。遠くで雷様の音。空に時折稲光り。まだまだ、夜に入っても暑い昨今だった。

第八話　蜜《みつ》の滴《したた》り

一

深川黒江町、因速寺墓地の片ほとり。掃除も草刈りも行き届かぬ辺りに、ぼうぼうたる雑草に埋もれるようにして建っているのが、一軒の荒れ放題の小屋で、これが因速寺の湯《ゆ》灌場《かんば》だ。本堂裏手の、墓守卯平《うへい》のおんぼろ家よりさらにひどいが、これは死人を葬《ほうむ》るのに、なくてはならない施設なのだ。

湯灌とは、むろん新仏の体を洗い浄《きよ》めること。そうして髪を剃《そ》り、経かたびらを着せ、数珠《じゅず》を持たせる。棺に納め、六道銭《ろくどうせん》、わらじ、脚絆《きゃはん》の類《たぐ》いを添えたりもする。

寺の墓地などに湯灌場があるのは、昔は死を忌《い》むこと甚《はなは》だしく、士人、土地持ちなど、ごく限られた者たちのほかは、自宅で湯灌をすることが許されなかったからだ。長屋、借家住いという連中は、仏を湯灌場に運びこむほかはない。

「それじゃあ皆さん、お名残りは尽きますまいが、今わのお別れをなすってください」

と声を掛けたのが、元吉という男で、まずこの湯灌場の主といった形の男だ。

近親、縁者をはじめ、会葬の者たちは、次々に棺の中の仏と名残りを惜しみ、手を合わせる。女房《にようぼう》らしいのが、涙を拭《ふ》き拭き、仏の着物、帯、下着、煙草入《たばこい》れやら紙入れやら、生前愛用のものを、棺の中に入れて引きさがると、

「お棺はわたし共がお護《まも》りして参りますから、皆さんはどうぞお先に、本堂のほうへ」

と声がかかる。同時に棺の蓋《ふた》がバタリ。元吉の手下の男が釘《くぎ》をコーンと打ちつける。一同は溜息《ためいき》と共に、外へ出て本堂へ。

釘を打つ音がずっと聞えているが、これはごまかし。蓋を釘付けにするどころか、ひっ外してしまっている。小屋は窓とてもなく、外の明りが入るのは入口からだけだから、中はばかに暗い。ことに春先のうそ寒い、雨もよいの日だ。

手早く取り出されるのが、たったいま女房が入れた品々で、元吉はいちいち仔細《しさい》に改める。

「悪くもねえが、思ったほどでもねえな。二両にちっと足りねえか。近頃《ちかごろ》の湯灌場買いは、足許《あしもと》を見やがるから仕末が悪い」

と元吉がぼやいたのへ、

「それと言うのも、古着屋なんぞで買い叩《たた》かれるからだ。同業がふえた上、押しの利《き》かねえやつらばっかりになっちまったからよ」

と、薄笑いしながらつぶやいたのは、墓守卯平。干《ひ》からびた五十面《づら》を下げて、さっきか

ら何もせず、湯灌の騒ぎを見物していたものだ。

「大きにそうだな。今時のやつらは、善にも悪にも弱くなっちまいやがったぜ」

掻《か》っ払った品物は、手早く風呂敷《ふろしき》に包んで、棚《たな》の隅《すみ》っこへ。元吉は手下が三人いるのへ、さきほど女房からもらったおひねりの中味を、気前よく三分して、ほうってやる。

湯灌は面倒で気味が悪いから、肉親でもついためらうことがある。元吉の手下は、彼等《かれら》に代って、要領よく湯灌をする。その礼金、酒代ということになる。それに、元吉の口封じの分も加わっている。

頬《ほお》かぶりをした若い男が、ひょろりと湯灌場に入ってきたのは、手下が汚れ湯の大だらいを外へかかえだし、つい近くの溝川《どぶがわ》へブチまけて戻《もど》った時だった。

「へえ、今日は。生憎《あいにく》の空模様でござんすね」

若い男は愛想《あいそ》のいい言い方をし、頬かぶりを取った。色白で目鼻立ちは尋常、鬚《ひげ》の剃り跡がうっすらと青く、なかなかの男前だ。上背があるのへ、少々くたびれた唐桟《とうざん》まがいを着流していた。

「何だい、お前さんは」

と元吉がいぶかしそうに聞く。

「へえ。初めてお目にかかりますが、伊兵衛《いへえ》と申します。御存じの商売で」

そう言うと、男は声を出さずに笑った。まるっきり屈託のない、明るい目をしている。

「御存じってえと……」

元吉の目の色が急にきつくなる。

「おめえたち、ご苦労だったな。お棺を運んで、引取ってくれ」

手下三人はそれぞれに元吉に礼を言い、方形をした棺を外へかかえ出した。小さな荷車に乗せて、本堂へ引いていくのだ。

「……するとおめえは、湯灌場買いか。気の毒だが、ここへくるやつは決っている。と、言うよりゃあ、お門《かど》違いさ。おれはお棺の中のものなんぞに、手は付けねえのだ。帰ってくれ」

そう元吉が極《き》めつけたのは、男がどこの馬の骨だか知れないやつで、ひょっとしてお上《かみ》の御用聞きか、その手先ということもあろうという用心からだったが、若い男は例の底なしに明るい目で笑って、

「お疑いのようですが、怪しい者じゃあございませんよ。お馴染《なじみ》もねえのに、臆面《おくめん》もなく押しかけましたのは、わたしの買値なら、まずご満足だろうと存じましてね」

言葉付きはいんぎんだが、どこか押し強さ、図太さを秘めている。傍観の卯平が、二人の遣《や》り取りを、無表情で見ていた。

「ほほう。大口を叩くじゃねえか。相場よりゃあ高く買うというのか」

元吉は品物を見せる気になったらしい。欲の皮は人並み以上に突張った男で、おのれは

いっぱし悪に強いつもりでいる。元吉にかかると、卯平などは無為無能、死んだも同然のおいぼれだった。ちょいちょい、何かと手伝わせて小銭を呉《く》れてやり、施しでもしたつもりでいる。

本堂では読経《どきょう》の声。外はポツリポツリと雨が落ちてきた。

伊兵衛は仏の縮緬《ちりめん》羽織、越後上布《えちごじょうふ》の長着、七子《ななこ》と八端《はったん》の帯、仙台平《せんだいひら》の袴《はかま》、象牙《ぞうげ》の根締《ねじ》めのついた煙草入れ、なめし革の紙入れなど、合わせて五両の値をつけた。

「五両とはいい値だが、ほらを吹いているのじゃあるめえな。相場なら二両がところだが」

と、元吉は驚きをおしかくし、ゲジゲジ眉《まゆ》の奥の目を、疑い深そうに細めた。

「五両は持っておりますよ。そちらがよろしけりゃあ、この場でお取引を願いましょうか。品物はみな、古びてはおりません。相場はどうか存じませんが、五両で十分、わたしのもうけになりましょうよ」

あの、妙にあっけらかんとした目付きが、どうも気に入らねえな、と卯平は口の中だ。

「お前さん、よっぽどいい得意先を持っていなさるね」

卯平がしわがれた、だるい口調で伊兵衛に聞いた。

「へえ。おっしゃる通りで。それでなけりゃあ、いくらわたしでも、この値は付けられません」

「買手は古着屋かえ?」

「いいえ、ほかの商いをなさっていらっしゃるお方で。どういうお方かは、ちょいと申し兼ねますが」

卯平はゆっくりうなずいただけで、あとは聞く興味もなさそうに、半眼を閉じて、膝《ひざ》をかかえこんだ。

元吉は風呂敷包みを伊兵衛に渡し、代りに五両、山吹色のやつを受け取ると、しばし信じられないように、掌《てのひら》の上に置いて眺《なが》め、その一枚を取り上げて、黄色い歯で噛《か》んでみたりした。その様子を尻目《しりめ》に卯平は腰を上げた。

「もし」

と呼びかけられたのは、墓地を通り抜け、わが家まで数間という辺りだった。呼んだのは伊兵衛だ。行商人よろしく、風呂敷包みをうまい形にして、背に負うていた。

「そちらがあなた様のお住いで?」

と聞く。

「そうだが、何か用かい?」

「申し兼ねますが、お茶でも水でも、一杯御無心申したいんで」

卯平はちょっと考えるようにしたが、

「いいよ。まあ入んな。無人だから、お構いはできねえが、渋茶くれえは出すぜ」

と言った。同居のお新は、もちろん黒江町河岸《がし》の舟の中で、商売の真最中のはずだ。

「伊兵衛さんと言ったね。さっきは気前よく、おれなんぞがおがめば目も潰《つぶ》れそうな、小判五枚を出したが、湯灌場買いが五両の大金を持ち歩くたあ、ついぞ聞かねえ話だ。お前さん、ただのねずみじゃあるめえ」

「いいえ、先年評判の鼠小僧《ねずみこぞう》とは大違い、何の才覚もない、ただのねずみでござんすよ。だからケチな湯灌場買いで、うろうろしておりますわけで」

ひび割れ茶碗《ちゃわん》に卯平がついでくれた、ぬるい茶を、さもうまそうにすすりながら、伊兵衛はおとなしく言った。

「そうかい。それならそうしておくがいい。ところで伊兵衛さん、もうふところは空だろう」

「どういたしまして。即金買取りがわたしの身上、湯灌場はこのお寺に限っちゃあおりません。無理をしても金は掻《か》き集めて持っております。さよう、七、八両は持っておりましような。だがお前様、まさか……」

「豪勢だねえ。気に入った。伊兵衛さん、あすの朝、うちへこねえか。売り物があるかもしれねえ」

「へ? お前さん、ただの墓守じゃあ?」

「ただの墓守さ。おめえがただの鼠。余計なことは聞きなさんな」

卯平のしなびた面相が、ほんの一瞬、生気を帯びた。

「……金を持ってね。十両もありゃあ、まずよかろうよ」

二

破れ提灯《ちょうちん》に風が入って、いまにも消えそうに瞬《またた》く。そのチラチラする、弱い光に照らされたあたりの模様は、まず掘り返された新仏の墓どころの穴と、縁に盛り上げられた黒土、外された棺の蓋だ。白木の墓標は抜いてほうり出され、竹筒も花も一面に撒《ま》き散らされている。

空は真暗、小雨は止《や》んだが、冷気が身に沁《し》みる。

「桜も咲こうってえのに、あきれた陽気だ」

鼻汁《はなじる》をすすり上げ、ブルッと一震いした卯平が手を汚さぬように用心しながら、穴におりる。棺の中、手を組んであぐらをかいた仏は、骨抜き同然にぐんにゃりと、後頭部を見せてうつ伏せになっている。無雑作に手を入れて仏の顎《あご》にあてがい、グイとあおのかせた卯平が、

「奢《おご》った野郎だぜ。馬鹿《ばか》殿様でもあるめえし、綸子《りんず》の白無垢《しろむく》ときやがった」

とつぶやいた。年の頃六十ほど、色白ででっぷり太り、よい暮しをしていたのが、一目

で知れる。もう大分、屍臭《ししゅう》はひどくなっているが、埋めて三日経《た》っただけだから、白衣に汚れはあるまい。だが、唇《くちびる》がまくれ上って、歯をむき出しているのは、夜目にも見よいものではない。

「どうだえ、卯平さん」

と上から声を掛けたのは、こういう仕事での相棒で、浅吉という男。但《ただ》し湯灌場に出入りはしない。

「いろいろ入っている。勿体《もったい》ねえことをするもんだ。てめえ、手はよく洗ってきたろうな」

「言うまでもねえ。売り物に汚れ目をつけるものかよ」

卯平が棺の中から、くさぐさのものを取り出し、浅吉に渡す。お定《き》まりの衣類、身回りの品のほかに、女の切り髪が入っているのはわかるとして、女物の長襦袢《ながじゅばん》や櫛《くし》かんざし、さては三味線、撥《ばち》などもあるのは、いかなるわけか。わけはともかく、卯平としては、金目のものを洗いざらい、引揚げればいいわけだった。

最後に、着せてあるのをひっぺがす。情容赦もなく、仏は裸にされた。

卯平は穴から上り、浅吉が取りまとめて包みにしたのを受取った。

「あとはよくしておけよ」

「おめえも横着だなあ。ちっとは手を貸してやろうとは思わねえのか」

「思わねえ。そいつはてめえの仕事だ。そのために過分の金をくれてやるんだ」

「過分が笑わせるじゃねえか」

と浅吉はぼやいたが、ふと思い付いたように、

「その伊兵衛って野郎、どうも臭《くせ》えとは思わねえか。信を置いちゃあいけねえんじゃねえか？」

「任せて置きな。どうせ湯灌場買いをする男だ。はなから信は置かねえが、金は持っている。買い値も高《たけ》え」

「その高えのが曲者《くせもの》じゃねえのかい」

「おいてくれ。曲者なんぞは扱い慣れていらあ。だが、ともかくその筋の犬じゃねえのは、おれの目が証人だ」

卯平はそう言い捨てると、すたすたと家へ。残された浅吉は、しばらく卯平を見送っていたが、

「金に目がくれたか、おいぼれめ。てめえも年貢《ねんぐ》の納め時かもしれねえぜ」

と憎まれ口を叩き、のろのろと埋め戻しの作業に取りかかった。

卯平は家に戻ると、荷物をおっぽり出し、肴《さかな》もなしの茶碗酒を始めた。お新はまだ帰らない。いいカモの客と泊り、遠出ということもあるから、さほど気にはしないが、なにやら落着かなかった。

半刻《とき》ほどで浅吉が引揚げてきた。早速酒で、両人の体がようやくほかほかしてきた頃、声も掛けずに入ってきた客が二人。一人は伊兵衛、いま一人はこれも若い男で、やせて頬骨が張っていた。ジロリとそれを見やった卯平が、

「伊兵衛じゃねえか。あすの朝来いと言ったはずだぜ。それに、連れはなんだ」

「てめえらは盗《ぬす》っ人《と》か。こんなあばら家だとて、案内も乞《こ》わず、押入り同然に面《つら》を出す法はなかろうぜ」

と浅吉もむかっ腹を立てた。伊兵衛は気に入らない野郎なのだ。

「早過ぎたかい？」

と、伊兵衛は明るい声で言った。

「……だが、仕事は終ったはずだぜ。頃合いを見計らってやってきたのさ」

「かくし立ては無駄《むだ》なこった。見ていたぜ」

と新顔が、これは低い、よく通る声で言った。浅吉の手が、そろそろとふところへ入ろうとする。それを卯平が目顔で止めた。

「まあいい。上りな。話を聞こうじゃねえか。湯灌場買いは口実だろう」

「さすがに解りが早《はえ》え。なに、脅しをかけるつもりはねえ。手を貸してもらいてえことがあってね」

向島小梅のずっと奥まった辺り、回りに人家も見当らぬ木立、野原の只中《ただなか》に、ポツンと立派な屋敷があって、庭が広壮だ。塀《へい》は高さ一丈はあろうという堅牢《けんろう》な檜塀《ひのきべい》。梯子《はしご》を使ってのぼった夜盗が、おりる場所がなくて、すごすご引返したという話がある。つまり、塀内の地面を、ずっと剣の林の帯がめぐらしてある。

剣の林は大げさとしても、なにしろ鉄棒の先を鋭く尖《とが》らせたやつが、ビッシリ植えこんであるとすれば、飛びおりたやつはみな、芋刺しだ。

表裏とも、門の造りが変っていて、門そのものはそれほどいかめしくはないが、城門の桝形《ますがた》を模した石垣《いしがき》になっている。十人ほども組んで押し込んだところで、食いとめられてしまうだろう。剣の林を造るほどの持主だから、どんな仕掛けがほどこしてあるか、わからない。

「話の様子じゃあ、おめえは盗っ人か」

卯平は伊兵衛の話をさえぎって、苦笑した。

「……盗っ人が手を貸してくれとは、どういう了見だ。こっちは盗みだけはしたことがねえ。それにおれは、何の能もねえ墓守のおいぼれ。何か勘違えをしているのか」

「まあ、黙って聞きねえ」

あの屋敷にだけは入れねえ、と盗人の間で専《もっぱ》らの評判の由《よし》。それだけの防備をするからには、屋敷内には金がうなっているに相違ないと、だれしも考える。

屋敷の持主は石川欣翁《きんおう》といって、寄合《よりあい》旗本の隠居だ。大名の下屋敷より、よほど立派だが、家を嗣《つ》いだ息子の家禄《かろく》が三千五百石だから、当り前なら、その隠居がお大名暮しなどできるはずがない。

伊兵衛が掻き集めた噂《うわさ》によると、欣翁は若い頃、放埒《ほうらつ》無残な行状で、知らぬ悪所とてなく、通わぬ賭場《とば》とてなかったらしい。ゆすり、たかり、喧嘩《けんか》口論……久離《きゅうり》同然に家を追い出され、衣食にも窮したが、苦しまぎれに思い付いたのが、お歴々に女を送りこむこと。欣翁は人に取入る才だけは豊富にあったと見え、大小名に知己《ちき》が多かった。鼻の下の長いやつを選んで悪所に誘い、好みの女を宛《あて》がうのは、苦もないことだった。

女を掘り出すことにかけては名人で、これと睨《にら》んだのは間違いない。吉原のお職《しょく》女郎に目もくれず、裏長屋で遊んでいる十二、三の女の子の、真黒に煤《すす》けたやつを養女分にもらい受け、家へ連れ戻って磨《みが》き立て、男をとろかす法を教え、稽古《けいこ》事《ごと》も一通り、金に糸目をつけずに仕込むと、三年も経てば眼鏡通り、まばゆいほどの女になるのだ。

こうして欣翁は、十指に余る大名家の後宮へ、完成した女を送りこんでいる。女にはすべて欣翁の手が付いていて、彼には忠実である。殿様に甘え口の一つも叩けば、たちまち欣翁のふところへ大金が転がりこむ仕掛けだ。要路の大官のだれそれの愛妾《あいしょう》にも、この欣翁仕込みの女がいるそうだから、まず求めて得られぬものはあるまい。

「羽振りがよくなりゃあ、思いもかけぬところから、尻尾《しっぽ》を振って出てくるやつもいる。

なまじ千代田の大奥なんぞへは、女を入れていねえから、お城の忠義面に目をつけられることもねえ。利巧なじじいよ」

小梅の屋敷には、欣翁のほかに妾《めかけ》二人が同居、女中十人ばかり。養育中の女子が三人。家来が五人、中間《ちゆうげん》小者十人余り。それに雇いの浪人者が五人、いずれも腕を買われた者たちだ。

「大層なもんだな。それだけ屋敷も広いのだな。だが、ばかに詳しいじゃねえか」

「聞込みにゃあ金をかけた。それに、出入りのお城坊主《ぼうず》で、橋詰喜仙《はしづめきせん》って野郎に吐かせたのよ。宇陀川芳国《うだがわよしくに》のことも、喜仙に聞いたのさ」

「てめえ……」

卯平ははじめて、ギョッとした顔になった。

「芳国にも手を伸ばしやがったのか」

「ふふふ、手回しはいいほうだ。芳国はもう、こっちが預かっている。おめえはおめえで、墓あばきの大罪をおれたちに知られたからにゃあ、こっちの言いなりになるほかはあるめえ。巽屋孫兵衛《たつみやまごべえ》も、芳国とおめえを見殺しにはできめえってことよ」

「きたねえ手を使うじゃねえか」

と卯平は言ったが、声音《こわね》はもう落着いていた。

「伊兵衛、孫兵衛は冷てえ男だ。並みの義理人情は通じねえ。芳国やおれが、てめえらのとりこになったところで、気が向かなけりゃあ手を貸すものか。平気で見殺しだ」

「そりゃあわかっている。だが、まんざら脅しばかりじゃねえ。おめえたちにも利のあることだぜ。だから組んでくれねえかと言っている。孫兵衛の手がほしいわけは、いまも話した通り、まともの押込みじゃあ、歯が立たねえからのことだ。おめえたちのやり口は、芳国から聞き出した。女を使って趣向をするってことだな。それなら難なく、屋敷内に入れてもらえる。おめえは、外で待つおれたちを、手引きする役。坊主の喜仙は臆病で、役に立たねえからな。芳国はちょくちょく屋敷へ行き、絵を描《か》かされているようだが、これもから意気地のねえほうだ。……どうだ、孫兵衛を承知させちゃあくれねえか。そうしてくれりゃあ角が立たねえが」

「盗《と》ったものは、どう分ける」

「上首尾で、たんまり入れば山分けよ。文句はあるめえ。巽屋の凄腕《すごうで》は耳にしているから、おろそかには扱わねえよ」

「おだてるのは止《よ》しにしな。そっちは何人だ?」

「五人。屋敷の男の人数は、手向いをするのが十人と見りゃあよかろう。こっちはおめえと孫兵衛を入れて七人になるが……」

「おれも孫兵衛も、斬《き》り合いはからっきしだぜ。人数には入れねえでくれ」

「なあに、向うとて同じことだ。浪人五人は厄介《やっかい》だが、妾二人を捕えてドスを首筋にでも宛《あて》がえば、動きが取れめえ」

「わかった。孫兵衛に話しちゃあみるがね。さて、なんと言うかな」

三

「どういうわけで、買い被《かぶ》りなすったか知らないが」

と、巽屋孫兵衛は灰吹きに煙管《きせる》をトンと叩きつけてから、破顔一笑した。

「……わたしはご覧の通り、つまらぬ絵草紙屋が本業。時には芳国を使ったり、このお京や舟まんじゅうのお新を使ったりして、大きな声では言えない稼《かせ》ぎもしないじゃないが、お兄さん方のような荒稼ぎとは違い、もうけとて些細《ささい》なものさ。御大身《ごたいしん》の屋敷に乗込むなんぞは、足が震える。まあお断わり申しましょうよ。それに、わたしは持ち掛けられた話は嫌《きら》いでね」

「いや、どうしてもウンと言ってもらわなくちゃならねえんだ。屋敷へ出入りのかなうのは古くから馴染のやつらばかり。こちとらがどう化けて行こうと、門前払いは目に見えているんだ。さりとて、押込みは万に一つの見込みもねえ。……そうなりゃあ、こっちも意地だ。是が非でも中へ入り、宝の山をつかみ取りにしなけりゃあ、気が済まねえ。おれたちのこの気持は、巽屋さんもわかってくれるだろう? 頼むから手を貸してくれ。石川のおいぼれの泣き所は、ただ一つ、女さ。それも並みの楽しみ様には飽きているようだ。だからさ」

「わたしが変った趣向を持ち込めば、一も二もないと。果してそうかな」

「おれは芳国の話を聞いているよ。そこのお京さん……こうして見ると、何の変哲もなさそうな人だが、化粧を直し、肌《はだ》を脱ぎゃあ、男が有難《ありがた》涙《なみだ》を上から下からこぼす生き弁天になるそうだなあ」

孫兵衛のうしろに、つつましく控えているお京に、伊兵衛は明るい目を向けた。巽屋の奥の小部屋に、あるじの孫兵衛、お京、それに卯平。これを取り巻くように、伊兵衛以下四人の屈強の男がいた。

お京は例によって、野暮一遍の地味造りで、髪結《かみゆい》お徳ならまず似合いそうな、細縞《ほそじま》の銘《めい》仙《せん》を窮屈に着て、帯が黒、襟元《えりもと》をキッチリ合わせ、素顔の両の顳《こめかみ》に頭痛膏《こう》をはったのが、いかにも世帯《しょたい》疲れの女房らしかった。

「だがお京さん、おれも女の目利《めき》きは、石川のじじいほどじゃあるまいが、ちっとはできるつもりだ。なるほど、かくしおおせるものじゃねえね」

と言った伊兵衛のガラス玉のように澄んだ目は、お京のうなじから肩、胸、腰へと、舐《な》めるようだった。ただし、みだらさ、物欲しさは一点もないのだ。ただ突っ放して、見極めるというだけのようだ。

好かねえ、厭《いや》な野郎だと思うのは、卯平のみならず、見られているお京もそうかもしれなかった。そのお京は、伊兵衛の言葉を軽く聞き流したが、逸《そ》らした目に、わずかな不快の色があった。

伊兵衛の四人の仲間も、似たような連中だった。同じ年頃《としごろ》、体軀《たいく》をし、ばかにサッパリした顔付きをしているのもそうだが、笑って人を刺せるやつらかもしれない。いまも、孫兵衛の出様では、おっとり囲んで三人ながらあの世へ……ということも起り兼ねない。そういう緊迫した殺気があった。

「卯平、どうやら負けのようだ」

ほっと肩を落した風情《ふぜい》で、孫兵衛が呼びかけた。

「……お新と芳国を人質にされちゃあ、あがきが取れない」

「ほう？　おれはまた、芳国なんぞはどうなっても仕方なし、お新だって、殺されりゃあ身の不運だと考えていたがね。おめえ、慈悲深くなったもんだな」

と卯平。孫兵衛はニッコリして、

「人は変るもんだ。お京と暮していて、情け深くなったのかもしれねえな。ともかく二人は助けよう。お京もおめえも、無事でいるには、お兄さん方の頼みを聞くほかはあるまいて。墓の一件も見られたのじゃあ、負けさ」

「ようやくその気になってくれたか。ありがてえ。孫兵衛さん、持ちかけようは気に入らなかったろうが、まあ勘弁してくれ。こうなりゃあ、頼り頼られの相棒だ。手筈《てはず》はゆっくり決めるとして、固めの盃《さかずき》でも一杯やらかそうか」

と伊兵衛が言った。

「よかろう。ところで、お新に芳国は、苦しい目に会っちゃあいなかろうね」

「心配は無用。あしたにでも早速……」

と言いかけた伊兵衛が、いつの間にかくし持っていたか、刃を上にした匕首《あいくち》を腰に当てると同時に、体ごと孫兵衛にぶつかって行ったものだった。ほんの一瞬のことで、ほかの一同は何が起ったか、しばらくはわからないようだったが、孫兵衛は危うく体を開いていて、伊兵衛は畳に這《は》っていた。

「無礼ついでに、試させてもらったが、おれの匕首を避けるのは、並みの人間にはむずかしいはずだ。いや、みごとだ」

クルリと起き直るなり、伊兵衛はそんなことを言う。

「ぶ、無礼が過ぎようぜ」

さっきから手にした煙管はそのまま、茫然《ぼうぜん》としていた孫兵衛が、真青になり、体を震わせて怒りだした。唇の色がなくなり、口許《くちもと》がひきつっているのを、お京はじっと見ていた。

「伊兵衛、おれたちは斬り合いは駄目《だめ》だと言ったはずだぜ」

と、卯平も押し潰《つぶ》したような声を出した。

「わたしがいま、芋刺しにならなかったのは、ただの弾みだ。運だ。身をかわすなんて芸じゃない。いきなり刺し殺そうとは、なんて人たちだい。これじゃあ、相棒も何もあったもんじゃない。話は断わる」

「怒るのは尤《もっと》もだ。一言もねえ。だが、おれにしてみりゃあ、なんとか修羅場《しゅらば》でも働けるのが、一人でも二人でもほしいところさ。それでお前さんを試してみたんだが、身のかわし様が堂に入っている。決して弾みじゃねえよ。ヤットウの稽古はしていねえかもわからねえが、それなら、生れつき身のこなしがいいんだ。お前さん、これまでに喧嘩、命のやり取りをしたことはあるだろう？　そのはずだ。……これで一人、働けるのがふえたってわけだ。ますます上首尾になってきた。もっとも、お前さんたちの手を借りようというのは、よくよくの時だがね。無礼を働いた詫《わ》びは考えてある。これで機嫌《きげん》を直してくんねえ」

と、伊兵衛がふところの包みを取り出し、中味を畳の上にぶちまけると、小判十枚だった。

「詫びというのはこれだ。取ってくれ。もともとは卯平が棺桶《かんおけ》からかすめ取ったしろものの代金だがね。ま、品物は品物で、だれぞへ売るがいいや」

孫兵衛はようやく、機嫌を直した。

「向後《きょうご》、剣呑《けんのん》な試しなんぞは願い下げだな。お京、せっかくの金だ、派手にやらかそうか。

何ぞ見つくろって買って来ねえか。それから卯平、お徳を呼びに行ってくれ。伊兵衛さん、だれぞに、お新と芳国を迎えにやってくれ。話が決りゃあ、手筈をつけるのは早えがいい」

「わかった。乗気になってくれたな。獲物《えもの》は山分け。こいつははっきり約束するぜ」

と、伊兵衛は晴れ晴れとした顔をした。あくまで明るく、どこか空虚でもある、澄んだ目の色……

四

空が遠霞《とおがす》んで、薄陽《うすび》が柔らか。生えだした雑草が野面《のづら》をまだらに緑に染め、川水がゆるんで、岸の柳も萌黄《もえぎ》色のつぶつぶを吹き出している。所々に満開の桃の木。風はまだ冷たさを残しているが、桜の便りもそろそろ聞かれようという陽気だ。

石川欣翁の隠宅にやってきた一行の、案内がお城坊主の橋詰喜仙に、絵師宇陀川芳国。

喜仙は手八丁口八丁、腹黒さでは人に引けを取らない男だが、このたびだけは閉口して、しょんぼりしていた。なにしろ、長年恩顧を受けた殿様を裏切る破目になったのだ。

いや、裏切るどころか、五人の悪党のため、欣翁以下の命すら風前の灯《ともしび》だ。

こんなことなら、芳国なんぞと腐れ縁を続けるのじゃなかったと後悔してもおそい。

のほほんとしている芳国が憎い。喜仙は芳国のおかげで大分甘い汁《しる》も吸っているはずだが、そのことはすっかり忘れていた。

芳国はばかに陽気だ。伊兵衛らに脅され、どことも知れぬ一軒家に、縄付《なわつ》きでほうりこまれた時には、生きた心地もなかったが、どうやら、やつらと孫兵衛で話し合いがついたと見え、解き放された時は、孫兵衛の御大《おんたい》さえ後楯《うしろだて》でいてくれればと、それまでの怖さはケロリと忘れた。

西念寺横町、巽屋で話を聞けば、またぞろ、絵師冥利《みょうり》に尽きるような仕事が待っていた。芳国には、伊兵衛、孫兵衛たちが何を企《たくら》んでいようと、どうでもいいことで、お京とお新の奇態な責め絵を、心ゆくまで描かせてもらえばそれで本望、有頂天にもなろうというものだった。

二人のあとに、律義《りちぎ》な小商人《こあきんど》よろしく、もみ手をせんばかりに腰をかがめた巽屋孫兵衛。続いてお京とお新。見せるのはどうせ裸、着物に凝っては反《かえ》って興ざめとばかり、どちらも目立たぬ造りだった。ただ、お新は舟まんじゅうと見えぬほどの上品めかした粧《よそお》い、白粉《おしろい》もごく薄い。お京は世帯やつれの古女房を、ほんの一皮むいていたが、それさえ、伊兵衛とその仲間の目を見張らせた。

「孫兵衛もいい気なもんだ。ひとのことだと思いやがって」

とお新がお京にそっとぼやき、

「……ありゃあ、痛えのかい？　噛《か》むかい？」

「知らないね。だが死にゃあしない。おあきらめ、お新さん」

お京はやんわりと言って、含み声で笑った。

「おめえ、いい度胸だ。チョッ。面憎いよ」

「ぶつくさ言わねえこった。それ、まないたの上の鯉《こい》って覚悟でいな」

と口を入れたのはお徳で、二人の女の後見、世話焼きという格であった。どうしたことか、二十ほども年を取り、腰が曲って、杖《つえ》をついていた。

殿《しんがり》が卯平で、つづらを背負っている。中味は何かわからないが、ともかくも諸道具持ちという形だ。

一行は裏門に回る。話はちゃんと通じてあるので、門番は喜仙、芳国を見ると、うなずいて通してくれた。裏門の枡形はごく略式のものだが、それでも前後左右石垣ばかりの空間で立ち止ったお徳が、

「さながら地下牢《ちかろう》だね。天井だけは空いてるが」

と感心した。なるほど、石垣の角々に家来がひそんで、矢を射かけようものなら、伊兵衛らが人数を催し、力まかせに押しかけてきても、まず皆殺しだろう。物好きで枡形などをこしらえたのか、それほど用心深く、また財物に執着があるのか、それは欣翁自身に聞かなければわからない。

家来が一人に、重立った女中らしいのが一人、門番から引き継いで、一行を家の中に案内する。迷路のようになった廊下を曲りくねって引き回され、通されたのが、奥の一室と思われる十二畳敷き。正面は四枚の襖《ふすま》で立て切られ、向うの部屋が欣翁の居間らしい。忍びやかな足音、絹ずれ、囁《ささや》き交わす声などが洩《も》れ聞えるのは、すでに屋敷の者が集まっているのだろう。

左右とうしろは、すべて腰高の障子で、正面の襖にも、障子の板にも、名ある絵師の手になるものだろう、秦《しん》の阿房宮《あぼうきゅう》だか、玄宗皇帝の後宮だかわからないが、唐の上流男女の嬉遊図《きゆう》が絢爛《けんらん》とくり広げられていた。中には枕絵《まくらえ》まがいの、ドキリとさせるような図柄《ずがら》もあって、宇陀川芳国を大喜びさせた。こんなのも欣翁の好みだろう。

襖の向うのざわめきが、ピタリと静まった。欣翁のお出ましだろう。間を置かずに、襖が左右にするすると引きあけられる。

正面の床柱を背に、石川欣翁は大あぐらをかいていた。袖無《そでな》し羽織を着た、くつろいだ身なりで、脇息《きょうそく》を前に置いたのへもたれている。髪は半白、血色がよく、いかにもくだけた、遊び慣れたという風貌《ふうぼう》だ。年の頃は五十七、八。

その左右に、お妾《めかけ》二人が目も綾《あや》な衣装でいる。濃化粧が人形じみて、一種異様な美しさだが、それが並みの女に飽きた欣翁などには、快い刺激になるのかもしれない。いずれ劣らぬ美人ぞろいのお付《つき》女中たちが、両人のうしろに控えている。

どうも、みんな集まっていやがるようだな、と、平伏したまま、上目遣いに、卯平は座敷の人数をうかがっていた。それならいい都合だ。

「巽屋とやら。話は聞いている。とんだ変った趣向だの。早速始めるがいい」

と、欣翁が声を掛けた。

「はい。恐れ入ります。それじゃあ支度をいたしますので、失礼を」

一礼すると、孫兵衛は卯平に目配せをした。卯平は担《かつ》ぎこんだつづらを開き、まず折り畳んだ白布を取り出す。広げると二十畳敷きほどもあるのを、二部屋ぶっ通しの畳の上へ。

いけにえのお京、お新の二人は、しおらしくうつむいていた。

「さあお徳、脱ぐのを手伝いな」

と孫兵衛。心得てお徳が、まずお新にいざり寄り、帯を解く。

「気が進まねえ。厭だねえ」

と、めずらしくお新が弱音を吐いた。

「何を抜かす。殿方が目をむいてお待ちだ。御開帳はお手のものだろうに」

と言う間にも、お徳の手は素早く動いて、帯や腰紐《こしひも》を解き仕舞い、ばらりと一脱ぎすれば、腰巻一枚の素っ裸だった。

お京は羞《は》じらいを見せながら、ゆっくりと帯を解く。お新が生れたままになり、ややふてくされ気味に横坐《よこずわ》りになり、座敷の連中の注視をはね返すように、せせら笑いの顔を向けている間に、お京がようやく裸にされた。

シーンとなる。

「二人とも、見事だの。おれも女の体は何百と見てきたが、めったにない上物よ」

と、欣翁が舌を巻いたようで、大まじめに言った。

「……どうだな、平馬」

平馬と呼ばれたのは、四十年輩の用人のようだが、

「御意《ぎょい》。ことに若いほうは、いかさま、造化の妙でございますな。かぼそく弱々しげでありながら、艶《えん》に円《まる》く、若駒《わかごま》のような張りが何とも申されません」

「平馬はあれがいいか。じゃが年増《としま》も捨て難《がた》いの。若いのが若駒なら、これは悍馬《かんば》じゃ。ヤワな男ならひねりつぶす勢いが、胸乳《むなち》の大きさ、腰付きの猛々《たけだけ》しさにある。おれはいかもの食いじゃから、まず挑《いど》むとなれば年増じゃな」

妾や女中たちの間にも、囁きが広がっている。一方、左右に居流れた家来共は、一様になまぐさく息を詰めていた。その数八人。中に雇われのうちでも上席らしい浪人者もいる。

その間に卯平はお新とお京を麻縄《あさなわ》で縛る。ぐるぐる巻きにするのではなく、双方の手をうしろへ回し、手首だけをくぐり、縄尻を取って、

「立ちな」

と言った。両人はしおしおと立ち上り、足をもつらせるようにして、衆人環視の座敷中

央へ導かれる。うしろ手にくくられているので、前をかくし様もなく、二人の女の素肌《すはだ》に残るくまなく、室内の明るい光が流れている。見物の思わず洩らす溜息《ためいき》が一つになって、ホウッという音になる。

芳国は多忙をきわめていた。殿様のお許しをこうむって、座敷の片隅《かたすみ》に絵絹を広げ、筆硯《ひっけん》をそろえ、絵具、筆洗まで用意して、女中に水を乞《こ》い、さていつでも、と待機する。

一方お徳は、脱ぎ捨てられた二人の衣装を畳みながら、座を外す機会をうかがっていた。部屋外の廊下、縁側に人がひしめいている気配があるのは、中間《ちゅうげん》小者、さては下の女中などが、中の様子を一目でもと、忍んで来ているに違いない。そう言えば障子の合せ目の、どこにも少しずつ隙間《すきま》ができている。

卯平もそのことを感知しているが、何気なく作業を続けていた。お京、お新は背中合せに坐らされ、互いの両腕は、うしろでギッチリと縛り合わされているので、さながら一心同体だ。一方が動けば他方も動かなければならない。

卯平の務めはそれで済んだ。入れ替りに孫兵衛が、つづらの中から取り出した壺《つぼ》をかかえ、刷毛《はけ》を手に、中央に進んだ。

「壺の中のものは、蜜《みつ》でございます。水飴《みずあめ》も少々混ぜてございますが……これを女の体に塗ります。わたくしが塗ってもよろしゅうございますが、それではちと、芸がございませんようで。さよう、どなたか……」

孫兵衛がそう言って見回すと、血相変えて飛び出しそうな男ばかりだ。お妾はじめ、女たちはさすがに、そんな気にはならないらしいが、熱っぽい目が二人の裸女に釘付《くぎづ》けだ。痛々しく引きすえられ、消えも入りたそうな女を、おのが身になぞらえているのかもしれない。

「だれぞ塗れ。おれは遠慮をするぞ。平馬もやりたそうじゃが、そちも若い者に譲れ」

と御隠居は言ってから、打ち興じた笑い声を響かせた。

家来の若侍が一人、ニヤニヤしながら進み出て、孫兵衛から渡された刷毛を、壺の中にどっぷり漬《つ》けた。女遊びはいっぱしで、こんな座興も大したことはない、というところを見せつけたい様子だが、いざお新の肌に蜜を塗りつける段になると、すっかりコチコチになってしまった。

「くすぐってえよ。しっかり塗りな。手付きが危ないねえ。それ、そんな屁《へ》っぴり腰じゃあ駄目さ」

離れて見れば、羞ずかしさ怖さでおののいているはずのお新だが、実は若侍をからかっているのだった。

お新の体は蜜でべっとりになり、ぬめぬめとした異様な光沢を放った。甘い匂《にお》いが立ちこめる。蜜は少しずつ下へ垂れて行き、腰から臍下《へそした》へと、厚く溜《た》まってくる。

「たまらねえな」

とお新は横坐りの足の股《また》を少し広げた。蜜はもっと下へおりて、白布の上に滴《したた》りはじめる。

若侍から刷毛を受取り、お京に塗りだしたのは浪人者だった。この男は最初から血走った、食いつきそうな目付きをし、刷毛の使い方もゆっくりと、しつこかった。刷毛先のくすぐったさ、怪しい刺激は思いの外《ほか》で、お京は目と口をしっかり閉じ、身動きもしないようにして耐えていた。

「きさまは、見れば見るほど美しくなってくるな。この肌……殿の前でなければ……会いたい。抱きたいぞ。のう、会《お》うてくれ。お前の名は？」

お京の腰回り、太腿《ふともも》から膝頭《ひざがしら》へと、何度も何度も、丁寧すぎる塗りつけ方をしながら、浪人者は熱に浮かされたようにつぶやいているが、お京はただ、だんまりであった。

卯平がそっと座敷を抜け出た。ややあって、お徳も出た。気にとめる者は、だれ一人いなかった。宇陀川芳国は、しきりに独りごとを言いながら、二美人縛られの図の素描に取りかかるところだ。

五

孫兵衛が黒い木箱をつづらから持ち出した時、その中に何が入っているのか、知る者はなかった。欣翁すら、蛇《へび》だと欺《だま》されていたのだ。蓋を取ると、女たちの間から悲鳴が上った。欣翁すら、ギョッとしたように、身を乗り出した。

ちょうど、ドスぐろい液体があふれ出すように、もくもくと箱の四方の縁からこぼれて行くのは、蟻《あり》の大群だった。

蟻はたちまち、箱を伝って白布の上に降り、数条の幅広い帯になって、蜜の匂いのほうへ進軍を始めた。その速度は思いの外に早い。

「きやがったな、畜生。ま、負けるものか」

とお新が言い、ブルッと体を震わせた。お京は這い寄る蟻の群れを、ヒタと見つめて無言。先鋒《せんぽう》の一団は、そろそろお京の足先に達しそうだ。思わずキュッと足を縮める。しかし無駄だ。全く小さなやつらばかりだが、その勢いは怒濤《どとう》のようだった。お京は出かかる悲鳴を押し殺した。

お新の膝元へも押し寄せて、お新は大きく体を泳がせた。それにつれて、お京ものけぞる。

「動かないがいい、お新さん。動くとおしまいだ」

とささやいたが、お新はもう、聞く耳を持たないらしい。またしても身をよじると、

「ちくしょう!」

と金切り声を上げた。

卯平はだれにも見とがめられずに、裏門に来た。

「おや？　お前さん、どうした」

と門番が寄ってきたのへ、

「なにね、見世物とは言え、身内の女があんな目に会っちゃあ、見ていられねえ」

「あんな目とは？」

「お前さんものぞいて見るがいいや。生涯《しょうがい》二度とは見られねえぜ」

と言いさま、力任せの当て身だった。朽木《くちき》のように倒れるのを尻目に、門のかんぬきを外すと、外の桝形の内に身をひそめていた伊兵衛たちが飛びこんできた。

「意外に手薄だったなあ」

と伊兵衛。紺の腹掛、股引《ももひき》、半天の職人姿で、他の者も同じ。ただ、おのおの脇差《わきざし》をかくし持っている。

「みんな見物に夢中さね」

「そうか。思惑通りだ。浪人はどうした？」

「一人は見物。あとはどこぞへ出掛けているか、長屋にくすぶっているかだろう。家来はみな見物だ」

「早《はえ》えところ、片付けようぜ」

と言うなり、伊兵衛は、転がっている門番の上にしゃがみ込むと、脇差を抜き、何のためらいもなく首を掻いた。伊兵衛が明るく、平然たるものなら、仲間もそうだった。屋敷内の長屋、小屋をしらみ潰《つぶ》しに駆けめぐり、卯平も手伝って、男共を縛り上げた。

浪人二人が長屋にいて酒を飲んでいたが、伊兵衛は舌を巻くような立ち回りを見せた。腕に覚えもあったのだろう、二人の浪人は健気《けなげ》に立ち向ったが、伊兵衛は歯牙《しが》にもかけず、大仰《おおぎょう》に刀を振りかぶるふところへ飛込むが早いか、下腹を一えぐり、さっと引いた辺りは、容易ならぬ場慣れ、度胸を思わせる。

いま一人の浪人は、四人が取り囲んで、なますさながらに料理してしまった。

お京もお新も、まるで黒の分厚い衣装を着せられたようだった。手足、胸、腹と、隙間もないほどに蟻が取り付き、うごめいている。お新の身もだえはお京に伝わり、お新がのけぞればお京が背を屈し、お京が身をよじればお新の上体もねじれる。そして蟻は、蜜のたまった下半身に濃かった。

お京は必死に股を締めていたが、お新はたまらず肢《あし》を広げて投げ出してしまっていた。それが悪く、蟻共は遠慮会釈《えしゃく》もなく、奥深くへ侵入し、お新に歯ぎしり、うめき声を立てさせる。

「どうともしやがれ……ちくしょう、ああっ」

と、お新は大揺れに揺れ、足をばたつかせて、火のような息を吐く。お京は眉《まゆ》をひそめ、唇を噛みしめて耐えていたが、それでも体を小刻みに震わせ、腰をひねり、足指を反《そ》らせたりしていた。どちらも胸を大きく起伏させ、うごめく乳房の上を、蟻が縦横に這い回っているのだ。

お京がはじめて、鋭い悲鳴を上げたと思うと、ガックリ首を垂れた。そして締めた肢がゆるんだ。蟻の群れは一きわ濃く、厚くなって、股間《こかん》へ集中して行く。……女中のだれかが気を失ったらしく、女たちがかたまった。

二方の障子がガラリと引き明けられると同時に、伊兵衛以下の三人が飛込み、伊兵衛といま一人が、それぞれ欣翁の姿を捕え、首に脇差を擬した。また一人は、用人のうしろへ回りこみ、これも首をかかえた。

「見世物はそれで終りだ。そろそろ目を覚ましてもらおうか」

と、伊兵衛が、楽しくてたまらないような声で言った。

「……一寸《ちよつと》でも動いてみろ。女の命はねえぞ。御用人も同様だ。どうだい殿様。家来衆におとなしくするように言いな」

「計られたか。おのれ」

と欣翁は咳込《せきこ》みながら、しゃがれ声を出した。顔面蒼白《そうはく》、頬《ほお》がけいれんして、いままでの洒々落々《しやしやらくらく》たる面影《おもかげ》はない。

「おめえら、みんなを引っくくってくれ」

伊兵衛が孫兵衛たちに、命令口調で言った。

「こっちはどうしてくれるんだ。縄を解いておくれな。地獄の責苦さ。あっ、痛っ！」

とお新が頼むのへ、伊兵衛は冷たい笑いを返しただけだった。

「よう。孫兵衛、早く解きなって」

「うるせえな。てめえらなんぞ、蟻に食われてしまえ。ツベコベぬかすと叩《たた》っ斬《き》るぜ」

と言った伊兵衛の明るい目の色が凄《すご》かった。

廊下や縁にいたのも、卯平と伊兵衛の仲間一人でひっくくり、座敷へ入れた。孫兵衛は黙々と、芳国や喜仙にも手伝わせ、屋敷の一同を縛って数珠つなぎにする。

「それでいい。みんな、ご苦労だったな。殿様、金のうなっている倉に案内してもらおうか。おい喜仙、てめえも勝手を知っていようから、付いてこい。殿様、妙に楯突《たてっ》くと、皆殺しだぜ。おれたちは掛値は言わねえ。素直に案内するかどうだ？」

欣翁はふらふらと立ち上った。意地も張りもなく、コクリコクリとうなずいている。

「おい孫兵衛、髪結の婆《ばば》あはどうしたい？」

ふと、伊兵衛が聞き、

「さて、どうしたかね」

と孫兵衛が首を傾けた時、ちょうど中庭から縁先へ回りこんできたお徳が、

「ほらよ」

と竹の杖を投げてよこした。

「なんだ、そいつは？」

「仕込み杖さ。おめえの手助けをすることもあろうかと思ってね」

孫兵衛は中味を抜いた。極端な細身、そして薄い。刃は砥《と》ぎすました剃刀《かみそり》ほどに斬れるしろものだ。

「そうかい。用心のいいこった。だが、見る通り、助けは要らなかったぜ」

伊兵衛はニッと笑うと、仲間に目配せした。二人が同時に、孫兵衛に斬りかかり、一人は卯平に向った。孫兵衛は奇妙な動きをした。後方に高く飛びすさると同時に、目にも止らぬような早さで、仕込みを横様に一閃《いっせん》していたのだ。伊兵衛はおそらく、おのが目を疑ったであろう。攻撃をかけた両人の四つの手首が、ポロリと前に落ちた。

一方、卯平に仕掛けた男のほうも、胆《きも》を潰したはずだ。確かに脇腹に突き入れたはずなのに、卯平はビクともせず、男の利《き》き腕を脇にかいこんでしまい、

「おれは孫兵衛のように器用じゃねえが、その代り用心はしているのよ。なあに、着込みだ。刃が通らねえはずよ」

と言いながら、ゆっくり、男の首へ手を宛《あて》がった。

「野郎、味な真似《まね》を！」

と、伊兵衛は数歩退いて、構えを建て直した。縛られた一同はただ茫然、手首を斬り落されたのは、畳の上に丸くなってのた打ち、卯平の指は、男の首に深く食い入り始めている。伊兵衛のほかに、無事なただ一人は、立ちぐらみでもしている様子。これは欣翁も喜仙も同様で、ただ芳国だけが未練気に、絵絹の前に這いつくばっている。

お京は夢うつつで、時々糸のように細い声を上げており、お新はとろりとした目になり口からよだれを垂れていた。蟻の大群は相変らず、二人の肌にびっしりと取りついている。

「おれたちをここで仕末する気なのはわかっていたのさ。巽屋とその一党は、青いおめえらにひねられるほどヤワじゃねえ。冥土《めいど》へ旅立つ前に知っておくがいい」

と、孫兵衛は静かに言ったが、動きはばかに早かった。仕込みは息も継がせず、突き、引き、払い、返し、それが相手の身に当らずとも、目をくらませるに十分だった。

いらった伊兵衛の若さが墓穴を掘った形で、体当りにきた。鋭い太刀先《たちさき》だったが、体を開いた孫兵衛が、無雑作に仕込みを払い、これが伊兵衛の鼻先と、頰の肉をきれいに削《そ》いでいた。わあっと脇差を捨て、面《おもて》を覆《おお》うのへ、仕込みは容赦なく、伊兵衛の胸深く突き入っていた。

「お京もお新も、滅法いい女。それに心を動かすほどなら可愛気《かわいげ》もあったろうが、若《わけ》えのに人間らしさのねえやつらだったなあ」

と独りごとで、グイと仕込みを抜くと、伊兵衛は光を失った、空虚な、それでも明るい目をして、うつ伏せにドタリと倒れた。

「殿様に御一同。見世物はいかがでございましたか。この代金、いささかお高く付きますが、なにしろ皆様御無事でもあり、頂けましょうね？」

お徳が入ってきて、お京たちがそのままなのを見て驚き、気の利かぬ男共を罵《ののし》りながら縄を解こうとし、それを止める芳国とつかみ合いになったが、お京はうつらうつら、お新はいまや忘我の境で、白布の上に、うっすらと失禁さえしていた。

「この野郎はどうする」

と卯平が、伊兵衛の残る仲間一人の襟首《えりくび》をつかんで聞いた。

「おっぽり出しな。さて、蜜の後仕末が厄介だ。犬にでもなめさせるか。芳国が大喜びだろうぜ。浅吉もいい仕事をしてくれたな」

蟻をかき集め、蜜を仕入れたのは浅吉だった。お新が突然、ふうんとよがり声を出した。

第九話　若衆人形《わかしゅうにんぎょう》は雪《ゆき》の肌《はだ》

一

年の頃《ころ》なら十七、八の男で、派手な装いは、どこやらの芝居者と見えるが、実は着物も帯もまがいもの、それも薄汚れ、しおたれていた。伊達《だて》を気取っているのか、足袋を持たないのか、素足にちびた履物をつっかけ、足指など寒さに赤くなっているのが、痛々しく見える。

だが、無精なお新が珍しく熱を入れて、この若造を引っぱりこんだのは、母親めいたいたわりからではさらさらなく、奇妙に好き心をそそられたからだった。

「なんだねえ、色男。オドオドすることはねえやな。取って食おうと言いはしねえ。油堀《あぶらぼり》のお新さんが、吸いつきそうな餅肌《もちはだ》で、たっぷり暖めてやろうというのさ。金が無《ね》えのかい？　なあに、持っているだけ出しな。おいらの相場はちょいと高《たけ》えが、おめえなら二朱でいいよ。それも無えなら一朱で目をつぶってやらあ」

と、舌ったるい口調ながら、しゃべり続けで、男の利腕《ききうで》をしっかと捕え、舟へ連れ込むお新の目が、熱っぽいうるみを持っていた。

二月初めのポカポカした昼下り。土手の下草が萌《も》えだし、川水もぬるんできた頃だ。梅は散って、桃の花の盛り。だが風は強くてまだ冷たく、お新の舟の中も、火鉢《ひばち》、置炬燵《おきごたつ》がなければ、色気もけし飛ぶ寒さなのだが、ちょくちょく来て遊んでゆく近くの炭屋が、火を絶やさぬように気をつけてくれるし、いい日和《ひより》の昼間では、陽射《ひざ》しで苫《とま》が暖められ、稼《かせ》ぎにあまり精を出せば、汗ばむほどになっている。

男の名は染吉。年は十七。春になると関八州を渡り歩く旅芝居一座の端役《はやく》で、ちょいと出の小姓役、女形をやらされている。

男なのに美しい瓜実顔《うりざねがお》、白桃のような肌をし、切れ長の目がクッキリ、瞳《ひとみ》に言い難《がた》い艶《えん》があって、お新が第一にひかれたのは、その澄み切った白目と黒い目玉だったようだ。髪がまた漆黒《しっこく》で豊かだった。さすが、役者の端くれというだけに手入れはよく、生え際《ぎわ》にきれいに剃《そ》りが当っている。

出入口のむしろを下ろすと、中は急に薄暗くなる。染吉の手を取って、炬燵布団《ぶとん》の中へ引き入れたお新が、

「お前、まんざら女を知らねえでもあるまいに……ウブなのかい、それともウブの芝居かえ？」

としなだれかかり、頬《ほお》ずりをしてから、

「おいらが万事教えてやるから、ジッとしていな」

あばずれにも似ず声が上擦《うわず》って、染吉の七子《ななこ》まがいの帯に手をかけた。寒いと厭《いや》がるのに構わず、押し倒してのしかかるようにし、布団もはね除《の》け、容赦なく裸にむいてから、

「こいつはまあ、まるで女だねえ。それもお姫様みてえだ。よくこんな……」

と絶句した。一人前とは言え、まだ少年、ゴツゴツした筋肉の盛り上りはどこにもなく、すべて伸びやかで柔らかく、しかも雪白だった。ことに腰から下腹、太腿《ふともも》にかけての肌と、優美ななだらかさは、匂《にお》うようだ。

しかも男は男、若草の間から頭をもたげたものを、染吉ははずかしそうに手でかくしたがった。その手をすごい勢いではね除け、何かつぶやきながら、ジッと目を据《す》えていたお新が、

「おいらの裸を見せるのは、いっそはずかしいようだが、こんなことは初めてさ」

と言いながら、自分の帯をじれったそうに解きはじめた。

脱ぎ捨てるのはやはり寒く、着物をひっかけた形で、前だけは生れたままになり、腰を怪しげにひねったり、チラと股倉《またぐら》をのぞかせたり、お新はいい気持で女の体を見せつけていたが、染吉の肌をさする一方、彼の手を取って、おのれの胸乳《むなぢ》に導く段になると、こらえ兼ねた染吉が、異様なおめき声を上げて、かじりついてきた。

「せっかちは止《よ》しな。味がなくならあね。いい思いをたっぷりさせてやるから、おとなし

くしな」

とささやきながら、お新はぴったりと染吉に添寝した。

おや、こいつは少し勝手が……と気付いた時はおそく、主客転倒していた。ウブどころか、染吉は女にかけては度外れに凄腕《すごうで》で、何もかも心得ているのだった。

お新が吾《われ》知らず、小娘のように何度も音を上げ、果ては締め殺されでもするような声を立てて、のたうった。おまけに染吉は、あきれるほど持ちがよかった。

「もう駄目《だめ》だ、どうにかなっちまうよ。堪忍《かんにん》しとくれ」

と嘆願するのへ、また灼熱《しゃくねつ》の鉄棒が身内を貫き、絶叫しなければならない。

終ってもしばらく、お新の頭はぼんやりしていた。ただ、染吉の体を一刻《とき》も離したくなく、ヒシと取り付いては、激しい息をついていた。

「もういいだろう。離れてくれ。おれは帰る」

と染吉が言った。寝る前までのおずおずした物言いがガラリと変って、冷たく横柄《おうへい》になっている。

「まだいいんだよ。こんな思いをしたのは久しぶりだからさ。かわいいねえ」

と離そうとしないのへ、

「未練たらしい女は嫌《きら》われるぜ。用があるんだ」

と染吉は突っぱね、お新を邪険に振り離して、さっさと起き上った。手早く着物をまと

うと、まだ、あられもないかっこうで転がっているお新を涼しい顔で見おろし、

「婆《ばば》あにしちゃあ、なかなかよかったぜ。あばよ」

と言った。

「帰るのかえ？　情の薄い坊《ぼっ》ちゃんだねえ」

お新はようやく、日頃のおのれを取り戻《もど》していた。小僧っ子に一本やられたと苦笑《にがわら》いをしながら、

「忘れものがあるだろう。置いて行きな」

「笑わせちゃあいけねえ。まともな野郎なら相手にしねえ舟まんじゅうが、おれ様のお陰で、骨もとろけるような目に会えたんだぜ。ありがたく思いやがれ。金なんぞ一文も置くものか」

「ふふふ、末おそろしい餓鬼もあったもんだ。だが、このお新さんをナメちゃいけねえや、ハナったらしめ。こうなったら甘いことを言っちゃあいられないね。有り金を置いて行かなけりゃあ、てめえの命は無えよ」

ねっとり、ゆっくり、お新はそう言うと、真っ裸のまま大あぐらをかいた。

「このアマ。命が無えとは何の言い草だ」

染吉の片頬に、チラと脅《おび》えが走ったようだが、それはお新に心ならず気圧《けお》されたからだろう。そこいらの売女《ばいた》とは、ちと違うようだ……と、悪党だけに読みは早かった。だが、

気圧されただけに、カッと来ている。お新に飛びかかり、背中に手を回して抱きすくめた時には、彼の右手に匕首《あいくち》が光っていた。いつもふところに呑《の》んでいるのを、お新に裸にされる前に、そっと抜き出して、かたわらに置いていたものだろう。

「殺す気か？　てめえならやり兼ねねえな」

のど元の切先から目を逸《そ》らし、お新はどこ吹く風という顔だった。

「おいらはいつどこでくたばろうと覚悟の前だが、殺したてめえは一生逃げかくれの日陰者、お縄《なわ》になりゃあ獄門台だ。それほど阿呆《あほう》とも思えねえが、やるならやりな。ビクともするもんじゃねえや」

「やい、命が無えとは何のことだ」

「仲間が草の根を分けても、てめえを探し出すってことよ。みんな、ちっとは顔が利《き》いていて、一声掛けりゃあ、動いてくれるやつは無数だ。嘘《うそ》と思うならやってみな」

「何を」

と言ったが、容易ならぬ連中にひっかかった、とはおぼろげながらわかったようだ。お新はニッと笑った。

「染吉と言ったね。見所がありそうだ。その顔と手管《てくだ》なら、女をひっかけてケチな稼ぎもやっていたろうが、使えるねえ。ひと儲《もう》けできそうだ。どうだい、働いて見る気はないかえ？」

「どうするんだ？」

「そいつはこれから考えるのさ。智恵者《ちえしゃ》がいるから、筋書はうまくできるだろう。むろん、五両十両のはした金じゃねえよ」

染吉は金にはあまり縁がなさそうで、五両十両をはした金と言われてガックリしたらしい。お新を離して坐《すわ》りこんだ。

「まだ早えが、商売は切り上げとするか。善は急げだ。これから仲間に引き合せようよ。なに、ちょいとこの先だから」

お新はゆっくり着物を着け始めた。

「ほほほほ、それにしてもおめえはいい腕だよ。当分おいらの間夫《まぶ》にするから、そのつもりでいな」

二

「ほう、こりゃあおあつらえ向きだ」

と空を見上げて独りごとを言ったのは、絵師の宇陀川芳国《うだがわよしくに》で、顔に当った冷たいものを、雨かと思えば雪なのだった。そう言えば、八ツを過ぎてからの冷え込みが、普通ではなかった。

小さな雪片が、ほんの少しチラホラしていた。と見る間に、重たい牡丹雪《ぼたんゆき》に変った。それが、あたりを白一色に塗りこめるように、降りしきる。

「気違え陽気だが、いい絵になるぜ」

とつぶやきながら、煮しめたような手拭《てぬぐい》を頭にかぶっただけの芳国は、悠々《ゆうゆう》と前方の小橋――八幡橋《はちまんばし》を眺《なが》めている。もうすぐ、面白《おもしろ》い芝居が始まるはずだった。

芳国が立っているのは深川黒江町の川沿い、柳の木陰で、その辺から川は左へ曲り、正面に八幡橋。そこから流れはまっすぐ海へ向い、いつもなら下流の中島橋も見えるはずだが、いまは牡丹雪に掻《か》き消されて影もない。川向うからやってきて、この八幡橋を渡ると、間もなく一の鳥居で、抜ければ永代寺《えいたいじ》・富岡八幡宮《とみがおかはちまんぐう》への参道になる。

普段は往来の繁《はげ》しい道だが、脛《はぎ》も露《あらわ》な女、尻《しり》からげの男が、時たま駆けて行くだけで、人通りはバッタリだ。雪は静かに降り続け、家々の屋根や立木の梢《こずえ》がたちまち白くなり、八幡橋の手すりにもふんわりと積ったが、地上に降ったのはすぐ溶けて泥《どろ》になる。

芳国は画帖《がちょう》を広げ、矢立《やたて》の筆を手に、待っていた。橋を中心にした景色は、すでにザッと描《か》いてあり、あとは人物だった。

「どうも寒いな。早えとこ、やっつけてくれねえと」

芳国は大きなくしゃみをし、ハナをすすり上げた。

同じ頃、東、大川の方角から八幡橋へ近付く人影が三つあって、真中が巽屋《たつみや》孫兵衛《まごべえ》の思い者お京、両脇《りょうわき》に因速寺の墓守卯平《うへい》、女髪結《おんなかみゆい》お徳だった。

「厭なものが降ってきやがったね」

とお徳が言うのへ、

「なあに、責め絵にゃあ格好の景物じゃねえか。芳国が喜んでるぜ。だが、お京さんにはちと、難儀かもしれねえな」

と卯平が笑った。お京は答えもせず、両袖《りょうそで》を前で合わせ、寒そうだが、これからの一仕事を苦にしている様子は全くない。明るい顔が、降りしきる雪の白さに映えていた。あらかじめこしらえてあるのだが、島田の髪形は無残に崩れて、ほとんどざんばら。髪は顔中に乱れかかっていた。どっさり重ね着した、ちょっと見には大層な衣装も、みなまがいのペラペラものだった。帯がゆるんで結びも解けかかり、胸許《むなもと》や裾《すそ》ははだかり放題、緋色《ひいろ》の蹴出《けだ》しが足にまつわって、歩きにくそうだった。素足に塗り下駄《げた》をはいているが、これはイザという時に脱ぎ捨てるはずだ。

前方に八幡橋の柱が見えてくる。

「あの青びょうたん、どうしやがったのだ。来ねえじゃねえか」

と卯平。

「くるよ、あわてなさんな。くるまで橋で待っていりゃあいいこった」

とお徳が言った時、行手から番傘《ばんがさ》をつぼめ加減に前にかざし、小走りでやってきた若い者が、三人と目と鼻になってから、ヒョイと傘を外すと、染吉だった。

「来たぜ」

とただ一こと、あとはさげすむような目で、三人を一わたり眺め、わずかの間、お京の顔に釘付《くぎづ》けになった。お京がまた、引き入れられるように、少年の冴《さ》え渡った顔を注視した。……と、染吉の赤い唇《くちびる》が皮肉めいてゆがみ、傘を再びすっぽりかぶると、あとも見ずに行き過ぎた。

お徳がふうっと息をついて、

「なるほど、あれならお新を迷わすはずだ。夢のような男前だね」

「気に入らねえ野郎だ。いや、悪にしても、あの年で出来過ぎているってことよ。出来過ぎはよくねえや」

卯平はニヤリとした。急に風が出て、三人の囲りで雪が渦《うず》を巻く。

お京が下駄を遠くへ蹴りやった。墨絵《すみえ》のような人影が二つ、橋の向うに現われたのだ。

「さて、しばらく我慢してもらうか」

と言いざま、卯平がお京の両腕をうしろへ回し、グイとねじ上げた。お徳はお京のまげのところを鷲《わし》づかみ。懸命に踏みとどまろうとするお京を引きずる形だった。

仙台堀《せんだいぼり》沿い、今川町の人形屋、吉野屋六兵衛の総領で松太郎というのが、二人の人影のうち、一つの主だ。連れが遊び仲間で、小間物屋の源次郎。

松太郎は取って二十四歳、はたちの頃に遊びを覚え、吉原通いから始めて、いまは深川一本槍《いっぽんやり》だった。櫓下《やぐらした》というのに馴染《なじみ》がいて、きょうもその帰りだ。どこぞで一杯やらかそうと、降りだした雪に構わず茶屋を出たが、思いの外の大降りに胆《きも》をつぶし、急ぎ足だった。

お徳が嗅《か》ぎ回ったところでは、吉野屋のあるじ六兵衛は欲深の頑固者《がんこもの》で、六十の坂をとうに越しながら、財布の紐《ひも》を一人で握り、何から何まで、おのれが切り回さねば気が済まない。跡嗣《あとつ》ぎの松太郎にすら、一切手や口を出させず、すでに一人前の松太郎は面白かろうはずがない。松太郎が遊びにうつつを抜かすのも、ひとつはそのためで、一方六兵衛にしてみれば、息子に下手に手出しをされるよりはと、金は機嫌《きげん》よく出してやる。

そうまでして商いにしがみつくだけあり、一代で大きな身代にのし上り、日本橋に出店もある。人形は高いが出来がいいという評判で、三月の雛《ひな》人形、五月の武者人形など、町家のみならず、武家方からも注文が多いという。但《ただ》し大きな屋敷には出入りがない。どこぞ、お大名の奥向きに入りたい、というのが、言わば六兵衛の悲願という。

家の中にこれという風波もないが、六兵衛、松太郎親子の仲は、当然ながらよくない。六兵衛は金の欲ばかりではなく、色欲も盛んだと噂《うわさ》されているが、大柄《おおがら》で達者過ぎるほどの五体を見れば、さてこそと思われる。

妾《めかけ》を二人囲っている上、いい女と見れば、素人《しろうと》もなにも構わず、手を出す悪い癖もある。

「願ってもない御仁だね」

と、巽屋孫兵衛がニッコリしたものだ。

さて、松太郎、源次郎の二人は、八幡橋の袂《たもと》まで来て、雪の中から現われた異様な三人の姿に、ギョッと立ちすくんだ。

鬼のような顔のお徳に髪をつかまれ、うしろからは卯平に小突かれ、もう泣き声さえ涸《か》れた風情《ふぜい》で、お京がよろよろと引きずられてくる。何度も転びかけて膝《ひざ》をついたのだろう、裾はぐっしょり、雪と泥にまみれ、見えかくれする膝頭も汚れた上に、血さえにじんでいた。かじかんだ足は紅をさしたような色だ。

「ええい、早く歩かねえか」

二人の姿をチラと目の隅《すみ》に捕えたお徳が、グイとお京の髪毛を引張り上げた。ガクンと上を向いたお京が、世にも悲しそうな、細い声をあげ、ぬかるみに膝をついてしまった。

それがちょうど、橋の上だった。

「な、なんてことをするんだ、お前たちは」

と、松太郎が立ち塞《ふさ》がった。

「……弱い女をかわいそうに。どんなわけがあるか知らないが、あんまりひどいじゃないか」

お徳の調べでは、松太郎は気弱な坊ちゃん育ちで、からっきし臆病《おくびよう》な男だが、わがままで短気、少しのことで逆上するそうだ。

さしずめ、お京の哀れな有様を見てカッともしたろうが、無言のまま、助けてくれと必死の願いをこめて、松太郎を振り仰いだ、お京の凄艶《せいえん》な面《おも》ざしが、目の底に焼きついたのは必定だった。

それに、連れの源次郎が頼もしく、辻相撲《つじずもう》の関取で力自慢だった。見れば男女の悪人二人、いずれも老いぼれて非力らしい。救い主になって危険はないとも見たのだろう。

「他人の口出しは願い下げだね」

とお徳が毒突いた。

「このアマは娘だ。娘をどうしようと親の勝手じゃねえか。そこをどいてもらいましょうか、若旦那《わかだんな》。物好きは止《よ》しにしなせえ」

と卯平。

「いいや、おれも男だ、見過せない。親には親の道がありそうなもんだ。お前たちは血も涙もないのか」

と言ううちに、松太郎は前後を忘れて、つかみかかりそうな形相《ぎょうそう》になった。

「松さん、ちょいと待ちな。こいつらを追い散らすのはわけもねえが、なぜこんなひでえ真似《まね》をするのか、聞いてみようじゃないか」

と、源次郎が言った。

「この旦那は話がわかるね。こいつはさる家へ奉公に出したのさ。本人も納得ずくさね。親に恩返しは当り前だろう。よっぽど食い詰めなけりゃあ、こっちも辛え勤《つれ》めへなんぞ出すものか。そこまでは大出来だが、アマめ、逃げ帰って来やがった。餓鬼じゃあるめえし、行った先で何をするのか、知らねえはずもねえのによ。厭だ、辛いたあ、どこを押せば出るゴタクだい。こっちは向う様に義理がある。中に立った人の顔もつぶされない。だからこうして、連れて行くのよ。そうして、今後は決していたしませんと詫《わ》びをさせねえじゃあ、立つ瀬がない……そういうわけだから、余計なお節介はやめて、おとなしく行っておくんなさい」

お徳のしゃべりは立板に水で、松太郎はすっかり気を呑まれてしまったが、その時お京が、隙《すき》を見て二人の手を振り払い、転ぶように来て、松太郎に取りすがった。

「後生でございます、責め殺されます。どうぞ、お助け……」

「おや、こいつめ」

と出ようとする卯平を、源次郎がガッシリと抱きとめた。

松太郎は呆然《ぼうぜん》、お京を見おろしている。別れたばかりの女の面影はけし飛んだ。こんな女がこの世にいたのか……雨、雪に濡《ぬ》れそぼった、冬牡丹の精だ。お京の肌《はだ》のぬくもり、小鳥のような震えが、じかに伝わってくる。泡雪《あわゆき》より柔らかく、すべらかな肌のもっと下に、どんな宝物がかくされているのか。

「金ならわたしが出す。とにかく、その奉公先へ帰すことはならぬ」

と言った松太郎の声がふるえを帯びていた。

「おや、物好きな人もいるもんだ。金と聞いちゃあ、ちょいと考えどころだねえ、お前さん」

と、お徳が卯平に言い、やれやれ、うまく行ったと、目配せした。松太郎はお京に手を貸し、その体を支えるようにして、立ち上らせた。

「履物もないのか、かわいそうに」

自分の雪駄《せった》を脱いで足袋はだしになり、しゃがみこんでお京に履かせた。足指がかじかんで動かないのへ、鼻緒を食い込ませるなど、かいがいしい。

「いいのかえ、松さん」

と源次郎が聞くのに、振り向いてうなずいた松太郎の目が血走っていた。

「どこぞに話のできるところはあるまいか」

「あるにはある。と言って、そば屋だが、こんな時には暖まっていいだろう」

と答えてから、小声で、

「いい女だねえ。松さんに先を越されたなあ」

ところで、黒江町の川岸では、宇陀川芳国が一心に筆を動かしていた。絵は二枚で、一つはお京が髪をつかまれ、うしろ手にされて、橋の上にうずくまったところ、一つは松太郎に取りすがったところ。

「しめしめ、場所はよし、折からの牡丹雪。これでお京の衣紋《えもん》を思い切って崩し、乳房から、チラリ太腿まで……」

と、うわごとめいた独りごとだった。

三

あねさんかぶりにたすき掛け、裾短《すそみじ》かのお仕着せをキリリと着たお京が、廊下伝いにやってくる。着物は藤《ふじ》色地に白の矢がすりで、なにやら御殿女中めいているが、これは六兵衛の好みと見える。お京によく似合って、われ知らず、武家出の品が出ているのだ。

十日前の雪が嘘《うそ》のような、うららかな早春の日和《ひより》だった。お京は六兵衛の女房《にょうぼう》お俊《とし》の化粧部屋に入る前、縁側にたたずんで、静まり返った小庭を眺めた。手水鉢《ちょうずばち》のそばの南天、垣根《かきね》の裾の千両の赤い実が輝き、小池のほとりの木瓜《ぼけ》はこぼれるほどの花をつけている。松の小枝を、小鳥が渡り歩いている。雀《すずめ》か、目白か。眺めるお京の目はやさしく和《なご》んで、無心の体《てい》だった。

とにかく暖かい。お京ははたきとほうきを手に、部屋に入り、そっと障子をしめた。障子の中程から下へ陽射《ひざ》しが当り、部屋は明るい。みごとな総桐《そうぎり》の箪笥《たんす》が二つ、赤漆塗りの鏡台に、家紋入りの覆《おお》いをかけた手鏡、文机《ふづくえ》に文庫、衣桁《いこう》に乱れ箱と、八畳の部屋も随分狭くなっているが、衣桁には総絞りや裾模様の、目もくらむような晴着、帯がいくつもかかり、乱れ箱にも衣装が溢《あふ》れ、匂《にお》い袋や化粧品から漂い出す女くさい香りが満ちていた。

ふすまを隔てた隣り部屋が、夫婦の寝間になっている。箪笥の立った壁の向うが、六兵衛の常の部屋で、夫婦の茶の間にもなっている。……これらが南側の一区画で、松太郎の部屋は東側の離れにある。

きょうはお俊は、気に入りの女中を連れて麻布の実家に帰り、泊る予定だ。松太郎は珍しく六兵衛の名代で、同業者の婚礼に招《よ》ばれ、帰りは夜もおそくなる。

お京はふと、文机と文庫の間に、何かが落ちているのに気付いた。奥のほうで、陰になっているので、掃除の者もずっと気付かずにいるらしい。はたきを逆さにし、掻《か》き寄せてみると、象牙《ぞうげ》細工の七福神だった。ごく小さな、精巧な造りで、台の寸法はわずかに二寸、五寸ほど。だが、かなりな値のものだろう。一面にほこりをかぶっていた。

お京は坐《すわ》って細工物を取り上げ、じっと見ていたが、ほのかな笑みが唇に浮んだ。

遠くを見る目付きをしたのは、耳を澄ましたのだ。お京の耳はつい近くの、微《かす》かな足音を捕えた。

六兵衛がふすまをあけ、スルリと寝間から入ってきたのは、お京が七福神を袂に入れたのと、ほとんど同時だった。

六兵衛は堅い笑顔で、無駄口《むだぐち》を叩《たた》かなかった。

「虫も殺さぬ顔をして、お前は太い女だな。かくしたものを出しなさい。いま袂に入れたものさ。……剛情だねえ」

度を失って声も出ないお京の前にしゃがむと、右の袂に手を突込み、細工物を取り出して目の前にさしつけ、

「これはなんだ」

と言った時、お京が逃げかけた。六兵衛はすかさず、帯をつかんで引き戻《もど》す。はずみをくらって、お京はあおのけに倒れた。

「どうぞお許し……勘弁してくださいい……出来心でございます」

六兵衛はお京を組み敷く形になっている。利腕にその膝が乗っかり、一方の肩口もガッシリと押え込まれて、身動きできず、痛さも痛い。泣き声で訴えてから、お京は細い悲鳴を上げた。

「いや、お前のようなやつは、番所へ突き出すのがいい。盗みは働く、松太郎と不義はする。……どうだ、わしはみんな知っているぞ。お前は毎夜、松太郎の部屋に通っているじゃないか。ふふふ、松太郎が呼ぶのか、お前が押しかけるのか、なにしろ盛んなことだね。ひとつ、わしにも味を見させてほしいもんだ。松太郎が骨抜きになるなら、よほど……」

「あっ、いけません、お許し……わたしは若旦那の」

「恩人の若旦那に操《みさお》を立てるというのかい？　ばかな。松太郎の持ちものなんぞありゃあしない。あいつのものなら、みんなわしのものさ。四の五の言わせはしない」

「いけません、それだけは」

と、あらがおうとしても、押えつけている六兵衛の力は磐石《ばんじゃく》で、情容赦なくお京の襟《えり》を引きはだけ、きつく締めた帯に押し上げられて、ぷっくりと盛り上った両の乳房が丸出し、乳首は紅を浸ませたようだ。

「まるで生娘《きむすめ》の肌だな」

六兵衛は一息つき、お京の胸に、くっつくばかりに顔を寄せた。同時に彼の足は、すでに乱れた裾に割って入っていた。

「厭かえ？　厭がって暴れれば暴れるほど、わしはお前がかわいくなる。柔らかくて、すべすべした足だねえ。……松太郎の話だが、お前はもとはお侍の娘だそうな。なるほど、どこかコリコリして、引き緊ったところもあるようだなあ。お侍の娘なんぞは、初めて抱くよ。へへへ、年甲斐《としがい》もなく、ゾクゾクしてきた……さあ、もうおとなしくしたらどうだ」

「でも、若旦那に」

「あんな者はほっとくがいい。どうやらお前は、あいつにはもったいない上玉だよ。わしの女になれば、盗みも何も忘れてやるさ。欲しいものも買ってやる。……観念したかい？」

「あの、若旦那に知れないように」

「わかってる、わかってる。任せておきなさい」

お京はふくらはぎから太腿へと這《は》いのぼってくる、六兵衛のガサガサした手のむずがゆさに耐えながら、手足の力を抜き、すすり上げるような吐息をついた。

「帯が苦しい……解きますから」

「そうか、よしよし、わしが解いてやる」

六兵衛は着ているものを脱いだ。浅黒く肉付きのいい体で、胸のあたり、下腹から腿にかけて、剛毛がびっしりだった。お京は顔を反《そむ》けて目を閉じた。

お京のみごとに整った体が、全体に薄紅《うすあか》く見えたのは、障子を透《すか》して入ってくる光のためだろう。陰も深く、細かな生毛さえ浮き出している。

「お、お、お」

と、言葉にならない声を発しながら、いい年の六兵衛が、お預けを許された犬のように、お京の肌に食らいついた。

　それから二日目の夜、離れのように造られた松太郎の部屋に、お京といたのは六兵衛だった。一度ああなっては、もう恋しい一方だが、お京を抱こうにも、女房のお俊が控えていてはどうにもならず、外へも連れ出せず、窮余の一策が、松太郎を追い出し、代りに……というものだった。松太郎は人形師の家へ使いに出している。五月人形に新しい趣向は、という打合せのためで、仕事らしい仕事を珍しくおやじが言い付けたものだと、松太郎は喜んでいた。行けば酒も出ようから、帰りはおそくなり、お京と楽しむ暇はたっぷりだ。

「旦那はひどいことばかりなさるんですもの。お部屋へ帰れるかしらん」

暖かすぎるほどの炬燵布団《こたつぶとん》の中で、お京は骨抜きにでもなったように手足を投げ出し、それを六兵衛がいとしげにかかえこんでいた。

「わしのやり方はこうさ。最初は手加減をしたんだ。だが、お前の受けの良さも底が知れない。もうこうなりゃあ、お前のためにならなんでもするよ。お光《みつ》、わしと松太郎と、どっちがいい？」

ここではお京の名はお光。松太郎が三十両、卯平に渡して家に引取った代りには、お京が当分の間、上女中として働くという取り決めだった。働く分には、お京は骨身を惜しまない。おとなしくて気が利き、しかも美しいというので、お倹が気に入り、女中仲間にも親しまれている。お京が松太郎の部屋に通うのを、彼女たちは知って知らぬ振りだった。

なにしろ恩人だし、手が付いて当り前、というわけだ。お光さんのようないい女に、手を出さぬほうがおかしい……女中とは言え、妾同然なのだ。

「旦那、わかっていらっしゃるくせに。若旦那じゃあ、やっぱり……」

「物足りぬか。いっぱし女慣れた気ではいても、まだまだ若い。本当の面白味《おもしろみ》を知らないのさ。お光、ずっとわしのものになってくれるな？」

「はい。でも若旦那に知れたらどうしましょう。わたしは殺されるかもしれません」

「よっぽどお前にほれているようだな。無理もないが、そこは親の威光だ。一ことも文句を言わせるもんじゃないから、安心しなさい。だがお光、今後は松太郎を相手にするんじゃないぞ。言い寄られたら、なんとかその場を逃れて、わしのところへ来なさい。あいつと寝でもしてみろ、こうしてやるから」

と、六兵衛はやにわに、お京の首を絞めだした。むろん戯《たわむ》れ半分で、お京も合わせて、苦しげに体をくねらせ、口を開いて赤い舌をのぞかせたりしていたが、その時、店のほうで、松太郎が帰ってきたらしい気配があった。手をお京の首から離した六兵衛が、

「ばかに早く帰りやがったな」

と舌打ちし、さすがに現場を見られるのは閉口だと見え、起き出して着物を引っかけた動作は早かった。松太郎の逆上するのが怖くもあったようだ。

六兵衛があわてて出て行くとすぐ、急いでくる足音が近付き、お京は身支度をする暇がなかった。……というのは、うわべである。

「お光？」

来ているのはうれしいが、呼びもせずに来ているのは妙だとばかり、松太郎は布団の中のお京を見おろしながら棒立ちになった。

「あ、あの、若旦那」

と、お京が言いかけるのを耳にも入れず、布団を剝《は》ぎにかかったのは、お京を素っ裸と見て取ったからだ。

「……やはりそうか。抱かれていやがったか」

と、松太郎はどっかりその場に尻《しり》を落し、うつろな目をした。お京は手足を縮め、芋虫《いもむし》のように丸くなっている。その痕《あと》は歴然だった。しわくちゃの敷布、散らばった懐紙、足許《もと》に丸まったお京の腰巻。それに蒸れるような甘酸《あまず》っぱい匂《にお》い、男臭さ。

「たったいま出て行ったようだが、おやじだな？　おれを使いに出したのは計略だった。そうだなあお光、返事をしろ」

お京は顔をかくしたまま、微かにうなずいた。

「ちくしょう……ばいため」

松太郎は悲壮な声を絞り出すと、立ち上りざま、お京の脾腹《ひばら》めがけて足を飛ばした。ヒイッと叫ぶのへ重ねて、尻と言わず脚と言わず、息せき切って蹴り続ける。そのたびに悲鳴を上げながら、お京は逃げようとはしなかった。

「お光、おれはそのうち、お前を女房にとさえ思っていたんだ。本気でほれていた。それを、人もあろうにおやじと……殺してやる。いや、楽に殺しはしねえ。責めさいなんでから息の根を止めてやる。何がどうなったって構うものか。おやじも許さねえ。どうするか見ていろ。ちくしょう、ちくしょう……」

暴れ狂う松太郎の足先が、もろにお京ののど元に入ったようで、お京は声も出さず、あおのけになった。大の字なりで動かず、胸だけが大きく波打っていた。

「このくらいじゃあ済まないんだ、お光。……お光！」

松太郎はギョッとしたように、お京にとりつき、顔をのぞいた。目が白目だ。歯を食いしばるようにしている。肩をつかんで何度も強くゆすると、お京は深い息をついた。そして黒目が戻った。涙が次々にあふれ出した。唇《くちびる》がゆっくり割れ、蚊の鳴くような声が出た。

「若旦那、殺してください。御恩を仇《あだ》で返したわたしです。旦那にあんなにされて、わたしも生きていたくはありません。あの時、舌でも噛《か》み切りゃあよかったんですけれど」

「い、いつからだ？」

「おととい、おかみさんの部屋で……」

お京は途切れ途切れに、しかし静かに起ったことを話した。出来心のことも。そしてどんなに厭なことを強《し》いられたか。今後は松太郎を相手にしてはならない。わしの女になるのだと言われたこと。

「わたしだって、夢のようなことを考えていたんです。好きな若旦那と添えたらって……こうなっては、本当に夢でした」

シンと沈んだ声音《こわね》には、泣きながら掻《か》き口説くのとはまるで違う、強烈な訴えがある。

「……旦那におもちゃにされるのは厭です。あんなはずかしい……」

そこでお京は必死に嗚咽《おえつ》をこらえた。松太郎の総身がぶるっと震え、目が釣《つ》り上った。すっくと立ち上り、半間床の上の戸袋がガラリ、中から取り出したのは黒鞘《くろざや》の脇差《わきざし》だった。

「あ、若旦那、いけない。ね、若旦那、いけません」

と、裸のお京が片膝を立てたが、松太郎は脇差を手に風をくらって飛出している。

お京は布団の上に膝をそろえて坐り、荒い足音が南の部屋の方角へ遠ざかるのを聞いていたが、

「おお寒い」

と一こと、それからかわいいあくびを一つした。

夫婦の寝間では、六兵衛が布団を引被《ひっかぶ》っていたが、狸寝入《たぬきねい》りだった。暴れこんでくるのが松太郎だとすぐわかったが、まさかおっ取り刀とまでは思わず、狸寝入りを続けていたのだが、ずかずかと来られ、枕《まくら》を蹴飛ばされて、これはとあわてた。

目を開くと白刃だ。六兵衛はヒャッと言ってあとすざった。

「な、なにをする松太郎。血迷ったか。げ、現在の父親に」

「てめえのようなヒヒ野郎とは、もう親でも子でもねえ。お光をどうしやがった？」

「お光？　ああそうか。ま、まあ落着け。話し合えば……」

「ごまかそうってつもりか。息子の女を取りやがって、その上に何のかのとこの野郎！」

目を覚ましたお傪が、寝呆《ねぼ》けまなこを凝らしてから、キャーッという悲鳴を上げ、松太郎が脇差を振り上げたところへ取りすがった。すがられながら斬《き》りかけたので、刃は空《くう》を斬り、六兵衛は部屋の隅《すみ》に転げ出た。

と、雨戸の外れる音がして、小庭から上った人影が二つ。寝間にするすると入って、

「険呑《けんのん》な立ち回りなんぞはお止《や》めなせえよ」

と呼びかけながら、頰被《ほおかぶ》りを取ったのが、小柄《こがら》で身軽そうな巽屋孫兵衛で、連れが卯平だった。

「吉野屋さん、親子で一人の女を争うのもみっともねえ話だが、息子が親に斬り掛けたとなりゃあ大ごとだ。わかりゃあ死罪もので、吉野屋はむろんのこと、取り潰《つぶ》しさ。困ったことになりましたね」

と孫兵衛。松太郎は卯平を見て首をかしげていたが、

「あっ、あの時の」

と目を丸くした。

「お前たちはなんだ、泥棒《どろぼう》か」

と六兵衛が虚勢を張るのへ、

「なに、人形を買いに来た客さ。とんだところに来合せて、放《ほう》っちゃあ置けねえから、御役人に知らせたものかどうかと、思案しているところでね」

と卯平が言った。

「おとっつぁん、こいつはゆすりだ。あのお光もグルなんだ」

と松太郎。

「やっと気付いたようだが、遅蒔《おそま》きだね。女はお京というんだが、親子でお京にほれ、枕を交わしたのも真実なら、松太郎がお前さんに斬りかけたのも真剣のはずだぜ」

「うまく計ったな。いずれ金だろうが、いくら欲しいんだ？」

金となると、六兵衛は冷静に返る。黙っていてもらう代償に、相当の額は出さねばなるまいが、できるだけは値切らねば……。

「いや、金よりも、頼みがある。聴いてほしいな。こりゃあ、お前さんも大もうけになる話だ。おかみさん、震えていねえで、熱い茶でも一杯、振舞っておもらい申したいね」

四

「まあ、これはみごとな。ほんに生きているようじゃ」

「目許《めもと》をご覧なされ。きれいなこと」

「水も垂れるような若衆……なんだか、おかしな気持になりました」

「あなたはまあ、はしたない」

華やかな女の笑い声。人形箱をのぞいている女中たちは、しかし舌なめずりでもしそうな顔だった。

「これこれ、騒いではなりません。よう見たら、早う花村様のお部屋へ運ぶのじゃ」

と、これもしばしは若衆人形に心を奪われた組の、御広座敷《おひろざしき》勤めの頭《かしら》、磯波《いそなみ》が命じた。

人形は等身大、というのも当り前で、若衆人形に化けたのは染吉であった。濃化粧に紅をさせば、さながら人形で、六兵衛たちが驚いたほどだ。舞台衣装を着せれば、ますます人形で通る。あとは瞬《まばた》きをせぬこと。呼吸をそれと悟らせぬこと。なんとか、人目をくらますほどに、できるようになった。蓋《ふた》がビードロ張りで、いくらか曇りがあるし、手は触れられないから助かっている。

――なかなか辛《つれ》え仕事だぜ。ちっとやそっとの金じゃあ引き下れねえ。

などと考えながら、染吉は箱の中で揺られつつ、運ばれて行く。手足を突張り、息は虫の息、そしてパッチリ開いた目は正面だけを見て。

本所南割下水、津軽越中守《えっちゅうのかみ》の上屋敷、奥御殿である。六兵衛が八方に伝手《つて》を求めて、知り合ったのが、同家用人末席の兵藤浅右衛門《ひょうどうあさえもん》、金と女色が飯より好きという四十男だった。

兵藤の接待では、山吹色に芳国描く春画数枚を添えた上、例の男女秘戯ののぞき見も奮発したから、一も二もなかった。

男女とは染吉にお京だった。山中の一軒家に、猟師の染吉が夜這《よば》いという趣向で、田舎のおぼこ娘お京が鉄砲で脅された挙句、無残に花を散らすというものだ。筆をとる芳国がうなったほどの出来栄えで、兵藤はよだれの流れるのも知らなかった。

「厭ならいいが、まんざらでもあるめえ。浮気《うわき》なら構わないから、一汗掻《か》いちゃあどうだ。ま、若衆を買った気だね」

と孫兵衛はお京に言って笑っていたが、さすがにのぞきまではしなかった。許しを得て、お京がいそいそして見えたのも面白くなさそうだったが、その辺は孫兵衛も並みの男なのだ。今業平《いまなりひら》の染吉、こいつは危なかった。

吉野屋に出入りを差し許すということになり、まず運び込まれたのが等身大の本物の女人形で小野小町。これは御年寄で総取締りの綾瀬《あやせ》という御女中に。次いで、取締り助―補佐役の花村に。これが生人《いき》形だった。いずれも御礼の献上品という名目だ。

花村は三十過ぎで、色香たっぷりの女振り、役者買いなどもひそかにしているという噂があり、兵藤は口をぬぐっているが、あるいはこの男とも……と思われる節《ふし》がある。

花村は床の間の人形箱の前に立っていた。夜が深い。部屋で召使う女たちは、みな眠っている。次の間から安らかな寝息が洩《も》れてくる。八畳の上の間には花村がひとりだった。真中に絹ずくめの夜具。行灯《あんどん》のほの暗い明りが瞬《また》いていた。

花村が箱の中の人形を見つめて、ほっと溜息《ためいき》をついたのは、これが生きた若衆だったら、と切ない思いをしたからだろう。

と、人形の目が笑いかけたように見えた。思わず小さな声を出し、胸をおさえた。わたしの目がどうかしたのだと、わが身に言い聞かせた途端、人形の目が瞬き、花のような唇が笑んだ……ように見えた。花村は二、三度前後に揺れてから、くたくたと倒れ伏した。

吾《われ》に返って、怖々《こわごわ》と人形の方を見ると、あろうことか、ビードロの蓋が中からあいて、静々と人形が歩き出してきたのだ。

「花村様、わたくしは人形でございます。あまりのお慕わしさに、魂が入りました」

人形の染吉は、ぶるぶる震えて念仏を称《とな》えている花村の前に立ち、微かな声でそう言った。

「さあ花村様、怖いことはございません。わたくしを、どうともご自由にしてくださいまし。さあ……かわいがっていただこうと、待ち構えております。ほほほほ、五体のついた張形とお考えくださいまし」

「お前は……お前はほんに人形じゃな」

「はい。どこまでも人形でございます。ずっとお部屋におります」

――早くしねえか、愚図の阿呆《あほう》め。チョッ、孫兵衛め、こんな芝居もどきをやれと抜かしやがって。お京なら御《おん》の字だが、このカビ臭え水ぶくれじゃあ、ゲップが出るぜ。

「あの、どうすれば……」

「わたくしの着物を。はい、そうして脱がせて。脱いだらお布団に横になりましょう。あなた様は、どうなりとして、わたくしをかわいがってくださいまし」

花村は震える手先で、人形に取り付くと、もどかしげに袴《はかま》の紐《ひも》を解きはじめた。とりかかるとあとは夢中で、人形―染吉は裸にむかれた。蛍光《けいこう》を発するほどの白い体に、紫の下帯が鮮やかだ。ふっふっふっと、溜息ともうめきともつかない声を発しながら、花村は下帯を取り去ると、のけぞるように尻餅《しりもち》をつき、

「ああ……ああ……」

とあえいだ。醒《さ》めたきれいな目で花村を見た染吉は、すっと歩いて布団の上に横たわった。

「花村様、さあ、よろしいように。あなた様もお脱ぎなされて」

と言いながら、染吉は吹き出しかけた。いざり寄った花村が、いまは怖《おそ》れもはずかしさもかなぐり捨て、萌黄色《もえぎいろ》の夜着も腰布も取り去り、生れたままになると、われとわが胸乳を押しもみ、ひとしもだえしてから、染吉の上にどっとおっかぶさった。

いくら声を忍ぶつもりでも、染吉にかかっては、たまったものではなかった。深山のような大奥の夜のしじまの中で、花村のあられもない声が部屋を洩れ、廊下を伝うのは避けられなかった。

「どうしようのう。怪しまれているのじゃ」

と、三日目の夜、染吉をかき抱きながら、花村が訴えた。部屋の者たちは金で黙らせるとして、他のお直《じき》の女中たちにそれは利《き》くまい。探りを入れる者があるし、人形をよく見せてくれと申し出る者もある。入れ替り立ち替り、見にくるたびに人形の真似《まね》をするのは、染吉も辛いわけだ。

「花村様、こうしましょう。あなた様は目をつぶってくださいまし」

「目をつぶれと？」

「はい。あの方々は、きっと焼餅を焼いておいでなので。わたくしがお相手を勤めれば」

「厭じゃ。そなたをほかの女になど」

「だから目をつぶってくださいと言ってるんで」

と、染吉の口調がついぞんざいになる。

「わたくしがお慕いしているのは、あなた様だけ。ほかの人と寝るのは方便でございます。そうすれば、皆様の心もおさまり、こうしてあなた様といつまでも……」

「やはり、仕方がないかのう」

「口封じをしないと、どうなると思います？　さあさあ、わたくしに任せて、しっかり抱いてくださいまし。そうそう、寝てくれそうなお方の名を教えてくださいまし。身持ちのあまり堅いお方はいけません」

次の日から、花村はこれと思う女中を部屋に引き入れ、自分は次の間に退いた。およそは察している連中ばかりで、染吉は芝居をする要もない。腕にヨリをかけるとはこのことで、女中たちは次の逢瀬《おうせ》を約するのに懸命なので、表へ訴えるなど、思いも寄らないことだった。染吉が枕を共にしたのは、花村を筆頭に、重い役の女中七人だった。

ここらでよかろうと、二月も末の夜明け方近く、庭に出た染吉は委細を走り書きした紙つぶてをポイと塀外《へいそと》へほうり投げてから、人もあろうに総取締りの老女綾瀬の部屋へ、ノコノコと入って行った。

綾瀬はたしなみ深い女で、足音とわずかな隙間風《すきまかぜ》で早くも目を覚まし、枕許の懐剣をつかみながら、

「だれじゃ。何者じゃ」

と一喝《いっかつ》した。

「ええ、人形でございます」

キェーッと老女が奇妙な声を出したのは、よほど意外だったからだろう。それも束《つか》の間《ま》、しっかりした徹る声で、

「曲者《くせもの》じゃ、出会え、出会いなされ」

と呼ばわった。やれやれ、これで役は済んだとばかり、染吉は若衆姿のまま、大あぐらをかいた。

翌朝五ツ半刻《どき》。巽屋孫兵衛、吉野屋六兵衛の両名が、御家の大事という触込みで、津軽藩江戸家老と対面していた。用人兵藤浅右衛門も控えている。

「……何もかも洗いざらい、お話し申しました。みんなこの孫兵衛が仕組んだことで。吉野屋はただ、お出入りを許されたいという一心で、兵藤様にお願い申しましたわけで、兵藤様もまた、まさか生人形が、とは夢にもご存じなかったので」

「ふうん、きさま、よほど腹黒いやつよの」

と、津軽なまりの家老は孫兵衛を睨《にら》みすえた。さすがに大藩の家老、動揺はない。

「じゃが、人形箱に曲者を入れ、御門を通ったではないか」

「わたくしの全く知らぬことでございます。なるほど人形は献上のために差出しましたが、受取ったのが、どうやらこの男とその仲間で、入れ替えたのだと存じます。それは御門外でございましたそうな。いま申しました通り、わたくしも兵藤様も、この男にマンマと欺《だま》されたのでございます」

「それにしては仲よくいっしょに参ったの。のう兵藤、そうであろう」

「はっ、な、なんとも、左様で」

「孫兵衛とやら。津軽藩と心中の覚悟か」

「仰《おお》せの通りで」

「なんじらと心中はならんな」

と言うと、家老は豪快に笑い出した。

「望みを申せ」

「五百両で何事もなかったことに。それに捕われた男を返してくださいまし」

「斬って捨てても仕方がない。返してやるが、三百両にせい」

「値切られましたな。あまりぜいたくも言えまい。承知いたしました。ところで兵藤様、花村様など、きつい御処分はなさいますまいね。切腹だのなんだのは厭でございますよ、寝覚めが悪いから」

「殊勝なことを申すの、ふっふ。それは安心せい。腹でも切らせれば噂になる。のう兵藤」

兵藤浅右衛門は畳に這《は》いつくばった。

「おめえの分だ」

ずいと差し出されたのが金三十両だが、染吉はちょいと目をくれただけで、うれしそうな顔もしない。

「言わずもがなだが、内訳はおれたちが五十両ずつ。吉野屋にゃあやることもねえが、まず二十両。染吉、不足か？」

「おらあ、気を変えた。金は要らねえ」

「ほう？」

「お京をもらって行く。おれにくれ」

「そりゃあ困る」

孫兵衛は子供をさとす口調になった。

「お京は言わばおれの恋女房で、人には渡せないよ。男と寝るのは仕事の上だ。おめえとは仕事でもあり、浮気心もいくらかあったかしれねえが、浮気はおれもする。あきらめな」

「厭だ。おれはお京にほれている。お京だっておれが好きだ。兵藤の馬鹿《ばか》に見せた時、わかった。しっかり気が入っていたぜ。へへ、そうだなあお京」

お京はただ黙って笑っていた。時々、全くほれぼれする子供だねえと言うように、しっとりした瞳を染吉に向けていたが。

「これだから困る」

孫兵衛は苦笑して、

「断わる。金を持って帰りな。おめえとの仕事は今度限り、以後は赤の他人だ」

「お京に迷うのは当り前だが、目を覚ましな。三十両、おがんだこともねえだろう」

とお新が口を添えたが、染吉は畳を蹴っていて、孫兵衛も卯平もさえぎる暇がなかった。

……お京を引っ捕え、のど元に匕首を擬していたのだ。

「連れて行くぜ。一寸でも動いてみろ、お京の命は無え。おれの匕首はな、早えんだ。情容赦もねえ。てめえらがおれを殺すつもりなら、おれはお京を殺す」

「早業《はやわざ》だな。手も足も出ねえぜ」

と、卯平が孫兵衛を見た。

「どうやら、負けだな。添ってみるのもよかろうよ。お京もまんざらじゃなさそうだ」

孫兵衛がひょいとうなずくようにした。お京は端然として、ゆるやかな微笑を消さない。

染吉にせき立てられると、おとなしく立ち上った。お京の肩を抱くようにし、右手に匕首を持ち、出て行くのを、三人は見送った。夜も四ツを過ぎていた。

「さて、と」

卯平が孫兵衛の言葉を待った。

「肌《はだ》の合わねえ小僧だったな。若い命だが……」

暗闇《くらやみ》の西念寺横町は人通りもない。夜泣きそばの提灯《ちょうちん》すら見えなかったが、横町から広い参道に出ると、いくらか明るくなった。辻行灯《つじあんどん》や、消し忘れた軒行灯のせいだろう。

染吉、お京の行手、とある脇道《わきみち》からパッと飛び出したのが卯平で、先回りをしていたのだ。脇差を振りかざし、しゃにむにという勢いで走ってきた。

「来やがったな。おいぼれめ、命が惜しくねえと見える」

染吉は不敵にせせら笑うと、お京を突き放し、身を沈めるようにして構えた。彼はうしろに気付かなかったが、無理もなかった。孫兵衛の足はふしぎに音を立てなかった。まるで宙に浮いているようで、しかも驚くべき早さだった。卯平が斬りかけ、染吉がかわして、よろめいた卯平を一刺し、という瞬間、孫兵衛が横を走り抜けていた。

お京にも、孫兵衛がただ走り抜けた、としか思えなかったが、染吉の体が大きくゆらいだ。

「ど、どうしたんだ。お京！」

それが最後で、染吉の体は前へのめり、そのまま倒れ伏した。左脇腹から首筋のあたりへ、斜めの赤い筋が浮き出したのは、しばらく経《た》ってからだった。孫兵衛はもう、細身の刃を仕込み杖《づえ》にしまっている。

「なむあみだぶつ。だがこいつをどうしたもんかな」

と卯平。

「届け出ようよ。女房を奪って逃げたから成敗《せいばい》しましたってな。大川へ投げ込むのも哀れだ。なにしろ水の中は寒いからな。お京、帰るか」

「本当にいい男だった。お花でもあれば手向《たむ》けたいけれど……」

とつぶやきながら、お京は懐《ふところ》ろ手になり、そっと孫兵衛に連れ添った。

第十話

責《せ》め絵草紙《えぞうし》

一

うしろからフワリと肩に手をかけられ、根が小心者の上に、今しも筆の運びに興が乗って、無我の境地にいた宇陀川芳国《うだがわよしくに》は、キャッと悲鳴を上げるところだったが、どうやら置かれた手の柔らかさは女のもの。

おっかなびっくりで横目を使うと、思った通り、ぷっくりした娘の手だった。胸を撫《な》でおろして振り返ると、年の頃《ころ》十六、七の娘が立っている。

「びっくりするじゃないか。この辺の娘っ子か。それにしても……ほう」

と芳国が嘆声を上げたのは、なりはむさ苦しい百姓娘で、縞目《しまめ》もわからぬほどの着物はつんつるてん、脛《すね》がにょっきり出ていて、膝《ひざ》のあたりも抜けそうだが、顔がよかった。

化粧もなし、髪はいつ結ったか、ぼうぼうのていたらくながら、目鼻立ちはキッパリ、キリリとして豊頰《ほうきょう》、薄汚れて見える肌《はだ》も、そもそもは透《す》き通るほどの白さ。そこはへっぽこながら絵師の眼力で、あぶらの回り様も若鮎《わかあゆ》さながらの生きの良さだと見て取った。

改めて眺《なが》めるに、いいのは顔ばかりではない。すくすく伸びて、張り満ちた体らしい。宇陀川芳国、垢付《あかつ》いた柳腰などには、飽き飽きしていた。お職女郎の磨《みが》いた肌も、所詮《しょせん》は古物。そこへゆくと……

「なにかご用かい、娘さん」

と聞いた時の芳国の顔付きには、この子をなんとかモノに、という色がある。とは言え、モノにするとはこの際、娘を描《か》くことだった。

「おじさんは絵を描くお人？」

「そうだが、あっ、こりゃあお前さんなどに見せるものじゃ……」

だが娘は、もう画帖《がちょう》の絵をのぞき込んでいた。

芳国のこのたびの趣向は、どこか田舎の草っ原か川岸で、青天井の下、土地のうら若い娘が、荒くれ共に犯されているの図だった。

田舎と言っても、遠出はしたくない、となれば、さしずめ大川の上流、寺島の渡し場から木母寺《もくぼじ》あたりとなる。芳国は裾《すそ》からげ、脚半《きゃはん》にわらじ履きの、ちょっとした旅姿で、握り飯も持参、土手道をたどりたどって、いまは隅田村《すみだ》の一角にいた。

青天井とはゆかず、朝から泣き出しそうな空模様だったが、幸い雨はほんの時折、パラリとするだけだった。

そこは小高い雑木の山で、草ぼうぼう、道もわからぬほどに生い茂っている。芳国は大きな赤松の下、お地蔵様が鎮座したあたりに腰を据《す》え、適当な舞台は、とあれこれ写し取っていたのだった。老松《おいまつ》の太い幹、赤いよだれかけの無邪気そうなお地蔵様、そのお住いの朽《く》ちかけたひさし。わずかな空地とまわりの草むら……野の花も咲いていて、さらに遠景は西が木母寺、水神様、南は大川の眺めからさまざまな社寺の屋根、ずっと遠くに今戸の瓦《かわら》焼く煙と浅草寺《せんそうじ》。まずこれで行くべしと、ざっと絵を描いたあと、例の妄想《もうそう》をたくましゅうして、娘が荒くれに犯される図を、ああでもない、こうでもないと、二重三重に描き試みていたところだ。どうも、いま一つ物足りない。生きていない。狙《ねら》いはこれまでにない土臭さ、たくましさ、健《すこ》やかさ、従って強烈さにある。実物を持って来たかった。

娘は画帖の怪しげな図柄《ずがら》をじっと見ていたが、

「おじさん、あたいと遊んでくださいな。お願いだから」

と言った。誘いかけと言うより、言葉通りのお願いだ。生《き》まじめで、思い詰めたような面持《おももち》である。芳国はポカンとした。

「娘さん、驚かしちゃいけないよ。遊ぶたあなんのことだ？　まさかおめえ……」

「いいえ、本当です。ここでいいんだから。あたいはお金がほしいんです。どうしても要るんだから」

「ふうん……いや、お前さんほどの娘とひと勝負願えるのはありがたいが、出し抜けだから、どうもね」

と、芳国は柄にもなく渋った。こんな娘と……という気は大いにあるが、いかにも堅気《かたぎ》らしい百姓娘で、どんな事情かは知らず、なにしろ親兄弟のために稼《かせ》がなければならないのだろう。殊勝すぎて、手を出しかねる。理由はもう一つ、芳国は絵に夢中で、色気抜きの心境だった。

「娘さん、男を知っているのかい?」

娘はなんとも答えなかった。円《つぶ》らで強い輝きを持つ目が、わずかな動揺を示し、伏せられたくらいのものだ。どちらとも取れる。物好きにこのあたりに迷いこんでくる男へ、芳国にしたように言い寄り、抱かれたことがあるのだろうか。たびたびそうした女にしては、男慣れしていない。

「娘さん、それじゃあこうしよう。お前さんを描かせてくれないか。この絵にあるようにだ。わかるかい? わしが頼む通りの型になってもらいたいんだ。そうしてくれりゃあ、お前さんを抱いたのと同じ……いやもっとお金を上げようよ」

「裸になるのかえ?」

「そうさな。丸裸にはならねえほうがよさそうだが、とにかく、わしが指図をする。男はいねえんだから、まず独り相撲だね、へへへ」

娘が不安そうにうなずくのももどかしげに、芳国は何かブツブツ言いながら、物狂おしくあたりを歩き回り、娘の姿をと見こう見し、振付に苦心惨澹《さんたん》の体《てい》であった。

「それじゃあ、まず最初に、こうおいで」

目の色が変った芳国は、娘の手をムズとつかんだ。

草むらの中に引き入れられ、仰向けに転がされた形。男一人がうしろから抱きかかえ、もう一人が前に回っているという見立てで、左側に知らぬ振りのお地蔵さん、松の枝が上から垂れて、遠く見すかされるのが大川の下流、渡し舟も見えるという図柄のつもり。

芳国は物も言わず、娘をその場所に連れ込むと、まるで力ずくで押し転がし、馬乗りになって思案していたが、グイと両手で娘の胸の合せ目をひっつかむが早いか、左右に引きはだけた。娘は悲鳴を押し殺し、キュッと身を縮めるようにしたが、みごとな実り様の双《もろ》の乳房が、はずみを食って飛び出すと共に、娘盛りの肌の香りが匂《にお》い立った。

「予期に違《たが》わず、こりゃあどうだ。乳房が雪うさぎ、乳首は南天の実、いやいや、ほころびそめた紅梅の色だな」

などと、たわごとを発しながら、芳国はこんどは帯の下に手をかけた。娘が思わずおさえようとするのへ、

「なに、はずかしくはない、はずかしくはない。だれも見ちゃあいない。なんにもしない。こうしてもらわなくっちゃあ、絵にならねえからの。辛抱しや」

とやさしくなだめながら、やることは乱暴至極で、哀れ娘は丸裸同然、むしろ丸裸より無残なかっこうにさせられた。前を覆《おお》っているのは臍《へそ》の上でゆるみかけた紅い帯と、帯の

上下ほんの少しの前身だけ。下半身が末広がりに露《あらわ》だ。股間《こかん》の春草はまだ若いが、茂り様は勢い盛んだった。腰や太腿《ふともも》の溢《あふ》れるような肉置《ししお》きも、色の白さも、まずこれ以上は望めまい。

「ほほ、こいつは天からの授かりものだ。お京だって一歩を譲りかねんな。ところで、こうっと……」

芳国は夢中になれば無慈悲そのもので、娘がぼうっとして言いなりになるのを幸い、人形をあつかうように、足を広げさせたり、高々と持ち上げたり、

「そのまま、そのまま」

と無理な形にさせておいて、画帖を取りに馳《か》け戻《もど》ったりというふうで、みるみるうちに、四、五枚の荒描きを済ませた。

さて、次は娘を地蔵様にしがみつかせ、男がうしろからなぶる形。囲りに見物の男……いや、寝転んで下から眺めている野郎がいてもいい。その次は松の幹に、これは真裸にむいて縛りつけ、と芳国の思案はとめどがなかったが、娘が突然、キャッと言った。

「な、なんだ」

と芳国は胆《きも》をつぶし、蛇《へび》でも出たかと振り返ったが、蛇ではなく、若い男だった。

さては追剝《おいはぎ》ぎか、たかりかと芳国は青くなった。とんでもないところを見られたものだ。

「なるほど、そういう絵を描きなさるのか。面白《おもしろ》いね」

案外、その若い男はおとなしく言って頬笑《ほほえ》んだ。娘はきまり悪そうに、地蔵様の陰にかくれ、身づくろいをしている。

芳国は何か言おうとしたが、言葉が出ない。二十五にはなるまい、どこかいなせなところのある男は続けた。

「とんだお邪魔をしましたね。あっしは絵は描かないが、同じような人形を造るんで」

「人形？　同じような、と言いなさると？」

芳国はようやく、人心地がついてきた。

「男女の人形の組み合せさ。絵もいいが、こいつはなかなか乙《おつ》ですよ。ちょっと見には、当り前の人形だがね」

「お前さんの言うことは、よくわからないね。当り前の人形が、そういうからみ合いに変るのかい？」

「へえ。なに工夫をすりゃあ、なんでもねえんです」

「そんな人形があるとは、初めて聞くね。なるほど人形なら、真に迫っているだろうて。いい金になりましょう？」

「数があまりこなせねえから、大した金にはなりませんが、まあ、好きでしていることでね」

「そいつは是非拝見したいね」

「よござんすよ。ご案内しましょう。だがお前さんは仕事途中で……」

「いや、いいんだ。娘っ子はまた」

と言ってあたりを見回したが、娘の姿は消えていた。逃げたのだろう。

「しまった！　名も所も聞いていねえ。わたしの絵にうってつけの娘だったんだが」

地団太《じだんだ》を踏みたい気持だったが、どうなるものでもない。幸い、振付の一つだけは書き留めてある。宇陀川芳国は帰り支度もそこそこに、若い男に付いて、大川端にさ迷い出た。

自分の名は米吉《よねきち》だと男は言った。

二

好奇心に駆られるままに、芳国は米吉の住いというのへノコノコ付いて行ったが、場所は本所横網《よこあみ》町の奥で、大名屋敷の真裏という、ばかにさびれた一角だった。二軒長屋の一方が空家、米吉の家はまだ暮れるには間があるというのに雨戸を立て回し、家の中は洞穴《ほらあな》のように暗かった。

「薄っ気味が悪いなあ。お前さん、独りかい？」

立付けの悪い戸をあけ、米吉に続いて中に入った芳国は、土間に立ちすくんだ。

「独りが気楽だからね。雨戸をあけりゃあ明るくなる。ちょいと待ってくださいよ」

と米吉は勝手知った板の間らしいのへ上り、方々の雨戸をあけだした。すると、仕事場と見える広い板の間が浮び上り、いろいろな人形も見えだした。数多くはないが、出来上ったのや、出来かけ、裸ん坊などが、棚《たな》にのせてあったり、片隅《かたすみ》に置いてあったりする。胴体だけが台に据えられていたり、小さな獄門台のようなのに、さまざまな首が並んでいたりだ。

部屋の真中ほどに、傷だらけの大きな机があり、おびただしいノミ、小刀の類《たぐ》いがのっている。机のかたわらの籠《かご》に、無雑作に投げこんであるのが、大小の木材。奥に並べられた五つ六つの壺《つぼ》の中には、何が入っているのやら。ろくろなども、どこぞにあるのだろう。

人形師の仕事場は、珍しいと言えば珍しいが、芳国が見たいのは、例の人形だ。

ところが、この板の間で見る限り、人形たちはなんの変哲もない。雛《ひな》人形や五月人形の売れ残り、藤娘《ふじむすめ》や道成寺《どうじょうじ》といったものばかりだ。出来もいいとは思えない。

「米吉さん、こんな人形がどう早変りをするというんだい?」

「いや、こりゃあただのつまらねえ人形さ。こっちへお入り」

米吉は白い歯を見せ、ニッコリした。

案内されたのは、六畳の居間で、茶棚に長火鉢《ながひばち》だけは置いてあるが、うそ寒くガランとして、畳の上にも薄挨《うすぼこり》が見えるようだった。こんな家に独りぼっちで、妙な野郎だと、やや後悔し始めた芳国は、米吉が押入れから持ち出した人形を見せられて、舌を巻くことになる。

まず一寸法師。お姫様が打出の小槌《こづち》を振ったら、法師が立派な大男になったという情景で、どちらも歓喜の表情、姫はひざまずいて、両手を前にさし上げるようにしている。

この二人の衣装が、たやすく脱げるようになっていて、実に精巧な男女の裸体が現われる。法師の股間に、そそり立つものがある。

それだけでは、なんということもないが、米吉がお姫様の人形をひょいと抜いて、法師にグッと近いもう一つの穴に底の棒をさし込んで固定すると、姫の両手は法師の太腿をつかみ、その花の唇《くちびる》は法師の股間に……全く含んでしまうのだから、芳国はあきれ返るばかりだ。法師の手がまた、ちゃんとお姫様の肩に載るようになっていて、二人の喜びの表情もピタリだった。

次に米吉が押入れから取りおろしたのは、熊谷《くまがい》、敦盛《あつもり》の一騎打ちという変ったもので、馬で馳《は》せ違いながら、いざ組まんという姿勢だ。両者の鎧《よろい》兜《かぶと》、着込みを丁寧に取り去ったら、美々しい若武者の敦盛は女体。乗馬からヒョイとつまみ上げ、熊谷の馬に移すと、馬上の抱合図に一変した。手足のからみ合いが、まことにシックリして、女の細腰は熊谷の筋骨たくましい赤銅色《しゃくどういろ》の腕にがっしりと抱き込まれ、阿吽《あうん》の声さえ聞えそうだ。

三つ目は屋根舟の中。夏姿の芸者らしい女が、中腰になってすだれをかかげ、横で男が舟べりにもたれ、川の景色を眺めている風情《ふぜい》だ。これが一体どう変るのかと、芳国が目をむいていると、前に同じく男女を裸にした米吉は、女を前に倒した。

「あっ、そうか。なある……」

と、芳国はあいた口が塞《ふさ》がらない。すだれをかかげた姿勢は、そのまま妖《あや》しい四つん這《ば》いになる。男をうしろから重ねる。川遊びの景がこう変ろうとは、お釈迦様《しゃかさま》でも、というところだった。

「お前さんに聞いた時には、口ほどのものじゃああるまいと思ったが、こいつはいいや。みごとだ」

「ほめてもらって、あっしもうれしゅうござんすよ」

「ほかには？　ほかにもあるんだろう？」

「あいにく、これだけさ。二つ三つあったのは、売っちまった。なにしろ手間暇がかかってねえ。それに年中空《から》っけつで、金が足りねえ。めったな人には売られねえってこともあるから、この早変り人形は、まああっしの道楽だ。お前さん、人に洩《も》らさねえようにお願いしますぜ。お上《かみ》の耳にでも入りゃあ、手がうしろへ回るんだから」

「惜しいねえ。どしどし造りゃあ、片端から売れるよ。それもいい値で。やってみる気はないかい、米吉さん。幸い、引取ってくれる旦那《だんな》があるんだ。わしの親分格で、万事任せて間違えのない人だぜ」

「ちょっと脇《わき》から聞いて来たが、巽屋《たつみや》さんは面白い、いい絵をお持ちだそうだ。それを拝見したいと思ってね。いや、無理にとは言いません。無いとおっしゃれば黙って帰りますがね」

三

西念寺横町の絵草紙屋、巽屋孫兵衛《まごべえ》の店に、ぶらりと入ったのが、人品のいい、五十前ほどの旦那で、物言い物腰が鷹揚《おうよう》、身に着けたものが渋好みの上物だった。初めての客だが、コセつかず、物欲しげでもないのが、孫兵衛の気に入った。

宇陀川芳国が、人形師米吉に会ってから、十日目の夕景である。芳国が米吉を巽屋に連れて来て、米吉持参の川遊びの人形を、とっくり見た孫兵衛が、こんな手もあったのかと感嘆し、一も二もなく、人形全部を引取ることにした。金の心配は要らぬから、どんなものでも、興が動けば造ってくれとも依頼した。まだ客に売ってはいなかったのだが……

その客は芳国筆の枕絵《まくらえ》を二枚ばかり、金五両で買ってから、

「いや評判通り、なかなかのものだ。わたしたちの仲間で、こんなものを集めては、持ち寄るのがはやっていてね。それぞれにいいのを持っているが、このところ少し、ダレ気味さ。……というのが、何か変った趣向はないかというわけだが」

「失礼ながら、お客様はどちらの？」

「佐賀町の米屋ですよ。悪い仲間もみんな米屋で、一通りの遊びには飽きた連中ばかり。女郎屋通いも面倒なばかりで面白からず、というところで、絵やら何やらに凝りだしたんだがね」

佐賀町でまずまずの米問屋、伊豆屋錦右衛門《いずやきんえもん》。店は総領夫婦に任せた形で、隠居所を建て、妻と風流三昧《ざんまい》だと、問わず語りだった。

「変った趣向と申せば、実はうってつけのものを手に入れておりますので」

と、孫兵衛は戸袋の中から、熊谷、敦盛の分を取り出し、器用な手付きで、馬上の合歓を現出させた。錦右衛門は目を皿《さら》にし、

「さてさて、世の中には手利《てき》きがいるもんだねえ」

と、感嘆久しゅうした。早速買いましょうと、無雑作に財布から出したのが八両で、持ち合せはこれきりだという。

「十両と存じましたが、よろしゅうございます。お負けいたしましょう。絵もお買い上げくだすったことで」

「そりゃありがたい。ところで、その職人は、こちらから注文を出せば、造ってくれましょうかね」

「それは喜んでお造り申しましょう。わたくしからも、是非にと言いつけますが、どのよ

うなものを？」

「もっと大きなのがいいね。この人形、実にみごとに出来ちゃあいるが、なんと言っても、少し寸が足りないようだ。そうさな、二倍ほど、丈《たけ》なら一尺五寸くらいもあれば、細かなところが、またよくなるだろう。人形の役や組合せなどは、お任せしましょうよ。下手にこちらが口を出すより、思いのままにやってもらったほうが、いいのが出来ましょう。それに、急いでもらいたいんだが……」

伊豆屋が出入りしているのが、さる西国筋《さいこくすじ》の大名家で、領米をほとんど一手で取り扱っている。その大名が国から近々出府するので、あいさつに出なければならない。で、手土産には米吉製の人形が持ってこいだ。なにしろ、その式のゲテモノが大好きの殿様で……

「巽屋さん、代金だが、人形と引替えではお困りだろうか。それなら、一度出直して、お金を持ってくるが」

「いえいえ、ご足労をかけては相済みません。わたくしがお立替えいたしましょう。なに、かかると言っても大したことはありますまい」

「そう願えればありがたい。近頃《ちかごろ》は何事も油断がならないから、みんな用心深くなってゐる。わたしもご多分に洩れないほうだから、それは困りますと言われても止《や》むを得ないと思っていた。信用をしてくれてお礼を申しますよ」

と、錦右衛門は微笑しながら、頭を下げた。頭から足先まで、質素ずくめのお京が、静かにやって来て、お茶を取り替えるのへ、チラと目をやったが、その目がほんのしばらく、お京の襟足《えりあし》と横顔に貼《は》りついた。

「失礼だが、若いおかみさんだね」

「後添いでございまして」

と孫兵衛は苦笑した。お京は作法正しく、丁寧だが無表情で、悪びれずに勝手に退いた。後姿を錦右衛門の目が追っていた。

「いい人をもらいなすったね。道楽をしたせいか、わたしには女を見る目だけは具《そな》わっていましてね。巽屋さん、あんまりいい女で、人目についちゃあいけないから、身をやつさせているね。かくしても駄目《だめ》ですよ」

と言って、錦右衛門はからからと笑った。

「……十日で仕上るだろうかね。無理なら数日待ってもいいが、ともかく急がせておくんなさいよ。それじゃあ巽屋さん、大きにお邪魔を。おかみさんによろしくな」

四

「あの孫兵衛が、まんまと欺《だま》されたたあ、お株を取られた。こいつは大笑いだねえ」

と言ったが、別に笑いもせず、いぎたなく寝そべって、きせるで煙の輪を吹いているのが、舟まんじゅうのお新で、商売の時とは違い、洗いさらして縮んでしまった浴衣《ゆかた》一枚、乱れた裾《すそ》から腿の奥まで見えるのも平気の平左だ。ここは因速寺裏手の墓守小屋で、五月雨《さみだれ》続きに、古畳はボコボコ、天井や板壁には雨のシミ、障子の破れ目からは、生臭い墓場の風が、湿っぽく吹く。

「お江戸はおろか、この深川も広いさ。役者がいるもんだ」

と応じたのは、女髪結《おんなかみゆい》お徳。頭陀袋《ずだぶくろ》から駄菓子《だがし》を取り出しては、ポリポリやってニタついていた。

「持って行かれたのは何両だ？」

とお徳に聞いたのは、お新の連合いで墓守の卯平《うへい》。こいつは冷やで安酒をひっかけている。

「ふふふ、はっきりとは言わねえよ。はずかしいとよ。なんでも四、五十両は取られたのじゃあるめえか。米吉って若造が、そういういい仕事なら、金をかけてえと抜かしたそうな。真《ま》に受けたのさ、あの孫兵衛が」

声は出さないが、体が波打って、お新が笑い、卯平もしかめっ面《つら》ながら、酒にむせたのは、笑ったのだろう。

佐賀町に伊豆屋なる店を確かめに行かなかったのが、孫兵衛の第一のしくじりで、錦右衛門と名乗る男の芝居が、それだけうまかったことになるが、仕事を引受けた米吉もまた役者だった。ぜひやらせてくれと大乗気で、人形造りの冥利《みょうり》に尽きますと上気した面持に、孫兵衛がコロリと乗せられ、太っ腹なところを見せて、五十両、ポンと渡してやったものだ。期限の十日を過ぎても音沙汰《おとさた》がなく、凝りに凝っているからだろうと、芳国を誘って横網町へ行ってみると、家は藻抜《もぬ》けの殻《から》で、小道具一切が消えてなくなっていた。

家主に聞くと、もともと空家で、米吉などという人形造りは知らないという。

「おかしいとは思ったんだ。独り暮しって言うが、住みついているような気がしなかった。それにあの野郎、細工などをする職人らしからぬ、悪くだけたところがあったし」

と芳国がくやんでみても追付かない。

「まあいい。しくじりはしくじり。おれの目も曇っていた。店に来た男の、お京を見る目付きが気になったが、まさかと思っていたよ。だが芳国、人形を造ったやつは必ずいた。生きていりゃあ、どこぞに住んでいる。あれほどのものを造るやつだ、捜し当てるのは思ったほどむずかしくもあるめえ」

「そうか……米吉はそいつの造ったものを、くすねやがったのだな」

「くすねたか、脅し取ったか知らねえが、欺しの種の人形は、あの三つだけのようだ。おれを出し抜いた二人の手際《てぎわ》は、敵ながら天晴《あっぱ》れで、仕返しどころか、ほめてやりたいくらいだが、ただ、人形造りは見付け出したいものだな」

「わしがお前さんに話したあの娘……あれもひょっとして、つながっているね」

「逃げられて口惜《くや》しそうだな。まあ、そのうちに巡り合うこともあろうさ。それより、やつらはおれたちのことを知っている」

「なるほど、この芳国と巽屋……危《あぶ》な絵《え》の一件か」

「それのみならず、お新に卯平、お徳も組んでの仕事ぶりまでご承知かもしれねえよ。知って仕掛けて来たとすりゃあ、いい度胸だ。向うさんの世帯《しょたい》も馬鹿《ばか》にはなるまい。となると、おとなしく引込むのも、愛想《あいそ》がなさそうだなあ、芳国」

「わしは争いごとは厭《いや》だよ。あきらめようよ、ねえ孫兵衛さん、親分。わしが懸命に絵を描いて、損をおぎなうから」

「おめえは引込んでいな。なあに、危い目に遭わせはしねえ」

空家に坐《すわ》りこんだ二人は、そんな話をしたことだった。

「おいらの客で、両国の人形使いがいたっけ。十軒店《じっけんだな》の人形屋の馬鹿旦那も、ちょいちょいやってくるから、せいぜい聞き出そう」

とお新。お徳がまた得意の地獄耳で、おしゃべりのかみさん連中に聞いて回る。卯平は湯灌場《ゆかんば》買いの仲間のほか、お薦《こも》、宿なしにも手を回す。そうすれば、思いの外早く、人形造りは見付かるかもしれない。ただ、その男から米吉がうまく手繰《たぐ》られるかどうか。

「芳国は隅田村で会った娘っ子が忘れられねえと言うが、その辺をうろつかせるがいいや。

ひょっくり会わねえとも限らねえ。どうも、娘っ子と米吉はグルだぜ」

卯平が貧乏徳利を逆さにし、チョロチョロと心細気に出るやつを、欠け茶碗《ちゃわん》に受けながら言った。

その芳国だが、孫兵衛の損などはどうでもよく、娘にいま一目会いたい心が先立って、卯平に言われたのを幸い、二日三日と隅田村一帯をうろついていたが、さすがに探し疲れ、橋場への渡し場近く、川っ縁に腰をかけていたところ、うしろからそっと手を肩に置かれたのが、出会いの時とそっくりで、芳国は一瞬呆《ほう》けたようになってから、ピクンと飛び上った。

「おじさん」

と、あの娘が笑っている。芳国は思わず娘の腕をわしづかみで、

「ゆ、夢じゃあるまいな」

と声が上擦《うわず》った。

「あたいも探していたんだよ。まだおあしをもらっていないもの」

「あっ、そうか。そうだったな。米吉のやつが出て来たので……ところでお前さん、あの男と連れだったのかい？　兄貴か、いい人か、そんなところか？」

「知らない男だよ。急に出てきたから、あたいはお金をもらい損ったんじゃないか」

と娘は答えたが、それが嘘《うそ》かまことか、玲瓏《れいろう》と赤らひく娘の顔からは何も読み取れない。

「ふうん……ともかくも、わしはうれしいよ。お前さんなら、いくらでも描きたかったんだ。それが、名前も居所もわからずに、逃げられたんだからなあ」

「また、あんなようにして描くかえ、おじさん？」

「それもいいが、どうだ、お前さんの家じゃあ？　家なら邪魔が入らないし、野っ原や山の中とはまた違った趣《おもむき》の絵になりそうだ。そうそう。それがいい」

と、娘の手をしっかり握ったまま、独り決めしてしまったが、さすがに探索の役目だけは、胸のどこかにひっかかっていたのだ。

娘の名はおさよ。父親と二人暮しで、本所亀沢《かめざわ》町に住んでいるそうだ。父親の源六は足が悪く、大酒食らいだったから中気も出て廃人同様で、おさよが町内の走り使いや子守、洗濯《せんたく》などをして、細々と食いつないでいるが、それではとても過せず、身売りも厭で、思いついたのが、なるべく遠くで引っぱりをやることだった。柄《がら》の悪いのは相手にせず、小金を持っていそうな中年、年寄り、しかも目付きの厭らしいのを狙う。さしずめ芳国などはうってつけだったらしい。懐《ふところ》ろ具合にしても、孫兵衛と組んで以来、よほど暖かくなっているのだ。

おさよは道々そんなことを話しながら、おとなしく案内して、着いたのが、どぶや塵芥《じんかい》のすえた匂いに便所の臭気もまじったのが、あたり一面に立ちこめた裏長屋で、芳国は思わず鼻をおさえた。

だが、おさよの住いに入ってみると、それほど汚なくもしていない。諸道具は少ないながら小ざっぱりし、襖《ふすま》障子の破れはつくろってあり、畳もさほど古びていなかった。

ホッとした芳国が、いい住いだとほめたのも、まんざらお世辞ではない。……絵にするには、もう少し汚なくしたほうがよかろう。おさよには継ぎ接《は》ぎだらけの着物を着せ、行灯《あんどん》を倒し、綿の出た布団《ふとん》にとぐろを巻かせ、おさよを縛り上げ、なぶり者にしようというのが駕籠《かご》かき、人夫……と、早くも芳国は気もそぞろになり、狭い部屋の中を檻《おり》の中の熊《くま》のようにうろつきだしたが、奥の襖をあけると、壁に寄りかかった老人がひとり、ゆっくりと首を回して、芳国を見た。目は白目勝ち、怨《うら》みをこめてにらみつけられたようで、芳国はブルッとしたが、どうやらこれが、父親の源六のようだ。

腰から下は煎餅《せんべい》布団の中で、手には盃《さかずき》、横っちょに小さな薬罐《やかん》を置いている。中味は酒か焼酎《しょうちゅう》だろう。なにしろムッと酒臭い。五十か、もっと上か、痩《や》せ枯れてシワだらけ、ひん曲げた唇がいかにも気むずかしげだった。

「おとっつぁんは構わなくていいんだよ」

と立ち戻った芳国におさよは言い、どんなにも描かせてやるから、その前にお金をくれと言った。持ち合せは三分《ぶ》ばかり、財布からさらって渡し、あとはもう、おさよを描くことしか念頭にない。

「ぬ、脱いでくれ」

「こんどはみんな脱ぐのかえ？」

と、おさよは素直に裸になる。

「いいねえ。涙がこぼれるぜ」

芳国はいまさらのように嘆声を上げたが、肉付きの健やかさ、たくましさはお京にもない。弾《はじ》けそうだとは、こんな体を言うのだろう。あらゆる姿態を描きたいと、芳国は一心不乱になった。

ふと気がつくと、いつの間にか源六がうしろにいざって来ていて、じっと娘の姿と画帖の筆描きとを見比べていた。源六の目は生き生きとして鋭い。中風の飲んだくれの目ではなかった。

「お前さん、絵が……」

好きなのかと言いかけて、芳国はドキッとした。源六は達者な頃、何をしていたのだろう？　その途端、筆の穂先がポロリともげてしまった。

「しまった。おさよさん、ここに筆はなかろうね。どんなのでもいいが」

「あるよ。おとっつぁんのが」

とおさよが、尻《しり》の下に座布団二枚を敷き、その上に大の字に寝て、体が弓なりになった形のまま言った。

「そのまま、そのまま。わしが借りる。どこにあるね？」

奥の部屋の押入れの、上の段だというので、うしろにじっと控えた源六に断わり、言われた上の段をのぞいたところ、硯箱《すずりばこ》に筆が四、五本。だがそのほかに、芳国をびっくりさせるものがあった。女の裸を描き写した、おびただしい紙だ。

五

「こいつはお前さんの筆だね？　そして女はおさよ。そうだろう？」

芳国が粗末な障子紙に写された女体二、三枚を、源六に付きつけて聞くと、正気でないのか、それとも口が利《き》けなくなっているのか、反応がなかった。向うから、おさよがゴソゴソと起きてきた。

「わたしはこれでも絵師だよ。その目で見て、うまい下絵だ。素人《しろうと》のなぐさみじゃない。うまいからこそ、女はおさよにほかならぬとわかる。お前さん、以前は絵師かい？」

聞えたのかどうか、源六は相変らずぼんやりしているばかりだったが、おさよが真裸のまま、無邪気に体を寄せてきて、絵はおとっつぁんのものじゃない、名前は忘れたが、どこかの絵師で、芳国と同じように、おさよが気に入ったと、何日か泊って描き続け、持って行った残りだと言った。おとっつぁん、そうだねと源六に念を押し、こんどは源六がうなずいた。

「おとっつぁんはずっと前から、手が利かないんだもの。達者な頃は大工だったんだ」

「そうかい。わしの勘違いか、ははは」

と、芳国は間抜けな笑い声を出し、にわかに里心がついた顔になった。源六は奥の部屋へ這《は》って行き、襖をピシャリとしめてしまった。

「どうしたの、おじさん。もっと描いていいんだよ」

「いや……野暮用を思い出した。残念ながらきょうはこれまでさ。また寄せてもらうからね。お礼はその時」

「そんなのは、いつでもいいのに。おじさん、あたいを描くだけで、抱きたくはないのかい？　その気なら構わないよ。あたいもおじさんが好きだもの。その絵を描いてくれた人よりずっと……その人、あたいをいいようにしたのさ。体をよく知ったほうが、絵にも味が出るってさ。ねえ」

おさよのずっしり重い腰、丸い両膝《りょうひざ》がスッと乗ってきて、厚い柔らかな胸は芳国の顔に触れんばかり。上を向いたような乳首が可憐《かれん》に揺れていた。それをグッと健気《けなげ》に踏みとどまった芳国は大出来だったが、これもにわかに、臆病風《おくびょうかぜ》に誘われてのことだった。

あのカラクリ人形、衣装の古いのが気になっていたが、よっぽど前に造ったとして、以後のものがないというのは、わけがある。造った当人がすでに死んだか、生きていても造れなくなったか。おさよの父親源六という男、出は大工ではない。体もひ弱そうだし、節くれ立った手をしていない。と言って、絵師ではない。障子紙のおさよの絵は、上手だが、絵師の筆使いとは、どこか違っている。

ひょっとして、源六が人形造りだったのではないか？　娘の姿態をさまざまに描き取っていたのは、人形造りのためではなかったか？　おさよと米吉がグルであったとすれば、米吉と源六ともつながってくる。米吉はおさよのいろで、言葉巧みに源六に取り入り、秘蔵の人形三体をくすね、一芝居打つ。

これなら、まずまず符牒《ふちょう》が合う。おさよがあわてて絵師うんぬんを持ち出したのは、源六の素性がばれそうになったからで、ばれたら米吉のことまで嗅《か》ぎつけられてしまうからだろう……芳国の里心は、その辺の思案から来ていた。おさよと締めつ締められつは願ってもない極楽だろうが、やはり孫兵衛は怖い。

逃げるようにいとまを告げた芳国は、一旦《いったん》長屋の木戸口から出て、スタスタ歩いたが、程よいところにそば屋を見つけ、のれんをくぐった。それはおさよが出てきたら、行先を尾《つ》けようためだった。

「芳国が一番手柄とは、思っても見なかった。卯平が言う通り、隅田村へ行ったのがよかったな」

と巽屋孫兵衛。夜も九ツ近く、一党が車座になり、お京もほんのりと薄化粧、浅黄小紋の一重《ひとえ》をゆったりと着たあで姿で加わっていた。肴《さかな》は奴豆腐《やっこどうふ》に干魚くらいのものだが、酒が灘《なだ》で、燗《かん》も上々だ。

芳国は亀沢町のそば屋で待つこと一刻《とき》、案の定、何も知らずに歩いてきたおさよを見えがくれに尾けて、首尾よく米吉の住みかを突きとめた。同じ亀沢町だが、場所はちょっと離れて、一つ目通りの桶屋《おけや》の二階だった。物陰から見上げていると、上ってきたおさよを迎えるのか、男がのっそり立ち上ったのが、目かくしのない窓の中に見え、見忘れもせぬ米吉だった。

「およそはわかったが、腑《ふ》に落ちねえこともある」

と、分別顔の卯平が眉根《まゆね》を寄せて、

「五十両奪えば用はなさそうなものだが、おさよがまたぞろ、芳国にちょっかいを出したのは、なぜだえ？」

「金さ。素っ裸を何枚か描かせ、一両、二両かに有りつく算段だったろう。勘定高えあまっ子だ」

とお新。

「ばかめ。五十両に比べりゃあはした金なのを、どうして欲しがる？　芳国に見つけられぬよう、逃げるのが常道だろうじゃねえか」

「へん。気易《きやす》く馬鹿呼ばわりはやめねえか、ひょっとこめ」

「待て待て。どちらも尤《もっと》もだが」

と、孫兵衛が中に入った。

「芳国はカモと見られたな。おさよにベタぼれの様子だから、精々描かせて金にできる。源六の手職などはわからねえつもりだった。それに、芳国をおれから奪い取るつもりが、向うさんにあったのかもしれねえ。なにしろ芳国は近頃《ちかごろ》脂《あぶら》が乗っている。金になると見たのが、佐賀町の錦右衛門だろうじゃないか」

「おさよは万事錦右衛門の指図で動いていると言うのかい？　穿《うが》ちすぎのようだが」

と首をかしげたのがお徳。

「いや、おれたちのことを、何もかも知った上で、仕掛けて来ているんだ。五十両を欺し取った上、稼ぎのいい芳国まで奪い取りゃあ、巽屋一門は面目丸潰《まるつぶ》れ。それが目当てだ。よっぽど癇《かん》に触るらしいや」

巽屋孫兵衛は冷やかな笑みを浮べた。

「それでおさよがわしに誘いをかけたのか。すんでに乗るところだった。なにしろあの美しい体でしがみ付かれてみな。骨までとろけそうだったからなあ」

と、芳国が残り惜しそうに溜息《ためいき》をついた。

「米吉を責めりゃあ、錦右衛門のことを吐く。おさよを使う。そうだ、芳国、いい絵になるぜ」

「工夫がある。こっちから出て行くのは早えが勝ちだ。あしたの夕方近く、七ツ刻《どき》に米吉のねぐらだ。まず戻っていようからな。おさよはいっしょにいるか、源六のところだ。源六のところなら、米吉はあとに回し、源六を責める」

「なにが？」

「源六を？　だが源六は」

と芳国が言いかけるのを制して、

「まあ見ていな。おれに卯平に、芳国。お徳も来るか」

「おさよをいたぶるなら、見ものだろう。退屈しのぎに、行きましょうよ」

「おいらは願い下げさ。舟の中でいい夢でも見ていようよ」

とお新。お京も黙って笑っているが、もちろん行くつもりはない。

さて翌日。亀沢町の桶屋の二階を、様子見のお徳がうかがうと、どうやらおさよと米吉は差し合いで、早目の夕餉《ゆうげ》のようだった。知らせを聞いて時を移さず、男三人に女一人が桶屋に入り、梯子段《はしごだん》を駆けのぼった。止めもできず見送った桶屋の顔を、せめて孫兵衛が一目でも見ればよかったのだが、驚きは同じながら、恐れたのでも飽気《あっけ》に取られたのでもない。やりやがったなと、睨《にら》んでいたのだ。

こちらは桶屋が外へ駆け出したのを知る由《よし》もない。囲まれて逃げ場もなく、白っぽい顔で観念した二人の、米吉のほうへ、孫兵衛が声をかけた。

「おい米吉、人形はまだ出来ねえかい?」

「どうともしやがれ」

と米吉はしゃがれ声で言い返し、口をへの字に結んだ。

「弱い者いじめは、あまりしねえことにしている。五十両を少々欠けても構わねえ、返し、てめえの親分の名と居所を言いな。そうすれば許してやる」

「だれが、クソ」

「それじゃあまず、てめえのかわいいおさよに聞こうか」

「な、なんだと」

「おとなしく見ていな」

卯平がまず、米吉の手と足を縛り、動けなくした。お徳はおさよの着物を剝《は》ぎにかかる。おさよも手がかからず、俎上《そじょう》の鯉《こい》だった。目の遣《や》り所に困っているのは芳国ばかりで、おさよは芳国を一顧だにしなかった。

孫兵衛がふところから、独楽《こま》を一つ取り出した。どこで仕入れたのか、ちょっと見には、ありふれたやつだが、かなり分厚い鉄の輪が巻いてあり、しかも心棒の先が錐《きり》のように尖《とが》っていた。なにをされるのか、一瞬のうちに察したらしく、おさよは跳ね起きようとしたが、お徳に卯平、それにおずおずと芳国も手を貸して、おさえつけた。

孫兵衛は独楽の底に麻紐《あさひも》を一杯に巻きつけ、無雑作に空中にサッと一振り、うなりを生じて回りだしたやつを、丸盆に受けた。

「見たように、先が尖っている。と言っても錐ほどじゃねえ。だが、この盆にはもう、傷が付いている。おさよ、おめえの柔肌《やわはだ》におろしてやれば、独楽がそろそろと動いている限り、皮は破れるか破れないかの境目、まずみみずばれで済もう。ところが、おめえが少しでも身もだえすれば、傷になるよ。……女を寝かせろ、そうだ、仰向けに。身動きをしてもさせてもならねえ。……そうだ。さて、独楽を移すぜ」

と、孫兵衛は盆を水平に持ったまま、おさよの胸のあたりにしゃがみこんだ。

六

独楽が盆からおさよの両の乳房の間に、滑るように移った時、その全身が突張り、痙攣《けいれん》のさざ波が走った。しかしおさよは悲鳴を押し殺し、歯を食いしばり、目を固く閉じていた。かわいい額や小鼻に生汗《なまあせ》が光り、汗はやがて体の隅々《すみずみ》からもにじみ出して、肌に湿りを与えるのだ。

孫兵衛は、おさよの頭上から両肩、腕をおさえていた卯平、お徳と入れ替った。ひとりになったが力は磐石《ばんじゃく》で、脇《わき》の下から背へ手を回してかかえ込む。おさよは両手を広げ、さし上げたかっこうで、身動きならない。

「力を抜きな、息を静めねえと、肌に食い込むぜ」

胸から腹への、せわしない起状を眺めながら、孫兵衛はつぶやく。

「そうそう。……なるほど、芳国がうつつを抜かすのも道理の、いい体だ。独楽の動いた跡に筋はついているが、破れちゃあいねえから、安心しな。だがな。こいつが胃袋の上から臍《へそ》のところ、さらには下の方へおりて行くと、谷間がある。谷間にはどうしても入るんだ。入ったらどうなるか、このおれだって考えたくねえ。だからそこの若いの、娘を助けたく思ったら、吐きな。それともおさよ、おめえでもいい。知っているならな」

「てめえ……汚ねえ。卑怯《ひきょう》な」

と米吉が身をもんであえぐのをジロリ。

「いいセリフだが、おれには通じねえ。おい芳国、上手に描けよ」

芳国はおさよの下半身を卯平とお徳に任せ、物に狂ったような面持で、画帖に筆を走らせていた。

「ちくしょう。殺せ」

血を吐くような、というのだろう。低いが激しく、一声叫んだのがおさよ。だが、男より胆《はら》が坐《すわ》っているようで、片頬《かたほお》には笑みに似たものさえ浮んでいる。

独楽はひとりでに、下腹部へ移動してくれるのではない。孫兵衛がおさよの体をねじり、持ち上げ、梶《かじ》を取っている。独楽は胸からみぞおち、下って腹へ。臍の縁を上手に回って、生毛《うぶげ》から黒い茂みに移るあたりに来た。

独楽の動きは鈍くなったが、回る勢いは相変らずで、気丈なおさよもグッと眉を寄せ、ヒッと悲鳴を洩《も》らした。

「イザとなりゃあ、孫兵衛はむごいや」

とお徳がささやき、卯平がうんと言った。

独楽が茂みに分け入りはじめた。お徳、卯平はおさよの両の太腿を必死におさえつけた。孫兵衛は眉毛一つ動かさない。

おさよがとうとう、長い悲鳴と泣き声を上げた。

「やめろ、やめてくれ！」

と米吉が叫ぶのと同時だった。まるで嘘《うそ》のように、独楽はかんじんなところをピョイと飛び越し、股《また》の間に落ちていた。孫兵衛はおさよの体を、わずかにあおっただけである。

おさよは気絶した。

親方は察しの通り、佐賀町の伊豆屋錦右衛門、実は清澄《きよすみ》町の古着屋佐市と言い、おさよは佐市のふところ刀で思い者、自分は夫婦のふりで、姐御《あねご》の世話をしていたのだと、米吉は白状した。源六はおさよの父親で、もと人形造り。例の人形三つも同人の造るところだが、酒がたたって不自由になり、造らせたくも造れない。

五十両は米吉が五両もらい、あとはみな佐市に渡した。佐市は悪の道なら年季が入り、手下はそれぞれ手堅い小商いをしながら、方々に散らばっている。五十両を欺し取るなんぞ、屁《へ》でもない片手間仕事ながら、このごろ巽屋孫兵衛というやつがいて、奇妙に目障り、同じ道なのにあいさつにも来ねえ図々《ずうずう》しさだから、ひとつ度胆《どぎも》を抜き、身の程を知らせてやるがいい……というところから、一件が始まった。

なるほどお前は察しがいい。宇陀川芳国はこっちへ奪おうというのだった。

「五十両、取り返したけりゃあ、佐市親分のところへ行くのだな。首尾よくお前さんの手に戻るかどうか、そいつはわからねえが」

と、米吉は薄ら笑いをしながら言った。

「それじゃあ、道案内を頼もうか。おさよには着物をかぶせて、そのままにしておくがいい」

「押しかけるのか。向うの人数もわからねえぜ」

と卯平。

「ははは、いずれ蠅《はえ》のようなやつらだろう。佐市ひとりを取っちめりゃあ十分で、おれひとりでもいいくらいだ。杖《つえ》一本で片が付くところを見せてやろう」

「気負うねえ。それなら仕方がねえ。おれも敵にうしろを見せられねえわけだ。なにしろ巽屋の片腕ってところだからな」

卯平は大胆に、へへへと笑った。

「お徳、芳国といっしょに、おさよの守《もり》をしているがいいぜ」

孫兵衛は独楽を拾った。

孫兵衛と卯平が、米吉を先に立て、佐市の古着屋に着いたのが、薄暗がりの六ツ過ぎ。孫兵衛の手には細い仕込み杖一本。卯平は米吉の後帯をひっつかみ、人目につかぬよう、匕首《あいくち》を突きつけていた。

思いのほか手広い店だが、灯《あか》りもなく、間口の半分ほどは雨戸を立ててあった。物さびしい場所で、往来に人っ気はなく、家のうしろは空地か、丈の高い木が立って、梢《こずえ》がざわめいていた。佐市さんはいなさるかと、戸口で聞くと、へーいという返事があった。広い土間に踏みこんだ途端、暗がりの方々から、提灯《ちょうちん》の明りがさしつけられ、まず十人ほどの人数が立っていた。ぶら下った古着の陰に、あと四、五人はいるかもしれない。

「ほほう。知っていやがったのか」

と孫兵衛が言うと、答えるように笑い声がして、

「桶屋がこっちの手の者で、知らせてくれた。油断したなあ、巽屋」

と呼びかけた声は、錦右衛門、つまり佐市のものだった。

「二度目の油断か。一言もねえ。だが、金は返してもらいたいね。惜しいのじゃねえが、意地だ。あとは水に流そうよ」

「返してもいいが、一味に加わってもらおう。本所深川界隈《かいわい》を、勝手気ままに荒されちゃあ、おれたちの沽券《こけん》にかかわる。平たく言やあ、手下になれってことさ」

「厭だね。勝手が好きだ。お前らを手下にしたいとも思わねえ。腕ずくで来いというのかい？」

「そうは言わねえ。相談しようと言っている。見なせえ。だれも刃物なんぞを持っちゃあいねえだろう。お前さんとしても、おとなしく出たほうがいい。でないと、お客さんが痛い目を見るからな」

「なんだと？」

さすがに孫兵衛の声が上擦った。頭にひらめいたのは、お京の安否である。

「お京をかどわかしたな？」

「そうとわかったら、上ってもらおうか。米吉は放してくれ。おめえたちを欺した張本人で、お腹も立ちましょうが、傷《いた》めりゃあ為《ため》になるまいぜ」

また笑い声だ。

「敗《ま》けだ。放しな」

と孫兵衛。危ねえものを預かりましょうと、手下に仕込み杖、匕首も取り上げられた。

「早まったぜ、孫兵衛。いやな気がしていたんだ」

と卯平がぼやいたが、お京が捕われの身となれば、万止《や》むを得ない。

家はばかに奥深く、その奥のひっそりした十畳間に、お京が湯文字一枚で引き据えられていた。縛られてはいないが、左右に屈強の男がいて、両腕を捕えている。さらに二人の男がお京の前にうずくまり、それぞれ手にしているのは太い筆。白い穂先は乾いている。

「しくじった。済まねえ」

と、お京に対面した孫兵衛が短く言い、お京は涼しい顔のまま、目でうなずいた。卯平が辛《つら》そうに下を向く。トンと押され、二人はその場に坐ったが、お京とは真正面だ。横っちょに座を占めたのが佐市で、手下共は広く車座になった。

「見れば見るほど、お京さんはいい女だな。下はもったいないからかくしているが、上も磨いた玉のようだ。それもうっすらと色付いたのがたまらない。巽屋さん、おれはお京さんを頂戴《ちょうだい》したいね。一目ぼれってやつで、手生けの花と、大切にするぜ。それが一つ。冥加金《みょうがきん》を出しな。一門の厄介《やっかい》になろうという礼だ。安いもので百両。むろんあの五十両とは別だ。これが二つ。宇陀川芳国は、以後おれたちの仕事をする。三つ。絵草紙の商売は続けていいが、売上げの半ばは寄越しな。これが四つ。たったそれだけだ。損と思っちゃいけねえよ。仲間に入った得がどれほどのものか、じきにわかる。どうだ、すんなり承知してくれ。そうすりゃあ何事もなくて済む」

孫兵衛は人をヒヤリとさせる笑みを洩らしたばかり。卯平は、正気の沙汰《さた》じゃねえ、と唾《つば》を吐いた。重苦しい沈黙が来た。

「お京、おかしな土壇場《どたんば》に来たな。おめえ次第だ。どうする」

と孫兵衛の落着いた声。受けたお京の声がまた、シンと澄んでいた。

「ジタバタせずに死にましょうよ。そんなに未練もない浮世だから」

「そうか。心中としゃれるか。佐市と言ったな。断わるぜ」

「そいつはよくねえ了見だが……」

と佐市が言いかけた時、横っちょの唐紙《からかみ》がするするとあいて、ゼンマイ仕掛けの人形さながらに、ギクシャクとのろい足取りで、入ってきたのが、足が利かぬはずの人形造り、源六だったのには、孫兵衛までがアッと言った。いや、あの米吉さえ口をあんぐりとあけた。

「こりゃあ親分、お待ちしておりました」

とうやうやしく言ったのが佐市で、頭目は意外にも、源六だったのだ。続いて入ったのが宇陀川芳国。しおたれて屠所《としょ》の羊だ。そしておさよ。

「巽屋、考え直さねえか。手下になれというのは、腕を見込んでのことだ。おめえがほしいと思っている。お京は佐市がほしいそうだから、呉《く》れてやれ。代りにはおさよを当てがってやる。おめえにいじめられたくせに、ほれたとよ。女はどれも同じじゃねえか」

と、枯れた、しかしはっきりした声で源六が言った。

「世にも珍しい人形を造った人が、悪の親玉になぜ変った？　よかったら聞きたいね」

と孫兵衛。

「くだくだしいわけはねえ。生れ付き曲った性根を、そのままにおっ広げたばかりよ。生《いき》甲斐《がい》は悪の道で、人形細工に気をまぎらすこともできなくなった。だから世の中のやつらを、みんな人形と見立てた。情容赦は要らねえ。巽屋、ウンと言わなきゃあ、お京もウヌも、そこの墓守も殺すぜ」

「親分、待ってくだせえ。ウンと言わせます。おい、見ているがいい」

佐市がそう言って合図をすると、筆の穂先をお京に向けた二人の男が、くすぐりを始めた。大した責めでもないようだが、これは死ぬほど苦しい。のど、乳首、脇の下と、穂先は敏感な部分を這《は》い回り、お京は大浪のように揺れ、のけぞり、丸くなる。洩れる笑いが、一瞬苦痛に変り、また一転して笑いに戻る。湯文字は解けて落ち、穂先は下腹を攻める。ハッハッという息遣いの間に、うめきが混る。肢《あし》はもう広がりほうだい、もがきにもがいていたが、とうとう失禁した。ウッと攻める男の一人が言ったのは、あまりの光景に、早々と相手なしの往生をしたのだ。孫兵衛は石のよう。ヒタとすべてを見つめていた。

「待ちな。面白《おもしろ》いことをしよう。あたいがされたと同じことをさ。孫兵衛にやらせるがいい」

と、百姓娘をすっかり払拭《ふっしょく》し、目をキラキラと美しく輝かせたおさよが声をかけ、お京を仰向けに抑えつけさせた。

「孫兵衛、おやりよ。変った可愛《かわい》がり様を、お前の女にもさ。フフフ、こたえられないよ。さあおやりったら。そうしたら許してもらって、抱かれてあげるよ。こんなすべたより、あたいのほうがよっぽどいいんだ。その絵師が知っていらあ」

腕組みで酷薄に眺めている源六、頭を垂れ、なにやら不足気に首を振っている芳国。いややっぱり、お京のほうが……とでも思っているのか。

孫兵衛が立った。ふところから取り出したのは独楽。麻紐を巻きつけて、お京のかたわらにひざまずいた。お京は死んだようにピクとも動かず。一同、固唾《かたず》を呑むと、孫兵衛の手と麻紐が一直線になり、風車のように回転した、と見えた瞬間、独楽はお京の肌の上ではなく、源六の眉間《みけん》に飛んで、深々と突き刺さっていた。

「きれいなきれいなおさよさんや。わたしの杖を、手下に言って、持ってこさせてくれないかい?」

一同が呆然《ぼうぜん》と、独楽を額にくっつけられたままでいる源六を見ていた時、すでに孫兵衛はおさよをうしろから抱きかかえ、佐市のふところから奪った匕首を、そのういういしいのど元に突きつけていたのだった。

源六が朽木《くちき》のように、前へドウと倒れた。

お徳は無事かな、と案じながら、卯平は気を失ったお京を、芳国共々、抱き起しにかかった。

この作品は1989年9月新潮文庫より刊行されました。

徳間文庫をお楽しみいただけましたでしょうか。どうぞご意見・ご感想をお寄せ下さい。
宛先は、〒105－8055　東京都港区東新橋1－1－16　㈱徳間書店「文庫読者係」です。

徳間文庫

色《いろ》仕《じ》掛《かけ》 闇《やみ》の絵《え》草《ぞう》紙《し》

2002年1月15日 初刷

著者 多《た》岐《き》川《がわ》恭《きょう》

発行者 松《まつ》下《した》武《たけ》義《よし》

発行所 株式会社徳間書店

東京都港区東新橋一―一 〒105―8055

電話(〇三)三五七三・〇一一一(大代)

振替 〇〇一四〇―〇―四四三九二

印刷 凸版印刷株式会社

製本

〈編集担当 石川明子〉

ISBN4-19-891645-4 (乱丁、落丁本はお取りかえいたします)